烟雨桃李

陈昌凌 ◎ 著

中国文联出版社

图书在版编目（CIP）数据

烟雨桃李 / 陈昌凌著 . -- 北京：中国文联出版社，
2023. 1

ISBN 978 - 7 - 5190 - 5032 - 0

Ⅰ. ①烟… Ⅱ. ①陈… Ⅲ. ①长篇小说-中国-当代
Ⅳ. ①I247. 5

中国版本图书馆 CIP 数据核字（2022）第 245545 号

著　　者　陈昌凌
责任编辑　李　民　周　欣
责任校对　周建云　李　晶
装帧设计　中联华文

出版发行　中国文联出版社有限公司
地　　址　北京市朝阳区农展馆南里 10 号　　　　　邮编　100125
电　　话　010 - 85923025（发行部）　　　　　010 - 85923091（总编室）
经　　销　全国新华书店等
印　　刷　三河市华东印刷有限公司

开　　本　710 毫米×1000 毫米　　　1/16
印　　张　16. 25
字　　数　190 千字
版　　次　2023 年 1 月第 1 版第 1 次印刷
定　　价　78. 00 元

文学里的昌凌
——序陈昌凌小说《烟雨桃李》

张道发

　　和昌凌兄相识算来近二十年了吧，我们第一次见面的细节早如云烟。只恍惚记得：那时我是乡下的"闲人"，整天侍弄诗歌这"劳什子"，而昌凌是某乡村学校的老师，闲时也喜欢拨弄文学与书法。

　　之后的许多年，我们彼此杳无音讯。之后，又因为文字"久别重逢"。文学这个"媒人"将两颗热爱文学的心连在一起。一晃，我们都已人到中年。时光真是残忍而仁慈，不变的，仍是我们对文学的热情。

　　这几年，昌凌在散文写作上可谓风生水起，一本厚厚的《枫桥镇的早春》将他这支散文之笔磨得透亮。他不时有散文发表或获奖。我本以为昌凌会在散文写作上继续精进，没成想，某一个响晴响晴的天气里，他突然交给我一部长篇小说，就是这本《烟雨桃李》，搞得我十分惊讶！

　　诗和散文我还能说上个一二，对于小说，我是十足的门外汉。我平时对小说的审美仍停留在几部经典而唯美的小说里，比如沈从文的《边城》，萧红的《呼兰河传》，汪曾祺的《受戒》。读多了这样富有诗意的小说，反观当下的小说，总觉得"杂而无味"，所以，平时极少阅读小说，尤其是当下作家们的小说。我固执地以为："他们写不出什么来"。当然，这是我的偏见。

昌凌的这部《烟雨桃李》，题材是针对当下民办中职教育的种种，书写一种独特的体验、心态和观点，表达一种关切。这部小说总体写得舒张有度，渗透着散文风格，既有小说的情节线索，也有散文的语言妙趣，这也印证了昌凌对本小说的审美取向。小说就像一只鸟，轻盈的身影可以飞落在世界的任何枝头，让读者倾听它的呼吸和脉跳，随着它叙事的节律而起伏震荡。

昌凌兄的这部小说是有渊源的，题材来源于他真实的生活。作家本人曾有过十几年民办教育工作者的经历，他对里面的拐拐角角可谓通透，这也是他创作的"材料库"。小说似乎信手拈来，毫不费劲，但作者并非有丝毫的松懈，追求小说的艺术乃是其中的"力道"。会读的读者会在这部小说里找到共鸣点。

零碎地写下这些，可能会让大家失望，因为，我似乎并没有写出什么。哦，还是让聪明的读者去读吧。只要进入这部小说，你就会走进作者为我们建构的这所校园里，让我们一起喜怒哀乐，共度一段丰沛的人生！

（作者系肥东县作协副主席）

前言

　　我的生活阅历中，有一段时日是在一所中职校园教书。写这本小说的初衷是因为我曾激情于这个校园，很爱其中的同学们，也希望更多的读者能够走近普通高级中学之外的中职校园，理解和热爱其中的孩子们，理解中职校园坎坷的发展初期所存在的矛盾与挫折，并祝愿其越办越好。

01

2017 年夏，与往年的夏天没有多少区别，庐东县城店埠河边依旧"惟柳色夹道，依依可怜"，而庐东县郊更有不倦的蝉虫争相殷勤聒噪，"接天莲叶无穷碧，映日荷花别样红"，似乎大自然在夏天里总可以蓬勃到极致。不过，极致过后便是衰落，因为它们永远遵守着新阵代谢的自然规律。这一年夏天，我做了一个大胆的决定：辞去普通高中的教学岗位，去中职学校代课。

庐苑中职学校，是一所民办中职校园，生源来自全省各县，主要是中考后达不到普通高中录取线的学子们。由于国家对这部分学子的关怀，由于政府的大力支持，由于办学人招生有妙招，庐苑学校势态蓬勃，发展劲头非常迅猛，2017 年更是入学人数超过三千，而且据业内人士推测，随后几年，形势还将一派大好。庐苑中职学校分幼师部、中专部和升学部（也有人常言为"高中部"）。它是一所阳光校园，于是，同年夏天我携妻前来应聘。当然，我们来应聘，还有一份情感深处的缘由，那就是它是我女儿的母校。我的女儿中职便曾在此校园就读，虽然没读完三年制，但她终归找到了一个好的就业单位。

庐苑中职学校，正如它的名字描述的那样，是庐州市郊的一所花园式校园。绿植覆盖面积超过百分之五十，占地 355 亩的校园内，到处绿荫夹道、鲜花灼灼，整个校园鸟声呖呖、馥香可闻。踏入这块土地，让初来的每位学子、家长总有神清气爽的感觉。

应聘时过不久，我便带着我的爱妻前来上岗——她将在本校超市上班，卖学生学习用具和生活用品。

我应聘在升学部，课程这一块，我从高一带起，我将在中职校园这块新的田地里耕耘、收获……我教的学生既然是高一新生，那么，首先得分班级，得进行军训。

这天上午，所有的高一老师齐聚匠心楼。八月中旬的天气，室外还起伏着热浪，但楼上办公室内的空气，因为风的流动，终于稍觉凉爽。

"打算挤一挤分成二十二个班，其中有两个励志班、两个重点班……"升学部钱维庆校长正在说话。西装革履，大背头，五十出头依然英俊潇洒不减当年，只是可能是受当年教育条件的限制，他的普通话实在说得不咋样，半夹着土话，刚大学毕业的年轻教师，一半听得懂，一半听不懂——靠猜。钱校长此番会议的主要议程是：分班级以及军训注意事项、指认班主任等。

会议结束前，我等年龄不等、性别不同共二十二人被宣布担任班主任一职。我想起了，昨天晚上，钱校长在厕所里劝我担任本届班主任一事，"老柯，我不靠你们靠谁呀，我就相信当地的你们这些中年教师！"我原来打算来此不当班主任的，在普通高中时干得够苦的，但还是终于没有推卸掉。于是我起身走到钱维庆校长的背后，低声道："钱校长，我愿意担任重点班班主任！"

"你看，还是我们老柯有信心，有魄力！他不但愿意担任班主任，还有信心、有决心带好重点班！"钱校长放大了音量，美化了我的决定，并借此来激励那些正在犹豫是否同意担任班主任的年轻人。

励志班分别是高一（1）班和高一（2）班，重点班分别是高一（3）班和高一（4）班。我和一个年轻女教师黄爱玲分别担任三班、四班班主任。

"黄爱玲，虽大学才毕业，但做事稳重，很有上进心，又是庐州当地人，靠得住，所以请她担任重点班高一（4）班的班主任。"钱维庆校长曾这番对我说。

励志班虽是本科签约班，但更是高价班，而我带的是重点班，是平价班。何况我又是一位中年班主任——做事稳重的年龄，所以很多与本校有亲缘关系的家长都走后门把孩子送到了我高一（3）班来。

虞珂宜是校董事长方俊良妹妹的女儿，文化课成绩也不错，自然被安排在我的班。她的妈妈就住在本校园里，一边帮辅她哥料理学校超市，一边监护虞珂宜读书成才。

这天黄昏，斜晖很安宁地照着校园里的楼房、树木、花草，鸟儿们正每日不变地唱着它们悦耳的暮曲，我刚从男生公寓楼下来。

"柯老师，你班男寝在几楼几号啊？"站在男生公寓楼前的是一位中年妇女，身材中等，穿着朴素，她是新生胡举劲的姑妈。

不过从她的神态和动作中，可以感知，她对本校园很熟悉。听到我的回答后，她继续以老练的领导口吻道：

"哦，我来为我的内侄胡举劲寻找一个好寝室、好床铺。寝室嘛，要求好通风，没怪味；床铺要求结实，不响动，更在向阳的窗前。"然后她走近了我：

"柯老师，我这个侄子父母离异，疏于管教，请您对他严一点！"

我点了头，表示懂了。

后来得知，胡举劲的姑妈胡照芳在本校任幼师部主任。

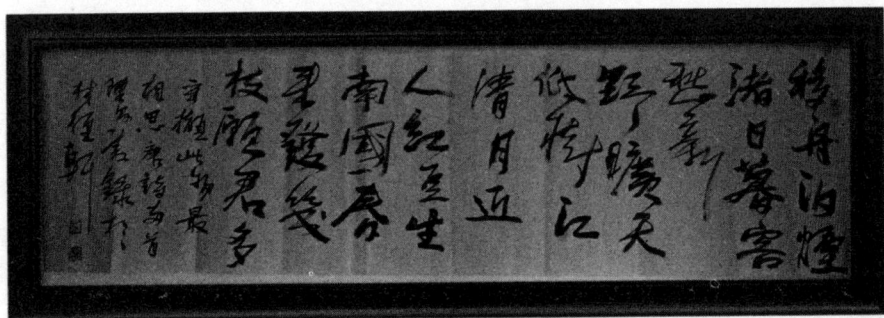

注：唐孟浩然、王维诗两首，陈昌凌书之。

02

　　高一新生都陆续来报到了，8 月 20 号起，军训课正式开始。一张张充满生机的新面孔，让人看得很兴奋。看得出，他们对这所新校园充满着新奇感、陌生感，甚至是紧张感。我从新来的一群同学中，凭着直觉，选中了两位看上去尤显文静、稳重的女生——欧明惠、宋祎，来帮助我开票、收费。意料之中，她们俩做起事来，俨然两个小老师，有板有眼，且很见效率。

　　军训的意义很多很大，最起码特别有利于培养同学们的团队意识、执行意识和艰苦奋斗精神，而这些往往是这些未考取普通高中的中职学生最缺乏的。

　　看着他们一个个换上军装，旧貌换新颜，突然让人觉得他们并不乏军人的英姿和蓬勃的气概。我在心里一震，开始思忖：我将如何把这个班级带成一个优秀的团队，如何把其中一部分懒惰、散漫、不守规矩、没有斗志的学子，培养成遵纪守法、胸有大志、愿向上肯吃苦、有团队精神和荣辱意识的优秀青少年。

　　同学们很听帅气的军官苏教官的话，虽然炎天热地、暑气蒸人，但是同学们依然不叫苦、不喊累，汗水沾湿了教官和各位同学的衣服。我始终在不远处陪伴着他们，肩上经常背着一包同学们的手机，身边放着一筐同学们休憩待用的矿泉水。我观看着同学们的神色，他们的朝气感染着我，我也经常走向身体相对虚弱的同学，问长道短，担心他们撑不下去而晕倒在操场上，给他们讲些必要的保健常识。并且随时在校园班主任微信群里反馈着本班的军训状况。即使这样，还是发生了几回学生晕倒的现象。

同学们身体很累，但在锻炼中成长；班主任心很累，但是劳累中总是充满着希望。

在集训中，同学们从站不直军姿，到走得整齐潇洒，部分同学甚至从卷叠被子如"驴打滚"，到终于叠成了四方八正的"豆腐块"……同学们在成长，我为他们骄傲。记得那天是农历七月初七——七夕节，我看着同学们的军姿，还激动不已地为他们乱凑了一首长短句：

芳草茵茵萋萋

柯　叶

芳草茵茵萋萋，虫唧唧。梧老竹翠，烟雨洗芳菲。

哨声响，英姿爽，步伐齐。乞巧情怀寄在军训里。

本班级从庐江县远道来求学的宋祎同学，还因为站姿、走姿突出规范，被选为国旗护卫队成员。于是，在更加突出的身心锤炼中，进一步提升了她人生的格局。她对此也颇有感悟，曾在校园军训题材征文中写道：

苦在身上，甜在心里

又是一个丹桂飘香的九月，又是一个播种希望的季节。在这美好的日子里，此时此刻我的心情却是沉重的——军训结束了。

回想前几天的军训，忽然觉得军训就如一场梦。匆匆地来，又在我还没有细细品味到那份感觉时悄然而逝。几天的军训是短暂的，但它给我们留下的美好回忆却是永恒的。

军训第一天，我满脸的兴奋与新奇。班主任将我们领到操场参加军训开幕式。待全体立正后，有位军官就开始啰唆了。过了近两个小时，同学们早已腰酸背痛，这才开始介绍我们的新教官。同学们立刻提起精神来。

"这是我们班的教官，大家欢迎！"班主任微笑着说。

可爱的教官走到我们面前，向我们敬了个礼，然后笔直地站在我们前面，用他那温柔的声音对我们说：

"以后我就是你们的教官了，我不像其他教官那么严，不给你们休息时间。只要你们动作做到位，我尽量让你们休息！"听到这里，所有的同学都兴奋起来，有的同学不禁鼓起了掌。

"好了，现在我们开始训练。"就这样，军训开始了。

可事实并非像我想的那么简单，军训第三天，我就很"幸运"地被选到了国旗护卫队里。到现在我的脑海里还依稀记得我班教官对我说的那句话："恭喜你中奖了！"

国旗护卫队教官可就没有那么好讲话了。我们刚到，他就说："一个队就是一个团体，不可分割。团结就是力量！"我们明白这点，都点了点头。紧接着他又说道："所以，以后只要有一个同学没做好，集体受罚十分钟，如若再犯，再加十分钟，就这样一直加下去！"晴天霹雳呀！这是晴天霹雳呀！

烈日当空，我们稍息、立正、向后转……汗流浃背，体能消耗极快。中间休息时，大家似乎已经有些虚脱，一个个东倒西歪地，一动也不想动。

"集合！"

"教官啊教官，您就不能让我们再休息一会儿吗？"

"这是军队，没有讨价还价的份！集合！"

唉……我们就这样拖着沉重的身子继续训练。

在国旗护卫队里的感受就是"累"字：第一天，累！第二天，很累！第三天，更累！……终于体会到军训并不是块好啃的骨头。

在这儿苦是苦了点，可休息时我们也是有娱乐活动的。教官教我们唱军歌，给我们讲他以前当兵的故事。这使得我们快虚脱的身体得到了些许放松，教官在教育我们怎样在苦中寻乐。

几天一晃就过去了，我们享受了日光浴、风雨浴……学会了很多军姿，体验了"站如松，坐如钟"的姿态……我感觉自己成长了很多，也让我更加学会了思考，锻炼了我的意志。

人生又何尝不是一次长久的军训？人生的军训会碰到更多残酷的挑战。"宝剑锋从磨砺出，梅花香自苦寒来"，我们这些温室里的花朵必须接受大自然的洗礼，沐风栉雨，才能更有活力，更健壮地成长。我坚信，总有一天，我的理想灯塔会被点亮，我的生命之花会绚丽绽放。

今天汇演完操后，我们就带着依依不舍的心情，离开了活动中心。国旗护卫队每个人都落下了不舍的泪水。再见了教官，再见了军训……

而其他同学的"军训题材"的征文，几乎都是千篇一律地夸赞教官的帅气，和表达自己的劳累，在这里就不一一拿来给读者看了。窃窃地告诉你，没有一位同学，曾用一个词眼表扬过我这个班主任。读完他们每个人的征文，我心里酸酸的，有些吃醋教官。怕鬼有鬼，学校领导要各班主任上交表扬班主任为军训操心操劳的文章。不交还不成，无奈，我只有请一个文笔不错的同学——于珉，听着我的简略表述，为我写了一篇《我的班主任》。或许在他们这个年龄段更关注的是"帅哥""美女"、自己吧，而我这个中年男人只能靠边站了哟！

军训已过了九天，明天各班将进入会场参加展演、比赛，于是今晚各班都在加强训练，而我的班级因为教官身体不适，交给我来带操练习。将近晚上九点，各班陆续散场休息。

"我们再走一遍，也散场休息！"我说。

"老师，袁胜同学站不了了！"有个同学大声道。

"请袁胜同学出列！"接着，我看到了一个中等身材的男同学走出了队列，"你怎么了？感觉怎么样？"

"没事，我的腿以前也经常抽筋！"

"好，你路边休息一下！"

然后我提高嗓门对其他同学说道，"现在我们齐步走，走到那边铁门边，就全部收场。"

"走你娘个头！"有个学生破口大骂。

其实，我也很累，我想发火，想揍人，但是我忍住了，装作没听清。队列还是走到了铁门边，然后，几个男同学过来抬着、扶着把袁胜送到了他的寝室，把他抬放到了他的床铺上。

"好些了吗？"见有几个同学在给他按摩小腿，我问袁胜。

"好多了！"

然后，我又叮嘱同学们夜间多留心他，多关照他。

后来，我才知道在操场上破口大骂班主任的那位同学叫刘海军。其实，班级里有个别不能言听计从的同学，往往可以让班主任更好地把握做事的尺度、分寸。不过刘海军的言辞，实在折伤班主任的形象，可预想，本班的"成长教育"道路将何等坎坷、漫长！

通过这次军训，我还为班级未来的工作选出了班长褚仁俭，纪律委员虞珂宜，总寝室长欧明惠等班委，还选定了我语文学科的课代表，它由气质女生宋祎担任。

不过，军训结束还没放假，已经有家长闹到班级里了，那是住校生虞珂宜的母亲到班级追查虞珂宜手机一事。

她登上楼层，进入班级，再加上生气恼怒，已经气喘吁吁。班级里并无她的女儿，只有两个男生胡举劲、杨杰。他们正在疯狂地玩着游戏

《王者荣耀》。

"你们全班都这样玩手机吗？你们班主任不管你们吗？"她没好语气地问。

"玩呀！我们都在玩！上高中了，我们成年了，我们有自主权。放学后，玩玩手机，可以放松放松嘛！你也不要把你的女儿管得太紧了！……"胡举劲笑着大声答道，眼却早已回到了他的手机上。

虞珂宜的妈妈觉得跟这个男生辩理有失身份，没说什么，生着气走了。

作为班主任我有什么办法呢？我也不希望他们玩手机打游戏上瘾，但是这手机卡是方董事长一再强调卖给同学们的，那就是说，他们在校园里有用手机的权利。既然不能像普通高中那样成为"无机校园"，那么，要让学生不沉溺于手机不打游戏，谈何容易！

后注：选文《苦在身上，甜在心里》，作者是笔者的学生宋齐萍，引用时有改动。

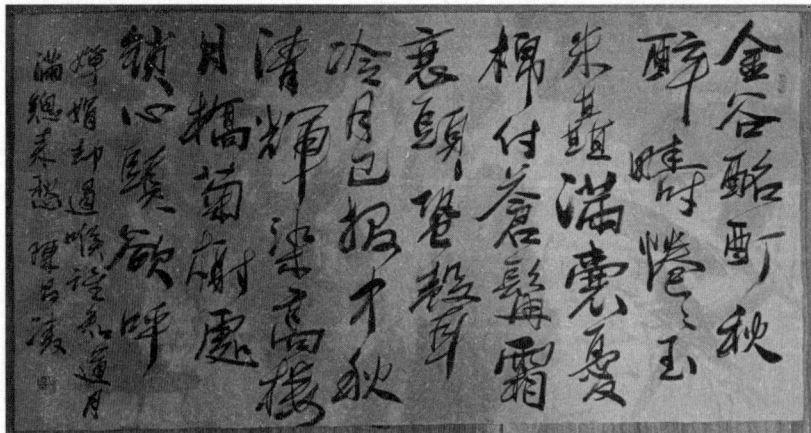

注：金谷酩酊秋醉畴。拳拳玉米蠹、满囊忧。棉付苍髻霜衰头。蛩声冷，月已报中秋。清辉染高楼。月桥菊榭处、锁心头。欲呼婵娟却遏喉，谁知道，月满总来愁！（陈昌凌作词《小重山》，并书之，且画背景。）

03

同学们军训结束后放了三天假。

今天，庐苑中职学校四位教师，我和三位年轻教师——闻进、邵坤、金林女士，与庐东县一中中年女教师戚朝云女士，我们一行五人心血来潮去攀游了柽槎山。

我是一个喜欢外出游玩的人，得知有人邀我同往，便于昨天夜晚已把行李收拾齐整。

车从城里往乡下开，空气变得清新了，乡镇、村庄、树木、田野……挨个儿展现于眼前。我们神清气爽中，心境在开阔，精神在欢腾。

不过，闻进老师领我们去了他的母校——刘铁中学，进校园后，一片凋敝景象，委实让人好一阵心凉。

校园还在，老屋依旧，但是当年喧哗热闹的操场，如今却长满了齐腰身的野草，如荒郊僻野一般。只是从操场边上拉拉扯扯地长出的南瓜藤和藤上开出的几朵黄色的南瓜花，还能感觉到这块土地上留有人的气息。

闻进老师带我们去看了他曾经读书的教室，如今铁锁是瞻，也早已"苔痕上阶绿，草色入'窗'青"了。

校园规模很大，教学楼、会议厅、宿舍楼、实验室……一应俱全。

园内的橱窗布展时间为 2013 年某月某日，它告诉我们，庐东县某年高考的理科状元，初中时便就读于此。可想见当年的繁华热闹，而这

"2013 年"是否已定格为本校当年繁华热闹的最后期限！

学生去了，教室还在；

老师去了，讲桌尚存；

香樟壮了，浓荫再无人纳凉；

柳树老了，绿萍竟封杀了伊水中的倩影。

刘铁中学，怎以一个"物是人非事事休"来说得！也不知，庐东县教体局领导到此曾作何感想！

幸亏遇着了宋老先生——自称"刘铁大老宋"，本校园唯一留住在此的有五十余年教龄的老教师。他七十多岁了，却精神矍铄，满面春风。他在谈笑中告诉我们，他的爱好：健身、养花。听着他的话语，看着面前的花卉，我们似乎明白了：人生中无论遭遇何等坎坷、意外，我们依然要满怀希望地去理解生活、适应生活，甚至享受生活。迷茫中的安分与乐观，何不也是对多舛命途的极富韧性的挑战！

走出刘铁中学，外面车来人往，谈笑风生，大千世界正以锐不可当的气势向前迈进。

我们一路笑谈，来到了柽槎山下。柽槎山，不比泰山那么高大伟岸，也不比黄山那么神奇、秀美，但来到它的脚下，依然会让你怦然心动，乃至兴奋不已。山上的草木、寺庙，山顶的蓝天、白云，似乎都隐藏着让你读不尽的深邃内涵。

上山时，我、戚朝云与小年轻们都非常兴奋，似乎所有的景物都是第一次见到。我们投入了大自然的怀抱，真正感觉到了什么叫做轻松，什么叫做自由，什么叫做壮美，什么叫做身心融于自然。

山上有小羊咩咩叫，从美国回国不久的戚朝云老师，疑似羊在叫妈妈，于是，叫停了大家的脚步。我们观看了它们良久。

渐登山高，或许是因为海拔差异造成的温差，山下早已修木凋瑟，野草枯黄，而山上依旧林茂草青，果实累累。繁星般的山楂装点红了树枝，给"悲风清厉秋气寒"的山涧，送去了暖意；翠绿的茶叶挤满了茶园，为深秋的荒山，充添着勃勃的生机。这里有开不完的野花，馨香四溢；这里有驱不尽的鸟语，此起彼伏；这里有老树枯藤，落叶翩跹；这里更有苍松翠柏，四季常青。微风吹过，草木萋萋摇曳；泉水流来，声音泠泠悦耳；轻脚踏去，枯叶沙沙作响；信手拈来，甜果粒粒畅怀。

我们兴奋地一路勇攀，披荆斩棘。

山高人为巅，

路远足下短；

谈笑风生林间坐，

相提相携踏青山。

应着年轻人的召唤，随着年轻人狂奔，我觉得自己年轻了二十岁。"你的体质真好，不得不佩服你呀！"同行者同龄人朝云老师路上总是给我点赞。自我感觉，此时是"老夫聊发少年狂"了，生生不息的大自然陶醉了一个中年汉子的心。

上了山顶，忽见人工铺成的平坦大道立于眼前。如此山高路远，人迹难寻的地方，竟然有这么一条平坦、宽阔的大路，让人愕然，让人狂喜！这么大的石块，这么多的建筑材料，怎么能够运来山岭！可见，人力所能，不可想象；政府关注，已付现实。

踏着这平坦的大道，我们兴奋地狂奔、乱喊。回想一路的坎坎坷坷，更领悟了"无限风光在险峰"的哲理内涵。山峦不再高远，山下林石却尤显苍茫；城镇不再喧闹，镇上人烟则更显亲切。

山上有大寺大佛，我等虔诚的俗子，再不敢高声狂言。双膝发软，个个俯身叩拜，愿佛祖显灵，普度众生。

约下午一点钟，我们各人吃了几片随身携带的干粮，便开始下山。

虽然戚朝云女士，屡屡告诫大家"上山容易下山难"，但我依然觉得，下山犹如叶飞林间一般，轻松畅然。

回到山脚，回顾来时的路：蓝天下，白云在一一轻吻着山顶；微风中，禽鸟正呖呖鸣遍青山。不敢想象，那神秘而美好的地方，却是我们刚刚走过的路程。

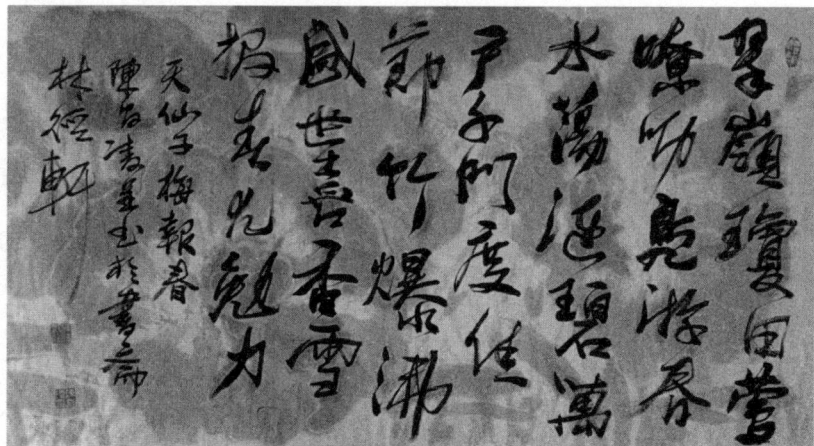

注：翠岭琼田莺嘹呖，凫游春水荡涟碧。万户千门度佳节，竹爆沸，盛世喜。香雪报春尤勉力。（陈昌凌作词《天仙子·梅报春》，并书之，且画背景。）

04

三天后，庐苑中职学校全面开学了，校园里到处洋溢着同学们青春的朝气，处处飘荡着他们的欢声笑语。升学部的同学们，从 9 月 3 号起，就正式上文化课了。在校长、各位主任，乃至助教们的辛勤支持下，各班的文化课正在有条有理地开展着。

但是时间一久，来自军训强化的军营意识逐渐被淡化，随着同学之间、师生之间的进一步熟悉，高一年级部分素不爱学习的帅哥、靓妹们终于又露出了"本性"，开始嬉闹瞎混，玩"机"丧志了。作为教育者，我们需要以礼育人、以理服人，必须对他们作起码的限制。于是我们的班长褚仁俭、纪律委员虞珂宜、总寝室长欧明惠等都走上了岗位，各尽其责。白天有老师上课，纪律委员会感觉轻松一点，特别是晚自习，老师们不上课，他们只顾忙着备课、批作业，这个时候可是纪律委员最忙碌的时间段。可是，今天晚上虞珂宜算是撞到枪口上了。

这天晚上，我没有晚自习，正安静地坐在办公室里备课。忽然班长褚仁俭慌慌张张地来找我，说虞珂宜与政治老师汪震宝杠上了！

汪老师最近因为私务，把两节正课送给别人上了，他今晚要补上这两节课。但是同学们白天上了课，晚上要完成相应的作业，所以很有意见，不想听他上课。但不抬起头来听吧，汪老师又不答应，所以趁汪老师把头转向黑板的时间里，下面总是吵吵嚷嚷，各抒怨言。于是，虞珂宜便对着下面的同学们大声呵斥，想制止大家。

汪震宝老师晚上来上课，其实他自己也不十分情愿，遇上同学们没有心情听，他更恼火。而刚才虞珂宜大声说的话，他又没听懂，回头间也看不出是谁，他倒以为是冲着他来的。

"谁刚才在下面大声说话！我汪震宝在任何学校、任何班级上课，都没有人敢吱一声。你们胆子太肥了！"

下面一片安静。但是等到汪老师把头转向黑板的时候，大家又开始说话，甚至有人模仿汪老师道："我汪震宝在任何学校、任何班级上课都没人敢吱一声，你们胆子太肥了！"于是有几个同学笑了起来，甚至开始嬉闹。虞珂宜再度站起来冲大家发火。而这一站起来，让汪老师发现了。汪老师立马走到她的身边：

"你给我滚出去，立即！"

虞珂宜不愿走出班级，愣愣地站在自己的位置上。

"班长？你们班班长呢？在哪里？请把你们的班主任找来，我汪震宝从来没有管不了的学生。让你们班主任立即过来，我看这位学生是不是吃了豹子胆！"

我来到了班级窗口，叫出了虞珂宜，她出了班级门，见了我就哭了。我把她领到办公室门外：

"作为学生干部，更作为董事长家的亲戚，你应该理解老师，维持班级秩序！"说着，我递出了纸巾。

"他是什么人？什么老师？一惊一乍的，上课也不顾学生，简直是个神经病，叫他滚！"

我知道，这是领导家孩子才有的口吻，我也清楚，她是知道我没有这个权利让汪老师"滚"的。

下课间，我跟汪老师交流了一下意见，并且告诉他虞珂宜是方董事长妹妹的女儿。

"啊?！她是……"他非常惊讶，但马上又圆睁着眼睛严肃地说，

"谁的女儿也不行，课堂有课堂的规矩。这规矩是我说了算，还是她说了算?"

晚上，我洗完澡回到了寝室。室友闻进老师告诉我，汪震宝老师来找我两回了，可能有什么重要事情要和我商议。我不解地看着闻进。这个时候，汪震宝老师进来了，笑容使他变得很可爱，不像晚上发火时的他。

"柯老师，今晚我与虞珂宜的事情，你就不要与她的家长说了，其实我也有责任!"

我马上就领会了。其实汪老师从来不惧哪位学生或哪位家长，而今天他是真的让步了，退一步则海阔天高嘛!

十月份，校园里的梧桐树，大把大把地毫不吝惜地把枯黄的梧桐叶洒满了人行道。树叶从枝头婀娜落下，又从地面翻跶飘起，一派金秋景象。一天下午，我班来了一位新生——女生潘琳琳。她涂脂抹粉，口红画得很重，是钱校长的外甥女，钱校长妹妹的女儿。

与她谈话得知，她原先读过高一，但不知求学的重要性，于是高一没读完便辍学出去打工了。后来感悟到读完高中的意义，便又通过她的舅舅钱维庆，来庐苑中职读职高。

她现在很想从对口升入大学，当她得知我当年高考数学成绩不错以后，决意向我学数学。看出她求学的急切心情，我答应了，但我的前提条件是：她首先要素面上课，不再化妆，其次是每次认真听她的数学老师萧老师的课，并及时完成作业。可喜的是，她都做到了，而且，晚自习放学，几乎每晚都带着数学课本和作业，来我办公室听我讲析一番，更有甚者，她不止乐于自己的成绩提升，还带了另外几个数学成绩差的同学来听课。整个班级学风呈好转态势，原本几个数学成绩较差的同学，也都找到了学好数学的信心和动力。

后期，她突然好几个晚上没来找我，我急了，因为像她这样数学刚迈上台阶的同学，就应该趁热打铁、乘风破浪，把数学成绩提上去，另外，她如果不来，其他几个随她来的女生也就没有了领头雁。于是我主动去找了她，但她推说自己的作业太多，忙不过来。后来，我问了其他的同学，得知，即使作业不多，她也没有来。再后来，我又去找她、问她，终于惹得她不快，甚至她的母亲直接打电话给我：

"柯老师，我孩子说你最近总是找她，缠着她，是怎么回事呀？"

我略微解释之后，放下电话，摇了摇头，没有再去找潘琳琳。

不久，又有朱辰星同学从庐东县二中转入我班。朱辰星是谁呢？他是董事长方俊良校外企业合资伙伴的弟弟的儿子。方俊良在校外和朱辰星的亲伯伯合资办了一个起重公司。可以说，朱辰星在庐苑中职校园比虞珂宜姿势更强悍。他报到后的第一件大事，就是要求加入校学生会，他要做大事，他要管别人。正因为他加入了学生会，才惹出了考题泄露的事情，这是后话了。

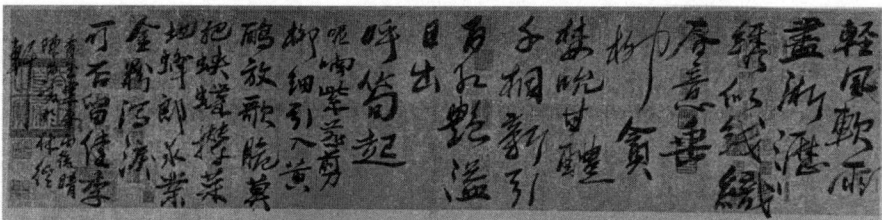

注：轻风软雨尽淅沥，绣似线、织春意。垂柳贪婪吮甘醴，千桐新引，百红艳溢，日出呼笋起。呢喃紫燕剪柳细，引入黄鹂放歌脆。莫把蛱蝶撵菜地，蜂郎求业，金粉泻泪，可否留佳季？（陈昌凌作词《青玉案·春雨后晴》，并书之。）

05

我才来到庐苑中职学校的时候，是住在学生宿舍楼的，因为新教师太多，一时未安排好。虽然学生宿舍连一个插电板也没有，手机充电都成为困难，但我还是很高兴的，因为我喜欢接触新的事物，更何况这里的环境很养心，还因为我在此结识了一些新的朋友：有比我年长的李文良，比我年轻的闻进、穆生雨、邵坤等等。

闻进，初识以后，发现他很安静，爱读书，爱写东西。中午，我睡下了，而他捧着我写的《烟雨桃李》一书，就能"废寝"一个中午。据他说，他曾参加过三次公务员招考，笔试收官，他都是前三名，甚至，遥遥领先也是有的，不过，结果他都在面试这一关被刷了下来。

李文良兄，据说原是县委党校的教员，好像退休了，是来发挥余热的。

穆生雨老师，头大、体宽，猛一看上去，好像挺壮实的，可是，他一出声，几乎就能看得出，他是个"虚胖子"，因为他的语气总是绵软无力，而且时常带着咳喘。

邵坤老师，已经二十七八岁了，但是因为长着一张"娃娃脸"，所以他的长相总是误导你：他只有二十岁左右。也许，他几次约会谈对象，都没有打动对方的芳心，便与之有关。他爱打游戏，他每晚睡觉前必须过的瘾是打《王者荣耀》，而且，他说他从来没有在十二点之前入过梦乡。

邵坤老师特别爱文学、国学，还爱抠字眼儿。人们当着他面评议他，说他是"被数学耽误了的语文老师"——他是教数学的。他甚至乐意同我们的语文秀才闻进较量咬文嚼字。他不惜重金，还从网上买来大套的《说文解字》，课下闲余，如饥似渴地拜读钻研。

闻进、穆生雨、邵坤和我，都被指认当了高一年级班主任。新生报到时，班主任要收钱——学杂费。五十多人一个班，每个班主任要收上二十多万元。这可是一笔不小的数字，且是，谁出错，谁承担责任；谁收了假钞，谁赔偿。包括我们三个在内的二十二个班主任，都很紧张。

李文良呢，由于身份优势，没有安排他当班主任，说是让他临时督促班主任们把票开好，于是，他楼上、楼下地巡查、提醒。

闻进，勤学好问，不断问我怎么开票，见了李文良，更是恭请指教。

我有午睡的习惯，如果中午不睡一会儿，一下午打不起精神，收款更容易出错。于是，我在老李的严格"监督"之下，竟然冒"大不韪"，上床定时睡了二十分钟——从午后一点十五分睡到一点三十五分。

有了这二十分钟，我下午精力旺盛多了。我回到了办公室，见有好几位家长在等我收钱开票，我这才请了欧明惠和宋祎两个女生过来帮忙。

"你们俩一个开票，一个收钱。开票的，不能涂改，不要撕下，若写错了，宁愿留下再开一张；收钱的，让缴钱的同学，在每一张钱上，用铅笔写个字号，以免收了假钱却不知道谁缴的！"说着，我笑了。

而我只是捧上一杯茶，时不时地来她们二位身边转一转，提个醒，便可以了——其实，学生收钱，她们比老师更专心，更准确无误——当然，万一有闪失，责任还是由班主任来负，这是无疑的。剩下的时间，我可以陪家长们聊天，展望一下开学后的教学计划，并可以趁机给家长提几条建议。家长见我很尊敬他们，也都很开心。

晚上，我吃完晚饭，把换洗的衣服泡进水里，加入洗衣液，刚准备搓洗，却听到了一个男人的哭嚎声。我首先一愣，然后循声找去，发现，原来哭的人是住在我斜对面的穆生雨老师。他正在电话中向他的父母哭着解释他今天丢了票据的事：

"我怎么知道，这个家长这么没素质。他缴了一次钱，却领了我两份票据！"

这一晚，穆生雨在我的宿舍里呆了很长时间。还好，他听得下去我的安慰和建议。后来，听说家长把多领的票据送了回来，穆生雨没有赔款。

终于等来了，教师不必再住在学生公寓，男教师们被统一指派到"孝善楼"住下。李文良、闻进、邵坤、穆生雨和我，我们自愿组合抢占五楼左起第八间——"508"。

为了能抢到这一间寝室，我是第一个把被子、行李扛到"508"门口的。因为原先住着都是美女老师，所以，站在门前敲了敲，却不敢越雷池一步，也不敢推门"偷窥"一秒。终于，美女老师们发现了我，并被我的呆相给感动了，她们很快起了床，并收拾齐整。临离开的时候，还有人招呼我，让我找到最舒心的床铺：

"你可以睡这张床，因为下雨的时候，这个房间地面常灌水，这张床下的地面偏高，不会上水。"

随我后，陆续住进了闻进、邵坤、穆生雨。我也替李文良兄在我的床边留了个床位，并把他的被褥整齐地铺上床板。后来才知道，老李只是要占着位子就行了，他是担心，某天晚上要他看学生自习，而这时他的车又坏了，天若再下着雨，那么他只好住校一宿。实际是，直到我离开"508"，他也从没有在这里睡过一夜。

除了李文良，数我年长，于是，大家推我做了寝室长，推我做寝室长还有一个理由，他们说"508"是我带领大家抢到的。

"508"的兄弟们身上发生过让"508"永远尴尬、难忘的两件事，一件是闻进误闯女寝，一件是穆生雨"捉鬼"！

"508"住的几乎全是班主任，大家每天早晨醒来的第一件事，就是看手机，查看"高一班主任团队"QQ群里有无新的任务，或者与本班级有关的好坏消息。因为工作很辛苦，大家夜里睡得很沉，早上几乎都是由自己定的手机闹铃唤醒的。

这天一大早，闻进一睁眼，看到了年级政教处对他的警醒："闻进，你班女生公寓有安全隐患，请速速查清上报！"他匆匆套上衣服，牙未刷脸没洗，便来到了女生公寓楼。他敲了敲他的班级一间宿舍的门：

"大家稍微准备一下，班主任来查寝了！"他自己说。

因为要查安全隐患，他便不能让学生"准备"的时间过长，然后，他便推门进了宿舍。

女生几乎都躺在被窝里，他挨床铺看了一眼。但是，有一个女生，可能是没有听到刚才的敲门声，睁开眼的刹那儿，她看到了一个男人正瞪眼看着她，突然大叫一声：

"啊——！"

这一声"啊"，让寝室里的其他几个女生也都吓得不轻……

上午上完第一节课，这位女生的家长，一个高大壮实的中年男人，来到了学校。他带着她的女儿，来到高一年级办公室，找到了闻进：

"你什么意思？你在大学里没有受过这方面的教育吗？你一个男教师怎么能随便闯入女生宿舍！"女生父亲目露凶光地看着闻进。

"我敲门了，其他同学可以见证！"闻进坐在那儿，没敢看家长，小声说。

"谁作证，谁证明你敲门了！……我同你说哈，你作为一个人民教师，应该为人师表，而我怀疑你的人品有问题，你的心术不正！今天你要好好给我一个解释、道歉，不然，我马上就把这件事报告给县教体局！……"

家长越讲越恼怒，我清楚地看到，闻进的眼角沁出了泪水，顺着脸颊滴到了地面上。

我去政教处找了谭处长。后来，由于年级政教处的出面解释，家长才终于没有把闻进告到了教体局。

穆生雨"捉鬼"是咋回事呢？

其实，穆生雨是"508"最有奉献精神的班主任，他除了晚上很短暂的几个小时睡眠外，不是在管学生，就是在去管学生的路上。

我在寝室里每次走到他身边的时候，看到他都在注视着他的手机，但他从不打游戏，而是在和他班级的班委或"坏分子"聊天。

他是每次查寝都拖着一根长棍子的唯一的班主任。他很勤劳，在所有班主任中，更是全身心埋在班级事务里的一个。

有人称他是"管家"，他自号"督察"。他每晚睡觉前都会自言自语，说些有关班级管理的话。他还是"508"唯一一位带作业进寝室批阅的班主任。他太劳累，甚至听到他在梦中叹气，在梦中发火，在梦中教育他的学生。但是，他的班级，在二十二个高一班级中出事率最高。这可能是因为他是一个新手，管理不够得法。

有一段时日，女生公寓疯传闹鬼事件。说每天夜里一点过后，女生公寓楼的某层走廊里，就会出现一个上下孝白、披头散发的女鬼。

这个女鬼在黑夜里将轻轻推开每间宿舍的门，走到每一个女生的床铺前，停下来看她们一眼。然后，女鬼会走入某间宿舍的阳台，在那黑暗里静静凝望着宿舍内外，直到子夜，她才悄然消失无踪。

这个传闻一度闹得全女生公寓诚惶诚恐，使得很多女生不能安寝。并且，总是有人出来作证，说确有此事：

"我哥原来也在这儿读书。他说，当时，他们班的一个女生，因为参加体育运动会，八百米赛跑，跑得太紧张太累了，跑完老是吐……回公寓楼后，就死在了寝室的床上。"

"不对，死的那位是个男生！"

"也死了一个女生！"

等等，一段时间，女生公寓充满了恐怖气氛，尤其是晚上。

穆生雨得知他们班级的女生很害怕，晚上睡不好觉，他决心要亲自去"捉鬼"。

"老柯，我今晚不回寝室睡觉了哈，你让大家插好门，不要等我！我要去女生公寓楼'捉鬼'！"他怕我没有听懂他的话，又补了一句，"是鬼是人，我要见个分晓，消除同学们的恐慌情绪！"

穆生雨这一晚真的没有回"508"睡觉。

直到第二天吃午饭前，我才遇到他：

"生雨，昨晚有收获吗？"

"没有！啥也没见着！"他有气无力地说。

"昨一夜没睡吗？"我关心地问。

"天快亮的时候，我到男生公寓自己的班级去躺了一会儿——我不想回'508'打搅大家，大家已经够辛苦了。"他说着，微微一笑。

我也领会地笑了。

后来，由于庐苑学校对夫妻共同效力庐苑的"一片忠心"的特殊待遇，我与我老婆分得一间私人宿舍，我便离开了"508"。

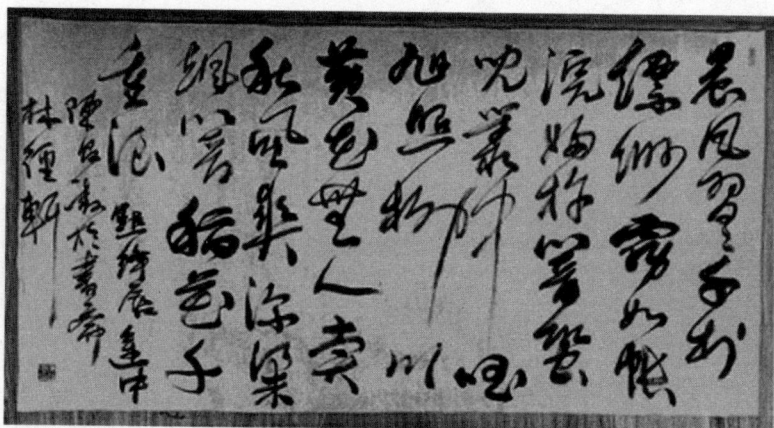

注：晨风习习，千村缥缈雾如帐。浣妇杵响，蚤儿丛中唱。旭照柳川，黄花无人赏。秋风爽，深梁飒响，稻花千重浪。（陈昌凌作词《点绛唇·途中》，并书写于书斋林径轩。）

06

政府非常关心在中职学校求学的这部分孩子，不只是学业上对他们寄予厚望，生活上也是百般关照他们。每学期每个同学能享受一千五百元的学费补助，如果是来自政府认定的"贫困县"，那么，每学期再多享受一千元的生活补贴，假如，同学家里偶遭不幸，该同学还能享受政府的"雨露计划"。应该说，来中职学校求学的孩子们，比到普通高中读书更能感受到政府火热的关爱。

今天，我正在政教处核对、整理本班级的助学金信息，忽然，殷雨宏同学慌里慌张地来找我：

"不好了，班主任，出事儿了，付林志和刘家彪打架了！"

我丢下手中的事，立马跑到班级。

已经下课了，班级人声嘈杂。架不再打了，班长褚仁俭把不省人事的刘家彪拥在自己的怀里，付林志坐在自己的座位上，目光茫然，不说话。

褚仁俭告诉了我事情的过程：

"上一节是生物课，他们俩在自己的座位上，一直小声争吵，但老师和同学们都没听清他们在吵什么。下课铃响后，没听懂他们说了什么话，就动起了手来了。只听付林志说，'老子受你受够了'，便先动起手来。刘家彪不小心，被付林志一拳击倒在地上，紧接着，付林志在刘家彪的脸上、头上猛踹了几脚，瞬间只见刘家彪鼻子、嘴都流出了血，就再也没有动弹了。"

能看得出，刘家彪脸部的血才被拭去。

"你现在感觉怎么样？要紧吗？"刘家彪微睁着迷茫的眼睛，不回答我的话。

"赶紧送医院！等校方派车来不及了！"政教处谭处长开来了自己的私家车，我们便迅速将刘家彪送往医院。

"付林志的家长吗？"我联系上了付林志的妈妈，"请家长赶紧到县医院来一趟，你的孩子在学校打架，打坏了别人家的孩子！"我并且告诉了付林志妈妈县医院的详细位置。

急救室内正在抢救一起车祸重伤的人员，门紧闭着。我与谭处长、付林志、我的班长褚仁俭以及殷雨宏同学在门外焦心地候着。刘家彪依然微睁着眼睛，呼吸很平静，但所有经过他身边的人，都不能牵动他茫然的眸子。

"课堂里他一直很啰唆，影响我上课，甚至说着很难听的话，所以下课我就警告他，只是没想到我会失去理智……"付林志向我描述着事情的经过，并怀着歉意。

"刘家彪家长联系过了吗？"谭处长问我。

"联系过了！"

"哦，赶紧把刘家彪身上的血迹再洗擦洗擦，以免他的家长到这里见状大发雷霆！"谭处长靠近我，低声说。

是付林志的母亲先到医院的，我们的谈话，是尽量让家长意识到事情的严重性，并及早补缴医药费，抓紧为刘家彪做进一步的诊治。等到刘家彪爸爸从张家港赶到医院时，刘家彪已经能够支撑虚弱的身体，下床大小便了。而跟刘家彪家长的谈话，则既要说出实际的伤势——有病历作证，又要淡化他对付林志的恨和对校园管理的抱怨——当然，班主任与授课老师乃至校园制度都有推卸不了的责任。

刘家彪可以出院了，付林志的妈妈给了刘家彪一笔让刘家彪家长能够接受的营养调理费。

"老师，你每天几趟地往医院里跑，辛苦了！你们学校对学生的安全是真正负责的。其实，我们知道，来你们学校学习的学生格外难管，但是，你们处理事情总还是有方法的！今天啊，我就一事想求你，中午我和孩子爸想请你和谭处长到饭店吃个便饭，您能答应吗？能给我们这个面子吗？"付林志的妈妈热情地笑着问我。看得出，付林志的爸妈是真心地想要感谢我们。

但是，我，并代表谭处长一再谢绝。我走出病房，阳光暖暖地晒着医院外的楼台、花草、树木……路上，车队成龙、人流如水。我在心里问自己：这件事你受到了什么警醒？

大祸实难免，小灾更难避。时过不久，我和女生总寝室长欧明惠送文依梦同学又来县医院看过病。她是晚自习发起高烧的，怕一夜会烧坏她，我电话请了校车，并把她送到了县医院。文依梦的胆子很小，当她发现，医生正用塑料管子扎紧她的手臂，即将抽取血样时，她突然挣脱了管子，顺着走廊径直往前冲去。晚间，走廊上少数的几个病人和家属被吓得够呛，急得我和欧明惠跟在后面疯狂地追赶。还好，我们总算追上了她，她终于在我们的说服和安慰下接受了治疗。文依梦当晚退了烧买了药，我们放心地返回了校园。

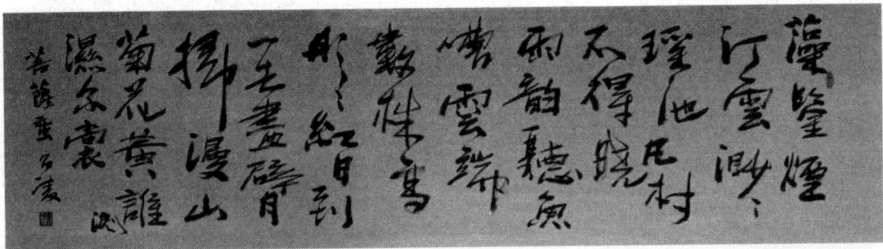

注：藻鉴烟汀云渺渺，瑶池凡村不得晓。雨韵听鱼嘈，云端数株高。彤彤红日到，一去尽臂扫。漫山菊花黄，谁泪湿尔裳？（陈昌凌作词《菩萨蛮·秋雾》，并书之。）

07

针对班级一些不良现象的发生，和校长对同学们升学期望值的提升，我班的管理制度也在明细化、严格化，如收管手机制度、晚自习制度等。

对大多数学子来说，手机的诱惑力远远超过文化课对他们的吸引力。正如一所中学名校开学第一天，在校园中挂的警示横幅中写道："你如果想毁了你的孩子，最好的办法，是送给他（她）一部手机!"

而在中职校园里，要想完全杜绝手机是不可能的，何况本校董事会还卖出那么多手机卡给学生，他们当然是不反对学生用手机的了。不过，上文化课期间，我们有理由收掉绝大部分同学的手机，让班级极少数的班委拥有手机就可以了。但是，手机收得绝不会顺利，其中最重要的原因是董事会并没有明确表态来支持我们。

为了收掉同学们的手机，我有时"横眉竖眼"，大发雷霆，结果，绝大部分同学终于上交，当然，也有少数同学准备了"备用机"，比如胡举劲同学。但是，"无手机"的第三天，到底有同学找到了我的办公室。

"班主任，我思考了两天，今天要向你表白一下心里话：我不能没有手机，手机是我的半条生命，我没有手机就像掉了魂，觉得活着都没有意思了!"樊巍说道，一脸的诚恳与失落。

他走了以后，我思考了良久。樊巍是一个在同学们心中很有正面影响的同学，他平时不爱多说话，但说得到做得到，言出必行。我怕会出什么事儿！

课后，我找了班长褚仁俭商议，结果，我们同意樊巍可以拥有手机，但是，得给他安排一个差事，请他"专业"管好班级的快递工作。因为管快递是离不开手机接收信息的，这样，在同学们那边也好有个解释，不会引起坏的影响。

樊巍做事的确非常认真，从他开始管快递，快递就再也没有出现丢失的现象，并且大大缩短了快递在"快递屋"的滞留时间。同学们对他的信任度在提升，他的人气渐旺。既然同学们已经非常信得过他，既然同学们很能听下去他的意见、建议，于是，我与班长褚仁俭商议，决定提升樊巍为执行班长。接着，我们接受樊巍的建议，又将殷雨宏同学也提升为学习纪律委员。

樊巍、殷雨宏经过一天的商量，他们又为班级拟定了严格的学习制度，其中就有晚自习惩戒制度。

殷雨宏给晚自习违纪的同学记录违纪的次数，下晚自习前，他将要通报晚上的"违纪前三名"。下晚自习后，他让这个前三名，以"剪刀石头布"决定谁是本次的"赢家"。赢了会做什么呢？那就是，男生和女生分别接受跑圈、马步蹲、俯卧撑和打扫卫生等成长计划。（这里面当然也有我的献计献策！）

各种制度都在严格地执行，包括就寝制度、卫生制度等等。而同学们的学习成绩更在稳步提升。看看教学楼前的教学成果展板。第一次月考，我班文化课总分不及平行班级四班，总平均分相差十七分，特别是数学成绩，相差更远。而第二次月考，我们的总平均分近乎持平，虽然数学成绩还没有跟上来，总分前五名只占了两名。但是，到了期中考试，我班的总平均分已经甩下四班二十三分，数学成绩已经略胜四班，前五名更是有四人花落我班。

期中考试过后，一天晚上，我正在看管晚自习，谭朝阳处长来找了我。

谭朝阳处长，中等个儿，偏胖身材。头发看上去黑得很油腻，皮肤也黑得很油亮。发型与他的干部身份不合，头发剃得不正道，很江湖。总体感觉不英俊、不潇洒。对于他的长相，钱维庆校长曾在背后说他"其貌不扬"。

"老柯，下一年我们升入高二年级，将分专业上课。根据你的授课经验与教学管理能力，下学年，我们考虑安排你带两个美术班的语文，并且担任其中一个班的班主任。"谭处长从我的眼神里，看出我对他的话不解，接着道，"董事会对美术班非常重视，因为美术班的学生求学花费很大，我们要对得起家长们的心血和期望，更因为美术班的同学与对口班不同，他们可以报考全国名校，这也非常有望弘扬我们学校的名声，提高我们学校的社会知名度。"

我只是微笑，并没有点头，因为我得细心考虑，美术专业与其他专业相比，哪个班更适合我带。有兴趣、有信心，才是带好课程、带好班级的关键。

注：雨后暮野蛙语遍，风缓林雨溅。稻秧汲甘霖，生意蓬勃，翠入珠光面。凫雁嬉戏没藻鉴，涟漪入田浅。渔网破中流，短褐穿结，笑把鳜肥敛。（陈昌凌作词《醉花阴》，并摘而书之，且画背景。）

08

快开始期末考试了，升学部毕竟是升学部，进入升学部的同学最起码的目标是"升学"——进入高等院校深造，而升学依据什么？依据你的应试分数。所以，同学们很重视每一次的月考，更重视期末考试，因为不重视平时的月考和期末考试，却能考入高等学府，那简直纯属"奇迹"。所以，月考，特别是期末考试，对同学们是很有压力的。只是，有的同学会在压力中奋力前行，而有的同学意志脆弱，会在压力中败下阵脚。

这天晚上，晚自习已放学多时，近晚上十一点。校园里一片寂静，只有清凉的晚风还能送来几曲蟋蟀的琴声，而校园里的路灯，和教学楼顶的照明灯，早已困得像守夜人不敢合上的睡眼。我洗漱完毕，准备躺下，休养一天下来我疲惫的神经。

忽然，手机响了，我接到了胡举劲同学家长的电话。这么晚了，家长来电话，必有要事。

"喂，您好！胡举劲妈妈您好！您有……？"我还没问出口。

"柯老师呀！不好啦！我家举劲现在正站在你们教学楼的楼顶上呀！他要跳楼呢！他要我转钱给他，我没同意，因为他这个月花钱太多了……"她哭喊着说。

"不用说了，我立马去教学楼！"我打断了胡举劲妈妈的话，赶紧道。

我立马给谭朝阳处长去了电话，请他过来帮助我去救人命。

我走到教学楼下，仰视高高的楼顶，没有发现沿边站着的人影。

"柯老师，我们俩从两边楼梯摸索上去……只是一定不要发出任何声响！"谭处长已经到了教学楼下，并且电话叮嘱我。

我多年也不曾有今晚这么胆大、这么敏捷。我与谭处长迅速爬到了楼顶，四下巡视之后，肯定了胡举劲并不在教学楼顶。这更可怕，那么他会在哪个阴暗的角落或哪座楼顶呢？

今晚我睡觉前，还去过胡举劲的寝室——百忍楼305号，当时他已经躺下了，这会儿怎么就跑出来了呢？怎么就跳楼了呢？

"褚仁俭，胡举劲现在在寝室吗？如果不在，你问问大家他什么时候离开寝室的？"我打通了班长的手机。

"他在寝室呢！他……一直在跟他的妈妈吵架！"

"确定是他吗？"

"确定！"

我舒了一口气，但是很不解。我来到了百忍楼305宿舍，打开灯，掀开了胡举劲的被褥，发现胡举劲正趴在被窝里，光着身子（他有裸睡的习惯），他这会儿正在看手机呢！这一掀开被褥，把他吓得愣住了。

"手机拿过来！"我厉声说，顺手夺过了他的手机。手机上打开着他给他的妈妈发的微信，最后一句话：

"再不转账过来，我就跳了！"

我们请来了胡举劲的姑妈——胡照芳主任，我们共同对胡举劲做了说服教育，胡照芳主任更是联系着举劲的家境，声泪俱下。但是，从胡举劲茫然的神态，和有时斜瞥一下我们的眼神，不难发现，他没有考虑彻底悔改，那么，对胡举劲的教育，无疑还任重而道远。

光阴荏苒，"逝者如斯夫"！期末考试即将来临，为了强调本次考试的意义，激发同学们学习的积极性，政教处警醒各位考生：

"本次考试，属期末大考，考试成绩将登记在册，记入你的档案，它会影响你终身的职业规划！"

多数同学在紧张地复习，指望在此一搏，希望能"一鸣惊人"，最起码要对得起一学年的黄金时光。但少数不愿奋斗，或从不努力的同学，则动起了歪脑筋。就在考试前的一天，这天天一亮，老师们刚刚进班，学生们刚刚早读，校园里却传来了一个消息，让大家听后很紧张：昨晚，教务处门头上的"摇头窗"被推开了，已经印制好的高一年级各科试卷有被盗的痕迹——试卷泄密了。

不过，政教处办事还是高效的，当天下午，已查出了盗卷主谋，是我高一（3）班的朱辰星。

朱辰星是高一年级下学期从县二中转来的，关于他我在前文已经提及，常理告诉我，读完一学期，然后从县城转到县郊来就读，如果不是因为父母工作调岗，则一般都是出了问题的学生。

因为谭处长告诉我，朱辰星是本校董事长的"内里人"，所以来我班后，我和同学们不得不"高"看他一眼，并且，不久他和虞珂宜走得很近——是他找了虞珂宜，还是虞珂宜找了他？或许是他找了虞珂宜吧——他们走得太近，权势相加，必然会更加难管。

朱辰星来到庐苑中职，他首先要办的一件大事，是加入学生会。加入学生会后，不只是班委，甚至班主任也管不了他，他反过来可以管教同学们。

我预想，他加入学生会以后，有可能会传播很多负能量，所以我暂不能同意他，但是他执拗不听，说已经在学生会报了名。无奈，我请求他的父母来阻挡、说服他。

这会儿，他与他的母亲在校园里大声争吵，他的母亲只希望他珍惜机会安心读书，不能再惹是生非，但他怎么也听不下去。

"你不要勉强我，我有我的志向，勉强我也改不了我！学习成绩，你不用担心，我会把成绩搞上去的！"

恰巧方董事长在校园里散步，听到了他们母子的争吵，于是，停下了脚步：

"你是哪个班级的？"董事长问，声音不大，但透着威严。

"高一（3）班的。"

"你班主任是谁啊？"

"柯叶老师。"

"你很缺少教育呀！你的母亲这么辛苦，来校园看你一趟，难道你能这么大嗓门跟她说话吗？你看你的母亲都流泪了，孩子，你不够孝敬呀，一个人连母亲都不知道尊敬，不知道爱戴，那么，我们还能指望他尊敬谁呀，关爱谁呀！孩子，你得好好反思才行！"

显然，董事长对朱辰星母子没有多少印象，不过，他的话结尾还是说服了朱辰星的母亲，同意朱辰星加入学生会。

朱辰星加入学生会以后，上课从来就不正常，他管着校园大事。何况是经过了董事长的批准，我总不能过于干预此事，于是，对他的行踪，我总是不甚了解。

这次期末考试试卷被盗，损失惨重：教务处、各学科教研组，大家的辛勤劳动，将得不到董事会的认可，等待我们的倒有可能是问责；明天就要期末考试，重新出卷，已经来不及了，那么，我班志在考出遥遥领先的成绩的愿望，只能泡汤——何况盗卷人还是我班的朱辰星。

期末考试不可拖延地开展着，结果，我班这次期末考试，真的是各学科成绩、总分都遥遥领先。但是，我却不能大张旗鼓地表扬我班，宣传我高一（3）班，我一肚子的懊恼无处倾诉，只能憋着！

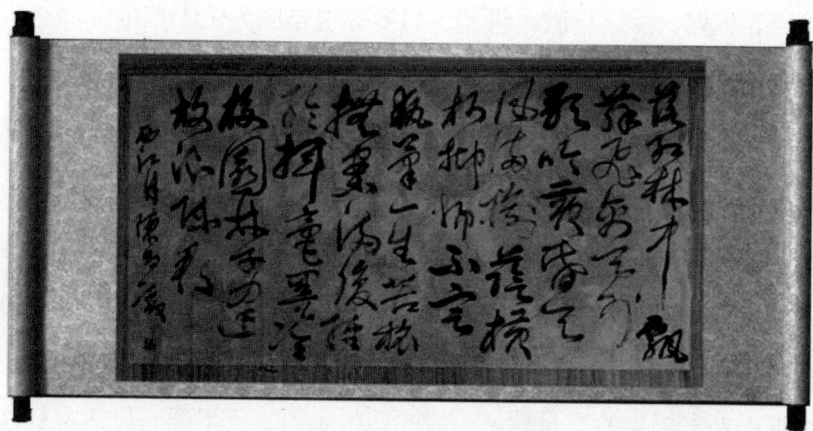

注：落红林中飘舞，飞禽天外歌吟。黄昏天风满榆荫，横柯抑扬不定。执笔一生苦旅，抚案满腹经纶。挥毫墨冷校园林，子建放浪陈郡。（陈昌凌作词《西江月·致逸兄》，并书之，且泼水墨背景。）

09

高一的下学期，工作重心逆袭常态，发生了大转移，不再以教学为重点，而是以招生为中心。那么，对于这一学期，教学教得再好，也没有领导表扬你；反之，教得再差，只要你说是因为忙于招生，那么也没有人贬低你。但是，另一方面招生进展情况，却与你的收入直接挂钩，招的多，你得的奖金多，招的少，你得到的奖金少，甚至，没有奖金，还得赔钱。

庐苑中职学校的"招生办"还不如说是招生屋，里面只坐着两三个"闲人"——若有家长来了，他们可以陪坐、陪聊，夸夸学校的优势，然后做好登记或应急收费。而这两三个人却是从来不下去招生的，那么真正外出招生的竟是教学一线的各位老师、班主任，包括家长来缴学费了，一般也是由各位老师、班主任前来收取。

每年招生前，都有一个启动大会，这场大会方董事长不只是要到场，更要作重点讲话，主讲。

方董事长五十来岁，坐在主席台正中的位置，气宇轩昂，神情潇洒，他有时候用满意的眼神看着入席的各位同仁，有时候用指挥的手势，安排着在场的中层领导，说起话来，声如铜锣，铿锵有力。从他这个气场，你就可以看出，他便是本校园的法人代表。他今天讲的内容主要有：

一、往年的荣誉，包括步步提升的坎坷历程，某年某年获得的奖牌数，某年某年对口高考被本科院校录取的人数，历年来愈来愈多的就读人数等。

二、现在形势一片大好，办中职教育利国利民，得到政府的支持。

三、"千斤重担万人挑，人人头上有指标。"每个老师都要参与招生，责任到人，指标到人。这是庐苑中职历来的政策，并且经过实践的检验，这是行之有效的妙计，它最有力地助推了庐苑中职的蓬勃发展。

四、对如何招生提出具体要求。

他还将招生团队赋予师级、团级等编制，给大家以出兵打仗的感觉，也可见方总对招生如何重视。来到这个会场后，大家几乎都产生了冲锋上阵的激情。而就在大家热血沸腾之时，方总让孙茹副校长做了一次示范演讲，教大家出去进入各所中学如何演讲，如何招生。她的演讲非常有激情，加上话筒声音洪亮，说是句句震荡着会场大楼，还不如说，每一句都回荡在参会者的心胸。她这个示范的意义特别大，人们从她身上学会了讲什么，怎么讲，可以说，她是接下来要出门做宣传的所有老师的楷模。甚至，有人议论说孙茹之所以被任用为副校长，就是因为她很会招生，能招来很多的学生。

会散了以后，我开始重视招生这件事情，方总的"千斤重担万人挑，人人头上有指标"的招生指令，一直响在我的耳际。我被分在第四师队，我的师长叫胡迪。胡迪很年轻，据他自我介绍，他本来就毕业于庐苑中职学校，后来在庐州新坊培训学校当了一段时间西点班班主任。他谈起管理和招生还是有些经验的，但是他瘦小的身材和"女人腔"的口音，总不能让大家把他和权威领导联系在一起。

胡迪师长按照庐苑中职的惯例，很快为大家印制了宣传材料、名片，便从网上为大家订制了印章，印章上有各位招生老师的姓名和手机号。发宣传材料时，盖上所发人的姓名和手机号，似乎显得很正规，甚至高端，更比肉手签名、写手机号来得便捷、清晰。

接下来，该是人人学会演讲了。我们首先都准备了演讲稿，当然，母本是来自孙茹校长的那篇稿件。每个人轮次上台展示，重视得犹如登台上公开课，有动作，有姿态，有板书……该到我上场了，我在班级上大课时，佩戴扩音器已成为习惯，于是，我戴着扩音器走上了讲台。我并没有照着稿子来朗读，而是将内容理出线索，满腔热情，激情演讲。我讲完了，大家给出了一片掌声，甚至有位教营养学的女老师还笑道：

"听了柯老师的演讲，我都想到庐苑中职来上学了。不过，年龄过时了，没有机会了哈！"

但是，做招生宣传，绝不是像在家里激情演讲这么简单、快乐，乃至浪漫。因为，很多学校压根儿就不接受你去宣传，虽然，早有教育厅的文件精神鼓励一部分学生，特别是文化课成绩不理想的同学，应该选择中职学校学得一技之长，将来小的方面能找到就业出路，大的方面能匠心报国。但是，各所中学不接受宣传，也是有自己的理由的：中考成绩毕竟是检查一所学校教学质量的"硬件"，中职学校招收的毕竟主要是文化课成绩不达普高线的同学，你中职学校这么早来到我校宣传，分明是"轻视"我校的教学质量，更可能会给一些中考后进生泼冷水，让他们放弃中考升学的念头，再说了，不是还没参加中考吗，你总是劝学生提前报名、提前缴费，对于部分同学来说，这也不合情不合理呀！甚至，连续几年参加招生的部分老队员，开始提醒我，要做好思想准备，必要时是要翻墙入校园的。

胡迪师长经过连续几周的奔波忙碌、打通关系，这天正式通知我，可以到庐州第十七中学走动走动，送个小礼物啥的了。胡师长告诉我们，本次去的最重要的价值是混个脸熟，这样以后的工作才好开展，何况，他们如果收了我们的小礼物，那么下次我们就有面子拨打他们的手机，咨询可否入校宣传等事宜。

　　胡师长、钱友闻老师、我，我们来到了十七中大门前，但是门卫根本就不认识我们。报出某个老师的名字，门卫打电话过去，那头却无人接听。过了一会儿，我们想冒充某个学生的家长，但却报不出某年级某班级任意一个学生的名字……这么一踌躇，门卫更是怀疑我们，几乎是没有任何希望进入校园了。显然，要么就是胡迪师长联系的乙方权势太小，"不敢作为"；要么就是乙方一直在忙，根本就没有时间看一回手机。

　　怎么办？这么远赶来，即使见不到校长，见不上学生，最起码也得见到联络人呀！胡迪师长对我们使了一下眼色，歪了一下嘴角，我们一行三人来到了十七中一处僻静的围墙墙根底下。

　　"来，站我肩膀，翻墙！"胡迪师长毅然地对钱友闻说。

　　钱友闻身材也很瘦小，更是敏捷，他很快搭着胡迪师长的肩膀，爬上了墙头。

　　"危险，墙上有玻璃碴！"我说。

　　墙上落下几撮尘土以后，随着墙那边咚的一声闷响，钱友闻老师已经稳稳地落入围墙的另一方。

　　"来，接着来！"胡迪师长又蹲了下来。

　　"你……你行吗？我……我怕踩伤了你！"

　　蹲下的胡师长斜仰起头，看了看我的块头，没再说话，他站起了身。

　　"这样吧！来，你站我的肩膀上去，怎么样？"我说着，一边弯下腰来。

　　胡迪师长又望了我一眼，摇摇头："不行，不行！"我料他是觉得我的年龄可算是他的长辈了，一方面，踩我不合礼仪，另一方面，也会多少伤他的自尊心。

但是，钱友闻老师却正在那边小声地叫着我们呢：

"过来呀！翻过来呀！你们怎么不翻过来呀！"显然，离开胡迪师长，他接下来的工作没办法开展。

胡迪师长最后决定，要带着我二度闯门岗。他到他的车里，拿来了两顶遮阳帽，一顶蓝的、一顶红的。他戴上蓝的那一顶，要我戴上红的这一顶。

"进校门的时候，一定得把帽檐压低，不要让门卫看到你的脸！"胡师长叮嘱我。

"看到我的脸怎么啦?!"我心中不满意，但是没有说出来。

机会来了，下课了。还好，十七中不是每个同学都必须穿上校服，于是，戴着蓝帽子的胡迪师长，顺利避开了门卫，闯入了校园。而年近五十，身材发福，戴着红帽子的我，虽然已把帽檐压得足够低，但还是被门卫发现了，被恶狠狠地拒之门外，甚至，他冲着我嚷道：

"若再来门边晃悠，我要报警了！"

我站在大门外边，透过电动伸缩门，远远看见胡迪师长已与钱友闻老师汇合，他们渐渐走入了校园深处。我的心中有些失落，但马上转念又生起三分欣慰，毕竟我们已有两位老师进入了校园，他们即将启动我们的宣传计划。

突然，看见胡迪师长风一样地往回跑，往校园大门这边跑。待他走近了，我问他：

"怎么了？胡师长，你为什么这么跑?"

"刚才我接到电话，陈副校长要见我，口袋里的香烟……不行，我……我得赶紧去换包香烟！"他没有抬头，边跑边对我说。他要穿过马路到对面的商场里去买"正宗"的"软中华"。

他太激动了，顾不上看路两边驶来的车，只听到嘎的刹车声，然后有人骂道：

"妈的，不要命啦！"

胡迪师长只是冲着那位开车的师傅傻傻一笑，接着直冲往对面的商场。

胡师长买了香烟回来，我随着他七弯八扭，转过几个楼台，钻过几个楼梯口，终于来到了陈副校长的办公室。

陈副校长的办公室布置得很简单，三张桌子，三把椅子。他自己坐的这一张桌子，上面放着一个茶杯、一个茶叶盒、一本台历、几本教学用书，还有一摞学生作业本。大概副校长毕竟不是学校一把手，他还亲临一线上课呢。他的办公桌子的另一方摆着两张办公桌，上面放着教科书和更多的作业本，大概此时这两位老师已经去上课了。

"陈副校长，您在学校呀？我还以为您不在学校！"胡迪师长躬着腰，递上去了香烟，他这是因为太激动、太紧张，所以不知道怎么说怎么问。陈副校长接过了香烟，放在一本书上。

接着，陈副校长为我们每人泡了一杯茶：

"大家跑了这么远，辛苦了，先喝杯茶吧！"

"不客气，陈副校长，我们不喝——不渴！"胡迪师长陪着笑，一直躬着腰。

其实，我真的有些累，有些渴，但胡迪师长刚刚说过我们不渴、不喝，便不好上前去端茶。也罢，茶还是泡一会儿再喝的好。

"你们坐一会儿吧！"陈副校长看了一眼我和钱友闻，指了指办公室里的另外两个座位。

"我们不累，不用坐！"胡迪师长赶紧说。

陈副校长拿起了那支烟，坐到了他自己的座位上，他在上衣口袋里摸打火机。胡迪师长于是也在上下衣口袋里紧张地摸着，嘴里喃喃道：

"我没带打火机，我……我为什么就想不到带上打火机呢！"他转过头来看看我们："你们带打火机了吗?"

这时候，陈副校长已经找到了打火机，点着了烟。

"你们来之前联系过周老师，对吧？周老师已经把你们的来意跟我说了。"陈副校长很平静地说。

"对，对，对！"胡迪师长不住地点头，笑容可掬。于是，胡师长打开了介绍我校办学宗旨、办学成果的话匣子，这方面他是有话可说的，而且基本线索分明，因为在自家学校已经演练了数遍。

胡迪师长一直躬着腰，我和钱友闻站在他的身后，没事做没话讲，很无聊，腿都发酸……

我终于过去端起了陈副校长为我们泡好的茶，并且坐到了办公室里空着的座位上，轻轻地喝着茶，不敢出声，不敢打扰胡迪师长与陈副校长的谈话。胡迪师长突然瞥了我一眼，我分明看到了，他的眼神里带着埋怨，甚至愤怒。

返回校园的当天晚上，胡迪师长按照学校大会要求，去找董事长汇报了招生进度。这种汇报是很刺激神经的，董事长的一贯做法是，若某招生师队有学生来报名并且缴费了，董事长将现场用现金颁奖，红通通的人民币大钞，一甩啪啪作响。反过来，要是你那组招生进度太慢，他会现场骂娘的。

汇报会开完，胡迪师长回来后，告诉了我一个消息：

我将不再参加招生，只是守在招生办接待学生或者家长来访；他也不再是师长，因为他能力有限，方董事长决定，我们这个师以后归万芹副校长统一率领，与万芹师合并为一个师。

得到这个消息，我班英语老师张晓筠兴奋地告诉我：

"柯老师，你提干了哟，以后不用下去招生了呀!"

我怀疑她也参加了汇报会，可是，岂不知我以后一分钱招生奖都领不到，只能眼巴巴地看着别人数票子嘛！末了，我回敬了她一脸的苦笑。

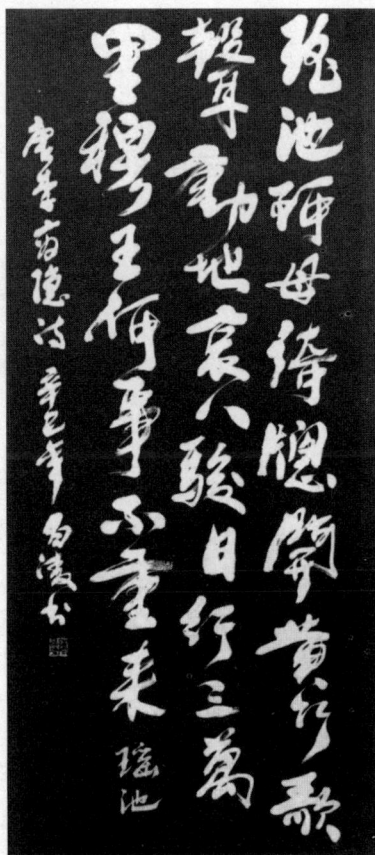

注：陈昌凌书唐代李商隐诗一首。

10

我虽不能去招生，但咱也不能坐吃闲饭，于是我发挥自己的爱好——码汉字，结合庐苑中职校园的美好环境和办学成果等，为本校写了一篇散文，并借助我手机上的软件公开发表，以此来为本校的招生工作出微薄之力！

我在庐苑中职等你

柯叶

庐苑中职学校，位于庐州市东郊，既然是在郊区，于是就尽量回避了市井的热闹喧嚣。你从庐州市内乘公交，转乘454路，转上几个弯，然后落脚岗园村，这里分明能感觉到环境的清幽，和四周的静谧。抬头望去，"庐苑中职，助你腾飞"，八个火红的灯箱大字，一所中职名校——我们庐苑中职学校，即在你的眼前。可想而知，办学人把校址选在这个地方，是有他的考虑的，空气清净，环境清幽，交通方便，才是方董事长择定校址的首选！

进入校门，校训（"横渠四句"）"为天地立心，为生民立命，为往圣继绝学，为万世开太平"，使来者振奋，让来者感受到了办学人的气魄、理想和胸怀。往里走，扑面的花香、清脆的鸟鸣声、夹道的绿荫，会让你突然感到，有了陶渊明走入"世外桃源"的惬意和舒畅。

入门的左侧是幼师部大楼，来人不便随意踏上楼层，因为毕竟是教学圣地。这时，幼师部钢琴房里一般会传来悠扬的琴声，这令你陶醉的琴声，又是回响在这么幽静的花园式校园里，于是，这声音就更能穿透你的心扉，更能扣响你的心弦。

幼师部教学楼群里，有一幢"礼让楼"，这是一幢全网控、全套装配多媒体的会议楼，光从"礼让"二字，我们已经略知，这幢楼除了传达国家教育政策、本校教学任务，还非常注重提升我校教师、学子的品德、风尚。

入门的右侧，醒目的是一座凉亭——"谨信亭"。亭子座于三级台阶之上，四柱玉立，檐牙相望，天窗高筝，清风送阳。亭内四柱环绕，栏杆相连。无论是学子课余闲坐，还是家长探望小憩，每每让人们气爽神宁。你凝思，有四季常绿的常春藤陪你凝思；你微笑，有春秋常开的月季花陪你微笑；你欢歌，有常来常往的画眉鸟陪你欢歌。不过，你听着来此一坐的学子们的文明的言辞，看着他们彼此的笑容，我想，你一定对亭子前木柱子上的一副对联留有更深的印象："和声细语显才女气质，谦恭礼让展君子风度。"

离开谨信亭往前走，抬头间，巨大的感恩石正矗立于眼前：花台上茂盛的青松翠柏，和香远益清的各色花卉，都在向参观者诠释我校"德高技精"育学子，"诚信感恩"报社会的办学宗旨。

走过"信义楼"（中职教学楼之一），迎面踏上十三级台阶，便来到了庐苑中职学校的早操场、跑操场和足球场。"绿草如茵"的足球赛场，殷红泛紫的塑胶跑道……似乎在向来者描述着，六千学子注目升旗的庄严时刻，六千学子齐身做操的飒爽英姿，六千学子赛场争冠的霸气身影。操场是庐苑中职学校的中心地带，观看台上的音响设备，除了会定时提醒上、下课时间，更会流淌出洗涤心灵的美妙旋律，和喷薄出催人奋进的澎湃音乐。操场内外两条横幅，"最伟大的精神是宽容""最优秀的品质是诚信"，寄托着校长、老师们对学子们的谆谆教诲和殷殷期盼。

下面不妨参照操场方位，三面介绍。下了操场往东走，走廊处，树荫夹道，绿樟香气馥郁，玉兰白得圣洁，月季花更是四季如火。硕大的月季花探出头来，亲近着来者。但似乎很少有游园美女敢和它们合影，是否就像当年的李清照，"怕郎猜到，奴面不如花面好"呢！

绿廊与公示廊相接。公示栏中每一幅画面，每一张笑脸，都在向我们展示学子们的快乐生活和他们对人生价值的追求，对未来的无限憧憬。

穿过画廊而北折，便可径入庐苑中职之"融园"。融园内广植棕榈、玉兰、桂花、冬青、石榴、杨梅等各种树木，岁岁葱郁，季季芬芳。"杨梅"，在此特有蕴涵，那就是希望中考失利的学子们，加入庐苑中职后，通过因材施教，通过励志蜕变，尽可成才，人人都可"扬眉"吐气。

园内石凳、石桌，干净有序，是学子们休闲读书、总结课程的好场所。并且，园内处处用"仿砖墙"隔开，而墙上又留着大小不一、形状有别的"观景窗"，这样，使得园内的景致处处可入，而又不能"一览无余"，于是，增添了园景的参差感、深度感、蕴涵量。无论是白天的蝶绕鸟啼，还是夜间的路灯林影，都给师生带来了美轮美奂的享受，更可以助力畅行小径的学子们，展开奇思妙想的翅膀，引领他们去想象更美好、更绿色、更诗意的生活。

融园的北面，有以林木搭成的"心"字隧道，绿叶葱茏、俯仰有情。步行其间，本校从教者的拳拳之心，自不必言表。

移步操场往西行，最先步入的是"和园"。它比融园小，但宁静中透着朝气，最惹人眸子的不再是它有冬青树、月季花，而是它鹤立鸡群的桂枝和红叶似火的枫林。无论是桂枝还是枫林，都流淌着校园的温馨和蓬勃向上的热情。而伫立其间的几块展板，更可以称为和园最德高望重的发言人。它们正向来者娓娓道来庐苑中职的办学史和一路风光：

"抓铁有痕，踏石留印。作为一所民办中职学校，庐苑中职学校从市赛金牌零的突破，到首获第一枚省赛金牌；从首次晋级国赛夺银，到冲金成功，见证了庐苑中职学校职业技能大赛从跟跑到并跑，再到领跑的传奇历练过程。"

走出和园，沿着操场西侧拾级而上，便来到了庐苑中职最大的读书园——"重生园"。重生园小路逶迤，曲径通幽。这里的桃树、李树最多，寄托着"桃李满天下"的希冀。这里，无论是纳风凉亭，还是落红石座，都是教师、学生们课后读书看报的首选处所。幽，幽到"只闻其音，不见其人"；只在此"园"中，却"林"深不知处。寻声未见其影，却每每与红花芳草撞个满怀。静，静到"万籁此都寂"，但余"课铃"音。在这里读书，可以让你感觉到，什么叫作神清气爽、花香宜人；什么叫作独坐"桃李"里，"阳光"来相照；什么叫作"淡泊以明志，宁静以致远"。

闲步这片读书园，我曾拙笔填过一词《清平乐》：

清平乐

柯叶

春风梳面，鸟声三四点。
曲径红素不玷染，蔷薇溢清香远。
人在凉亭闲坐，风从香樟拥来。
杜鹃落红幽径，桃李年年绽开。

重生园的中央是一座硕大的雄鹰石雕。高大的石雕通过台下的二维码，向重生园中的学子们讲述着老鹰蜕变的励志故事：

"老鹰属世界上寿命最长的鸟类，它的年龄可达 70 岁。要活那么长的寿命，它在 40 岁的时候，必须做出艰难的、重要的决定。当老鹰活到 40 岁的时候，它的爪子开始老化，无法有效地抓住猎物。它的喙变得又长又弯，几乎碰到胸脯。它的翅膀变得十分沉重，因为此时它的羽毛长的又浓又厚，使飞翔变得非常吃力。它此时有两种选择：等死或经过一个万分痛苦的更新过程——150 天漫长的蜕变，鹰选择了后者。首先，它尽全力飞到山顶。在悬崖筑巢，停留在那里，不能飞翔。老鹰首先用它的喙击打岩石，直到完全脱落，然后静静地等候新的喙长出来……它用新长出来的喙把指甲一个一个地拔掉……当新的指甲长出来后，它再把羽毛一根一根地拔掉……经历漫长的五个月以后，新的羽毛长出来了，老鹰又开始了飞翔，重新获得了再活 30 年的生命。"

重生园中的这尊鹰雕，其实是在告诉校园中的每位学子：

"在我们的生命中，有时候我们也必须做出困难的决定，开始一个自我更新的历程。我们必须把旧的思想、旧的习惯抛弃，才能使我们获得重生，再次起飞。只要我们愿意改变旧的思想和习惯，学习新的技能，就能发掘我们的潜能，就有希望创造出崭新的未来。"

在我们这所中职校园里，很多同学是中考失败者，"可怜之人，必有可恨之处"，他们往往有很多坏习惯或者消极思想。显然，这尊鹰雕对每位走过重生园的学子，都有着触及灵魂的警醒和激励意义。

重生园中除了雄鹰石雕，还有三处铁像。第一处"师徒传艺"，是通过老师手把手地教学生技能的画面，来突显本校的办学理念——我校是全省师徒制示范学校。第二处"望子成龙"，是通过母亲送孩子上学的画面，来寄托家长对孩子的殷切期盼。无私的母爱，通过"母亲"的眼神、面部表情和手势，表达得淋漓尽致。第三处是"快乐学习"，它是通过男生、女生转轴拨弦、载歌载舞的画面，向我们诠释快乐生活、快乐学习、寓教于乐的道理，它希望每位学子都能在快乐中享受丰富的校园生活，在愉快中收获学业。

操场的北端，毗邻的是两个篮球场。干净的塑胶地面，嫣红的球架，雪白的球篮，这里更多腾跃着升学部的男生健儿们。大课间与课外活动时间，这里总是激荡着欢声笑语，飞动着同学们敏捷的身影。什么叫作"早晨七八点钟的太阳"，什么叫作"朝气蓬勃话后生"，到这里你肯定会心领神会。

两篮球场的北部便是庐苑中职学校的升学部。它由两幢大楼组成，分别是高一"匠心楼"和高二、三"千锻楼"。只是从这"匠心""千锻"二词上，我们就可以看出升学部的拼搏精神。可以思考一下，中职校园招收的学生，往往对中考成绩不作要求，但家长对比外校的是高考升学率，届时谁同意你"他来时基础差，所以没考取"的解释。因此，升学部的老师们，只有通过严谨而高效地教学，呕心沥血地付出，学生们只有通过"精诚所至，金石为开"地认真努力，来提高升学率，圆同学们的升学梦。"今日不肯埋头，明日何以抬头""胜负无定数，敢搏成七分"，同学们在刻苦努力；"不拼一把，怎知自己有多优秀""劈波斩浪，扬我风帆"，老师们在辛勤付出。由于严谨的教学制度，由于因材施教的教育方法，由于拼搏向上的学习氛围，升学部年复一年创造着教学佳绩、高考奇迹。我们本着"人人皆可成才，人人尽展其才"的教育理念，实现一个个"来非王者，去是传奇"的教学理想。

教学楼的西侧，是一汪小池塘。池塘不大，却美得清秀，美得宁静。炎炎夏日，虽然没有"接天莲叶无穷碧，映日荷花别样红"的大美景致，却让你满意享受了"小荷才露尖尖角，早有蜻蜓立上头"的小巧、清雅。

荷塘的西边，是两个实训大厅：汽车创新实训中心、智能制造实训中心。严整而气派，实训设施先进、齐全。一个个技能奇才，正从这里诞生。

教学楼的北侧是校园生活服务中心，兼主食堂。这里面一次能容纳1800个师生同时用餐。开课期间，全校6800个师生，分中专部、幼师部、升学部三批次，三时段排队就餐。可想见，排着长长的队形的阳光少年的壮观场景。即使在假期里，食堂依然要求做到窗明几净，一尘不染。

生活服务中心后面是男生、女生公寓楼，分别名称"百忍楼""逐梦楼"。"百忍"与"逐梦"，显然寄托了办学人、老师们对莘莘学子的拳拳关怀。希望他们"上善若水""壁立千仞，无欲则刚"；希望她们敢于追梦，"长风破浪会有时，直挂云帆济沧海"。

一个学校的纪律是否严明，管理是否规范，从学生公寓的内务整理，便可窥一斑。本校公寓管理的"五个一"方针，就可以让你想见它高要求的管理模式：鞋子摆成一条线，水瓶、水盆、牙缸等放成一条线，衣服晾成一条线，枕头朝着一个方向，地面、门窗一尘不染。在这里的公寓楼就寝，习习的城郊清风，带着校园里花草、树木的清香，总是让你怡心悦体、休养充足，而休养充足又是学子们专注于学业的重要前提。

百忍楼后边是新开拓的篮球场和与篮球场一花园相隔的体能拓展基地。它们虽然还没有投入使用，但从规模之大，器械之多，可以感知我校的蓬勃发展之态势和董事会之长远思路。当然，办学人的长远思路，甚至从校园内高质量的车道和校园西侧高规格的停车场，也可一瞥端倪。

匠心楼与逐梦楼之间是海棠园。海棠园东西走向，从仿古的围墙开始，它便让你觉得，你已步入雅宅静院、清庭幽居。这里除了让你感觉到闲庭雅座、花坛相顾，更突出的是它的海棠花。九棵海棠树，在春末夏初之时，花开满枝，于是，真的让你感受到了"红的如火，粉的像霞，白的似雪"的怡情盛景。海棠园也是一处读书园，有趣的是，我给学生上课时间，每每路过此景，常常不免想起苏轼的诗：

海棠
苏轼

东风袅袅泛崇光，

香雾空蒙月转廊。

只恐夜深花睡去，

故烧高烛照红妆。

除了海棠树外，院落北墙边的竹林，四季荡漾着绿意，也是一番怡情的景致。特别是，雨过黄昏，徜徉于竹林边荷塘侧，它会让你永远遐想不完"竹色溪下绿，荷花镜里香"的诗意。

园内的香樟，也几乎是四季常绿、清香常驻，而姿态婆娑的几棵桂花树，更是独占西风，香醉秋天。

"踏尽清雅心生翼，更问何处栖方寸"，其实，庐苑中职校园最雅静、舒心的去处，实属"莫名亭"。

"莫名亭"在逐梦楼的西北，也在整个校园的西北角。庐苑校园位于宁静的市郊，而"莫名亭"又置于校园的一个角落，其幽静可想而知。它檐牙高啄，清静悠闲；背倚茂林修竹，鸟声嘤嘤；前瞻池塘碧草，清波潋滟。风过时，携来花草的清香；雨来时，俯瞰水花点点，雨色苍茫。晴日里，手捧诗书，满眼的诗意，会驱散你心头所有的雾霾；雨天里，静听雨语，穿林打叶的丝雨，会让你心旷神怡。在此看书，更能宁静致远；在此思考，更能神思飞扬。这里便是师生释怀修心的

"在水一方"。

庐苑中职校园是花园式校园，绿植覆盖面积超过百分之五十。春天，"有时三点两点雨，到处十枝五枝花"（唐李山甫《寒食二首》）；夏天，"芳菲歇去何须恨，夏木阴阴正可人"（宋秦观《三月晦日偶题》）；秋天，"老树呈秋色，空池浸月华"（唐刘得仁《池上宿》），"秋阴不散霜飞晚，留得枯荷听雨声"（唐李商隐《宿骆氏亭寄怀崔雍崔衮》）；冬天，"忽如一夜春风来，千树万树梨花开"（唐岑参《白雪歌送武判官归京》），"忽然一夜清香发，散作乾坤万里春"（元王冕《白梅》）。庐苑中职校园是洋溢着奋斗激情的校园，幼师部比歌赛舞，中专部比实训赛技能，升学部比文化赛成绩，争先恐后，惜时如金。庐苑中职校园，是满怀希望、日益蓬勃的校园。无论是从年年突破的市级、省级、国家级技能大赛奖牌数，还是从年年"芝麻开花节节高"的高考升学率，还是从年年我校爆满的招生人数，还是从前瞻性的校园设计，先进的实训设备，还是从我校日益健全的教学管理制度……庐苑中职校园，肯定是同学们就读中职学校的首选校园。

本校师生永远以门庭边的校训自我勉励，自我要求：

为天地立心，

为生民立命，

为往圣继绝学，

为万世开太平！

庐苑中职校园，正如它身后川流不息的动车组，来势磅礴，而又志在远方。

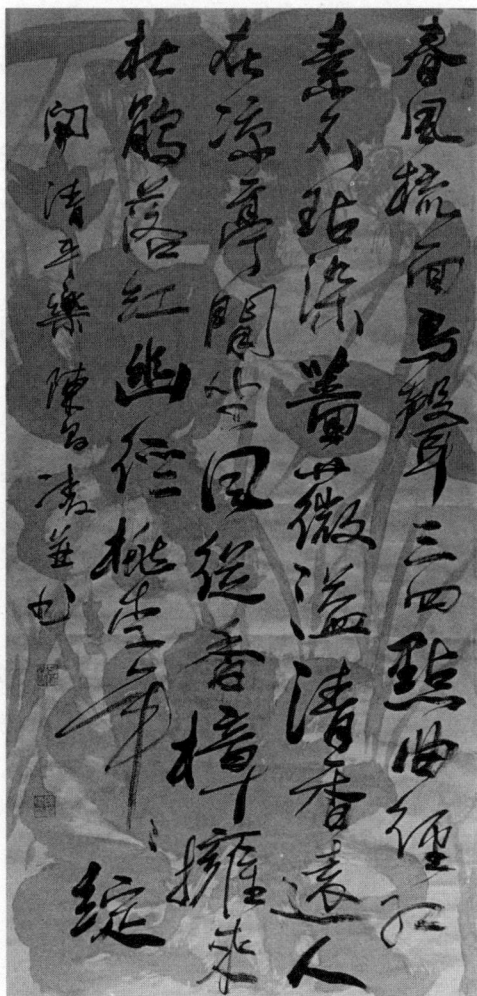

注：春风梳面，鸟声三四点。曲径红素不玷染，蔷薇溢清香远。人在凉亭闲坐，风从香樟拥来。杜鹃落红幽径，桃李年年绽开。（陈昌凌作词《清平乐》，并书之，且画背景。）

11

可能是因为董事长的"千斤重担万人挑，人人头上有指标"的理念非常实用，非常见效；可能是因为庐苑中职的每个老师都尽心尽责；更可能是因为国家的教育政策，如春雨一般滋润着中职校园这片幽篁，庐苑中职学校近年来一直招生火爆。今年，初三年级中考前，外校来庐苑中职报名且缴费的学生，已经达到了 2800 人。中考刚结束，又赶来报名缴费的近 500 人，而在中考分数线公布的第五天，庐苑董事会不得不下令停止招生，否则不止本校无法容纳，即使扩办分校，恐怕小的分校，也无法承受。何况办分校有那么容易吗？即使去找个旧校址。

董事长看到这个火爆的招生态势，得知这个巨大的报名缴费人数，他乐在脸上，可也急在心头：得找分校，分校该选在哪儿呢？

经过董事会、校长、副校长、主任、处长等人的多方调查、研究、比对，终于董事会最终拍板租下同位于庐东县而位置更向东去的一所濒临倒闭的原公有九年制学校——知行学校，创办分校。

然后经过一个夏天的改危、装修、配套、涂漆等等，最后也像校本部一样，在两幢教学楼顶竖上"庐苑中职，助你腾飞"八个灯箱大字，总算分校落成。很明显，分校在环境上再也不能与它本部的花园式校园相比。如果没有师生来往，它简直荒凉、破旧、寂寥得让人害怕。虽然，它周围是一片绿意葱茏的农田，但总也遮掩不了校舍的冷落与萧瑟。

分校地址选好了，维修分校也投入了上百万的资金，那么，接下来学生乐意去吗？能劝往分校吗？人家可都是冲着本部的美好环境来的呢！学校董事会、校长室为此都很伤脑筋。果然，苦口婆心劝同学们的事，还是让班主任来做。

我一个暑假利用在班级微信群里查作业之便，不断地暗劝同学们下学期应该去分校，不停地探视他们此时的心态，以便及时应对。我甚至利用了"说反话"的方法，啥意思呢？就是，本身是要劝所有高一同学去分校，而我却诡说：东校区是高考校区，而高考成绩最能奠定一个学校的荣誉，所以，去往东校区的名额，可能要经过筛选，对不能入学的同学有可能希望他们留在校本部中专部——当然，我班是重点班，同学们的学风、文化课成绩明显有优势，入选的机率自然要高于其他班级。

班主任在做本班同学的思想工作，校领导也在电话家访各位同学的家长。校领导的家访电话，既可以了解家长对此次搬迁的意见，也好及时地给予解释、安慰，同时，也可以测试到各位班主任的工作力度、深度。记得在分校的班主任表彰会上，谭朝阳副校长（读者朋友，到这里，我需要注解一下，原升学部钱维庆校长，在开往高考校区之前，因为公职在身，按照国家政策，即时辞去了升学部一把手职务，东校区——升学部现在归沈泽兰女校长领导，而谭朝阳处长来到东校区后，业已升为副校长）还夸了我在各位家长心中的"引领"形象：

"我们在电话家访中得知，高一（3）班的学生家长几乎一致表态：只要班主任去，我就同意我的孩子去。可见，家长对我们柯老师还是高度认可的！"

其实来到了分校，看到那些凋敝的校舍，破旧的门窗桌椅，落后的设备，我也曾产生想逃走的念头，但是，看着这些年少的面庞，尊敬我、信赖我的眼神，想到我对各位家长的承诺，我最终不忍心离开这里——那绝不是一个当老师的可以做得出的事——并最终下定决心留了下来，希望带好他们，陪好他们。

我们很快按专业分了班，我担任 17 级学前教育一班的班主任，并兼教 17 级学前教育一班、四班语文。学前教育班，师生简称它为"学教班"，于是，17 级学前教育一、二、三、四班，就简称为 17 级学教一、二、三、四班，或更简为 17 级学一、学二、学三、学四。学前教育生源主要是女生，文化课教语文、数学、英语，专业课教声乐、钢琴、舞蹈、简笔画，后来还要增加学前教育学、学前心理学、学前卫生学等课程。学前教育专业要参加对口高考，将来的就业方向基本是从事幼儿教育。

校领导在分配学生入专业、班级的时候，有意做了这样的安排：如果原高一某班的同学现在愿意学的专业，正是他（她）原班主任现在带的专业，那么，就让他（她）进入他（她）班主任的班级。这样做，多少可以温暖一部分同学的心。当然，大多数同学在自选专业之后，被校教务处指定了班级。不少同学，好一阵失落，好一阵心凉，大有"漂泊的灵魂，不知何处是我乡"的感觉。不过，很快他们就选择了面对，选择了镇定，选择了适应，因为他们都知道：这一天的分离，是早晚要到来的，将来的日子总是要自个儿去过。我不舍得原高一（3）班所有同学走出我的班级，但是，我最终能够平静地看着他们去往不同的专业、不同的班级……

新的班级已经摆在我的眼前，我要定下神来，专下心来，接手我新的成员。我的新班级 43 个同学，7 个男生，36 个女生，男生全是新的班级转过来的，女生中有 13 个来自我的高一（3）班。我请同学们作自我介绍，只是从他们的经历和谈话的形象与气质上，我就迅速摸定了班长的候选人（没有时间耽搁，该出手就得出手）——临时班长顾阳阳，副班长肖珺。并且，初步任命了各科课代表人选，团支部书记则由原高一（3）班"老支书"萧涟绮担任。本次的班委任命，我考虑到了同学们的心态，我没有偏心原高一（3）班，更没有用高一（3）班的同学去强压现在 17 学一的新面孔。这点女孩子的心理，作为班主任必须考虑到。后来的实践证明，我并没有多虑，隔壁二班，班主任杨老师（黄爱玲到底没教完高一（4）班一年，便换成了男教师杨老师）因为用他的原高一（4）班的同学负责班级纪律，结果同学们竟把怨言上报到了政教处。

班级分完之后，为了安定同学们的情绪，并且培养同学们勇于吃苦、拼搏向上的精神，谭副校长建议每个班级开一次"烛光晚会"——说这样更有仪式感——并解释为就着星光、烛光，班主任等老师结合自己的经历，生活中的实例，做一次励志演讲。

我带着学前教育一班（简称"学一"）的同学，在星光朦胧、晚风清凉中，于操场一角围坐一圈。此时，同学们多数是看不清对方的一笑一颦的，但从对方晶亮的眸子里却读出了今晚的神秘与庄重，更从校园另一面昏黄的路灯光里，感悟到了时光的荏苒和岁月的飘渺。也许同学们不断亮屏的手机，可算作今晚映照心愿的明烛吧，他们很认真地、很谨慎地倾听着老师们的发言。

英语老师、数学老师，都做了励志召唤——给同学们提出了期盼和要求。她们俩没有故事，今夜的"烛光晚会"总不能刚开头就煞了尾吧！到我了，我将用撼人的故事，让大家记住今晚，更望励志来日。

"20 世纪 80 年代初，我高考落榜了。如今父母渐老，咱已成年，高考无门而种田收入又太慢，不甘心，那么得自寻出路，养己养家。首先由别人介绍，我来到了苏州市郊挖起了下水道，因为咱没有别的技术，所以只能干这些粗活、险活，好在这些活的工价一直不低。

在苏州市郊挖下水道，由于要穿过一座山岗，下水道日益加深，后来深处达六七米。但是，一场雨后水沟塌方，砸死、活埋了我的三个工友，我最终没等发工钱就离开了这个工地。

后来赶到杭州市郊埋地下管道。这一天大晴天，上午我和工友们埋了几节管道，然后包工头儿吩咐我去菜市场购买蔬菜，供大家中午开伙之用，这样放工的时候，师傅很快就会做好饭菜，不磨蹭时间。不过，来回要经过一片荒野萧索之地。我是乘着拉钢材的货车过去的。车上满满码着废旧的钢筋，我和另外一个四十出头的大嫂各自挤坐在钢筋的缝隙间。车开出不久，我就发现驾驶员的技术不过硬。车子晃晃悠悠、摇摇摆摆地驶离了工地，驶入荒野。

我一路很担心这辆车会翻倒，并研究着如何跳车脱险，甚至我把身子的方位都进行了调整，调至能够轻便跳离的角度。不过，看看斜对面的大嫂，她只顾牢牢地抓住一根粗钢筋，虽身体在不断地摇晃，但神态非常淡定，有时候还露出一丝别人看不懂的笑意，我觉得自己该是多虑了。

不知车开出了几里路，突然，车身猛地往左一倾，我感觉到车身要翻了。但是因为我坐在左侧，身子往后一仰，跳车谈何容易！毕竟自己当时才二十出头，反应敏捷，身体灵活，我终于还是侧身跳出了数米。但是，还未待我站稳，一根又粗又长的钢筋，直接刺向我的面门。一阵眼冒金花，我感觉到鼻孔下面有温热的液体在流动，用手一摸，那是自己鲜红的血液。

"救命啊！救命啊！……"是那位大嫂在呼喊。

这时，我看清楚了，车厢已侧倒在地，由于里面有众多钢筋交错支撑，车厢并没完全翻倒过来，而那位大嫂的一条腿正被压在一根粗钢筋下面，她抽不出来。

我顾不得自己的鼻腔正在往外流血，冲过去使出全身力气，先提后撬，又加上驾驶员来帮忙，终于让她抽出了那只被压着的腿。

她起来后，看到我鼻腔流出的血已经染红了我的前襟，顾不得自己的腿疼，连忙从自己的口袋里摸出几块纸巾。我将纸巾捏成团，赶紧来塞堵自己的鼻腔，以往的经验告诉我：这么一塞堵，马上鼻腔就会停止流血。于是，我放心地往路边的池塘走去，我要洗去脸上、手上的血污。到了水边，俯瞰一下水影，妈呀，不敢相信，我简直像一个在短兵肉搏的战场上幸存的勇士！脸上、白衬衫、蓝裤子全是血，尤其白衬衫，湿红湿红的，就像泼了一盆猪血一样粘贴在身上！我洗完手，掬水来洗脸，结果血染红了眼前的水面，血污在随着水波往外扩散。

走在旷野上，我分明感觉到，刚才塞进鼻孔的纸巾并没有止住血，纸分明已经湿透了，吸饱了血浆，而我身体里的血液正在通过鼻腔汩汩往外流淌。我低下头，它们再一次通过我的下颚流到了我湿红的前襟上。

我摸摸自己的口袋，我的口袋里一张纸也没有，身边有的是长藤短草、黄土乱石，这些于止血都毫无用处。于是，我再次奔回车边。车厢还翻倒在那里，但是一个人影也没有，他们大概以为我没事，都跟着路过车离开了。驾驶员该是再去请车来拉走他的钢筋。

我鼻腔往外的血，似乎流得更欢了。那时候，我们还没有手机，我只是急切地盼望着路过车辆的到来。忽然，我高兴了起来，来了一辆车，是一辆车厢带篷的大货车，驾驶员高高地坐在大货车里。他在减速，要错开翻倒的车辆，这时，他看清了我，我也看清了他。从他的眼神里，我看出了，我身上太多的血迹实在让他吓得不轻！可是，几乎让我绝望的是，他错开了事故车以后，丝毫没有救我的意思，并且突然加速跑了，只留下因加速而飞起的满眼的尘埃。

我更加紧张了，我也没有这方面的心理准备，平时我也没有见过谁流过这么多的血。我再次向路的那端看去，这段地很开阔，一眼可以看到五六里路外的远处，但是，连个车影都没有。我的血一直放肆地流着，它现在不只是湿了我的上衣，我发现我的小腿已被染红，裤脚已经在往地下滴血。我后悔，自己刚才不应该放过那辆大货车！

我现在离开了我们的事故车辆，站到了来往车辆必经的马路中央——任何车辆只要打此经过，我就不能放行它，而它们到来的时间短或长，将决定我的生死。

一分钟，两分钟……十分钟，二十分钟，我明显感觉到自己的身体在发软发虚……隔了多长时间来的车——一辆拖拉机，我已经记不清了，我只知道，它来了，我曾说过：

"如果您这一趟不带上我，那么您回来的时候，这里一定躺着一具死尸……"

非常感谢那位拖拉机大哥——他没有留下名姓——直到我后来去庙里敬香，也没有忘记为他、为一切好人祈福。

我是在医院里醒过来的，醒来时看到的是我几位工友亲切的面庞。这一次的伤势之重，从我父母对我的做法可以感知：近一个月，他们一直把我关在楼上卧室里，不准我下楼，怕被邻里看到了，丢人现眼；更不准我走出院子，怕我臃肿变色的脸吓坏邻居的孩子们。

后来，由工地老板介绍，我到杭州市郊青山镇的一所小学当代课老师……我干的比谁都认真，教出的成绩比谁都好，学生对我的评价几乎比其他老师都高，可是，我拿到的工资，只有人家工资的零头多，为啥呢？就是因为我没有学历，没有证书呀！于是我化怒气为力量，边教书边复习文化课，决心再度参加高考。

现在我开始真正地用功，真正理解用功的必要性。具体用功不尽细说，举二三例为证。比如，我曾经每周二、四、六晚上，走出集体宿舍，来到路灯下读书，伏天，难免蚊叮虫咬，四肢与脸都尽是肿包，数九，回到寝室，瑟瑟寒战，身上几乎没有了热量；比如，我买来了几套模拟试卷，反复刷卷，至半夜，实在辛苦倦怠了，经常用冷水泼面，清醒自己；比如，我曾经捧着试卷，到名校找名师，有偿请教……

后来，我才考取了皖徽师范大学，便有幸当上了一名合格的教育工作者！……"

夜色愈加浓重，同学们在听我讲述我的故事的时候，几乎没有谁的手机亮屏，说明同学们听得很静心、很专心。

我的故事讲完后，同学们在班长顾阳阳的主持下，表演了一个个提高团队精神，体现集体温馨的文艺节目。手机屏光在闪烁、舞动，如同同学们狂欢的心情。

开学后不久便至中秋节。晚上，月色如水，给这古旧的校园抹上了更寒冷的色调。

下自习后，原高一（3）班的谢开强同学和我当时的课代表宋祎同学突然来到了我的办公室：

"老师，三班同学都在楼下等您！他们想陪你一道去操场散步，陪你一起去赏月，共度这个中秋！"宋祎笑着说。

我先是很高兴，但马上婉言谢绝了大家。我想起了东校区一把手沈泽兰校长在班主任会议上对大家的提醒：

每个班主任请不要再粘糊你的老队员，应该放手让他们去适应新的班级、新的班主任，并且应该主动链接他们与新班主任的感情，提升新班主任在他们心中的威信。

如果今晚上，我还带着一群原高一（3）班的同学在操场上嬉闹或"煽情"，被校长看到了，她会怎么理解我呢！还是尽快让他们淡化对我的感情吧，让他们去依附甚至仰望新的班主任吧！

　　这一晚，我坐在办公室里，迟迟没有下楼。或许悬于高天的圆月，此时最能理解我寂寞、高冷的心。我想起了过去一年中的很多事，昔日的军训、昔日的课堂、昔日的考试、昔日一个个充满朝气的面容、昔日的教师节，乃至同学们在我生日送我的祝福……何时起泪水早已湿润了我的眼眸。

注：绿莹莹，露盈盈。风送凉雨润田塍。农门惬意行。车相明，蛙相鸣。后羿可怪乱天庭！俄顷花放明。（己丑年六月一日陈昌凌作词《长相思·日食》，并书之，且画背景。）

12

老楚——楚道礼老师真是个"神人"，他竟然知道我近日心情不够好，他要请客，邀请我和余老师去撮一顿。他这一次只邀了两个人——我和老余，我想应该是我们三人年龄相仿的缘故，其他的男性老师要么很年轻，要么年龄更长于我们且身居要职。

老楚跟我同一办公室，他胖而高大，肚子发福地向外腆着，头上几乎谢光了顶，脸面油亮且暗红。他曾告诉我，他有高血压病，但是，不可思议的是，他从不"挑食"。我在食堂窗口，每每看到他总是喜欢买炖猪蹄子、红烧肉……。师傅发给他的菜，他从无选择，全盘接受，而且次次几乎全盘吃光。

老楚最让我敬佩的是，他把心中至高无上的位置让给了人类的"救世主"——耶稣。他告诉我是因为他的爱人，让他信仰起了基督教。

"我的爱人生了一种不知名、无法治愈的疾病，几乎活不成了。后来，被几个基督教徒在祷告中救了她。她从此身体健康、精神开朗，犹如脱胎换骨一般！"

老楚从此信仰起了基督。除了每周必参加一次教会活动外，他一得空就喜欢用手机搜听有关基督教的讲座，更经常起早赶到办公室，歌唱圣歌——献给基督的赞美词。

有一天后半夜，老楚睡过了头觉，就再也睡不着了，他起得非常早。来到办公室后，天远还没亮。当时同仁们几乎都在被窝里，在睡梦中，而虔诚的老楚就高声在办公室里唱了起来。但因为他五音不全，又掺着很浓的方言味，传到了后一幢楼的谭副校长卧室，便简直成了鬼音。致使第二天，谭副校长见了几个年轻的教师，都说他怀疑昨夜我们办公室闹鬼了。老楚白天在办公室里，也经常高声唱着圣歌。有几个年轻的女教师，受不了他的嗓音，但是老楚却不曾察觉，可见他的心是真正地献给了耶稣。既然是献给神灵的，于是大家也不好或不敢阻挠老楚歌唱。最终，大家渐渐习惯起来，于是老楚更每每唱得精神抖擞、红光满面，也唱得气色喜人、身心健康！

老楚今天晚饭要请客，让我们倍觉受宠。那是因为老楚毕竟不是班主任，他有时间张罗酒菜，而我和老余身为班主任，过于忙碌，恐怕以后连还宴的机会都难找到。

"不过激动归激动，但作为班主任，我们一定要把握住时间的底线——晚上看管班级自习一定不能迟到！"老余说。

我和老余一路谈笑风生地疾步赶到了老楚住处。因为东校区宿舍太少，不够用，所以老楚一直同 17 级学二班班主任杨老师住在学生公寓，只不过是单独为教师开的一间。

推开门，小屋子里热气腾腾，老楚正红光满面地坐在冒着热气的锅边。屋里面有五张架子床——上下铺，以前这里住着学生，共能住十个人，但今天才老楚和小杨两个人，物什就摆得满满的。看上去似乎有点乱，欠收拾。老楚坐在桌子边上切着蒸肉，他身边的塑料篮子里，新鲜的青辣椒已经洗净切好。

"杨老师不在吗？"我问。

"啊！他请假回家了——菜都准备差不多了，我这儿再烧个青椒炒肉片，就可以喝酒了！"他笑着对我们说。

"还喝酒呀！"老余看了一下手机，又说，"已经 5：50 了，老楚，我们就搞快一点哈，上晚自习不能迟到呀！"

"对，不能迟到，嗯——特别是才带新的班级。"我说。

酒菜全部摆上了桌子——学生用过的书桌。老楚是个实在人，他只做了三道菜——三道"大菜"，却摆满了整个桌子。两个大瓷碟子米粉蒸肉，两大海碗炖猪蹄子，两碟子青椒炒肉片，甚至每个人放酒具、汤碗，都很难找到宽松的空间。

老楚殷勤地要给每个酒具里斟满酒。我伸手挡住了老楚的酒壶：

"我不喝酒，一方面我喝得再少也会犯糊涂（当然，这是假的），另一方面，我从来不带酒气进班级（这倒是真的)！"

老余见自己的酒杯里已经倒上了酒，便拿起筷子，准备先吃上几口菜，再同老楚对饮。"大家稍停，我先来向圣灵祷告，然后再陪大家畅饮！"老楚突然说。

于是，我和老余只得放下手中的筷子，等待和聆听老楚祷告。老楚的声音很小，听不清楚说着什么，只知道在请求耶稣要为他为我们做什么。虔诚的老楚祷告的时间有些长，特别是在我们这两个要去班级看晚自习并且绝不愿迟到的人的心里，老楚简直是去天宫走了一遭。但是，圣灵永远是圣灵，几人敢违抗！我们只能静心待着，即使是一向脾气很大、原则最强的老余，也不敢吐槽一句急躁的话，我们几乎感觉到了神的力量。

终于开席了，"嗯，你俩吃呀、喝呀！别客气哈！"老楚带头大口啃着猪蹄子，脸上的表情油亮油亮的，硕大的猪蹄子在老楚的手上、口边晃动，并不断往地下滴着油水。无论老楚怎么客气，余老师是只喝酒不吃肉，显然，今晚上老余没多少菜好吃，他只能吃几片辣椒了。我呢，是只吃肉不喝酒，但如此大荤，便也不敢"纵享不羁"，毕竟这些都不是下酒小菜，所以也基本上属于速战速决。

我们很快结束了宴席，谢了老楚，离开了男生公寓。

　　外面的路灯早已亮起，路上没有了学生，深秋的夜晚，静得很肃穆，却又很舒爽。看看手机，"6：23"，晚上六点半开始上自习，我们进班不会迟到。

　　"老楚信《圣经》，不过，这不影响他吃大鱼大肉！"我说道。

　　"有道是'酒肉穿肠过，佛在心中坐'，或许基督教也是这个道理！"老余道，脸上掠过一缕会心的笑意。

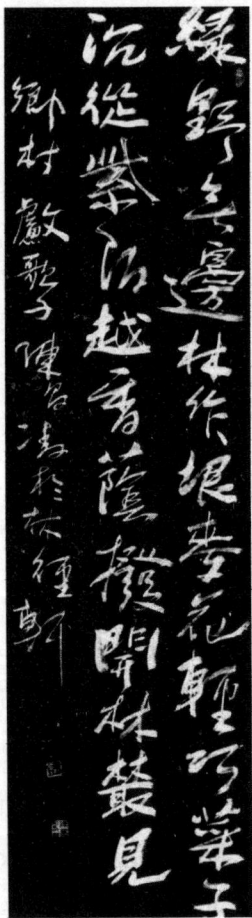

注：绿野无边林作垠，麦花轻巧菜子沉。从紫陌，越香荫，
拨开林丛见乡村。（陈昌凌作词《渔歌子·赴乡村》，并书之。）

13

今天晨读之后，我正在办公室里备课。接手新的班级，那么新的学情，包括同学们文化课基础差别很大，备课时都应当考虑在当中。突然，我的手机接到了政教处杨卫主任的微信通知：

"柯老师，接沈校长通知，安排你今天上午大课间发表国旗下讲话！"

我很是一惊：

"就今天上午吗？我还没做准备呢！"我附上去一个哭笑不得的表情符号。

虽然沈校长上次在会议上说过，本周起高二班主任将陆续发表国旗下讲话，但是我想，到时候领导应该至少提前一天通知发言人的，好让他（她）有个准备。而我，现在第一节课已过半，第二节我在学四班还有课，而第二节课后我就要去讲话，这可是比"现烧热卖"还"现烧热卖"啊！我有些紧张。不过或许可以看出沈校长是高看我的，毕竟我是位老教师，且是教语文的。我可以猜测，这次的班主任国旗下讲话是从学前教育专业开始的，而且学习教育专业从学一班开始。

"今天的话题是'励志向上，勤奋刻苦'方面的。相信你老柯，你肯定行！"杨卫主任回复了我。没的商议，没的让步，我必须去讲。教了这么多年的书，在课堂里就任一个话题，我总有话可聊，难道我害怕国旗下讲话不成？我逐渐开始平静下来，我相信自己有话可讲，而且一定能讲好！

　　下课铃响了，我要去自己的班级一趟。于是，我顺手将自己的座椅往办公桌下一推——办公室空间有限，我与身后美女李老师的座位总是互相"谦让"着——忽然，我看到了我座位上的海绵坐垫了，于是我灵感一现：今天国旗下讲话的内容有了！

　　第二节下课铃响了，紧接着，就是杨卫主任紧张而振奋人心的哨声。我从学四班快速将课本送到办公室，并洗去手上的粉尘，然后直奔校广场。同学们很快在国旗下讲台旁有序地集合起来，每班一列，每列的第一位是本班班主任。高考校区的广场并不大，于是一千余人的身影已经"挤挤一堂"。沈校长也来到了国旗下。

　　主持升旗仪式的是一个女生——高二传媒一班班长。首先是奏响国歌，全体师生行注目礼。紧接着，只听她通过广播用响亮的声音道："礼毕！下面请高二学前教育专业一班班主任柯老师作国旗下讲话！"

　　我在同学们的掌声中走上了讲台，此时莫名地感觉到自己的身份不一般，我接过话筒，微笑着向全体师生行了一个礼，然后：

　　"同学们，我今天要跟大家分享一个曾经发生在我身边的故事。

　　有那么几年，我在本县的另一所私立学校教高三实验班语文——嗯，也是私立学校，不过是普通高中。这一年才开学不久，我刚拿着书本从班级来到办公室。

　　'柯叶啊，柯老师啊，你在这里教书呀！你可认得我啦？我叫刘业柱，是田湾村的，同你们村田埂连着田埂啊！'

　　叫我的男人约摸四十来岁，但生活的艰辛，已经将他的面貌写满了沧桑。可能是长期重体力劳作的缘故，粗糙的皮肤早已黯淡了他往日的帅气。身上的衣服看得出是新洗过的，但总掩盖不了它的老旧与简陋。他的手心到手面，似乎是患了什么皮肤疾病，比如患了什么皮癣——白，如癫疯；红，如刀伤。脚上的鞋证明他是刚从田地里来的，鞋头上还沾着黄色的泥土。

'我是田湾村的刘业柱呀，我们小时候在一个小学上学，我们俩还是同班同学呢！'他再次向我解释道。

'是的，是的，我认出来你了呀！'我欢喜地连忙说道，有意控制住自己惊讶的表情。

'这是我老婆，这是我儿子！'

我开始把目光移向一个女人和一个少年。女人很瘦小，善良、勤劳的农家妇女形象；少年，像他爸，只是比他爸英俊些。他们俩也都正看着我，女人陪着笑；少年的眼神，稚气里带着倔强与疑问。

'唉！我的儿子这回太不争气了，他的中考成绩没有够上你们学校，他还只填报了你们学校！他说，除了你们学校，啥学校他都不去！这一下，可麻烦了，他现在没学校上了！我和她妈一批评他，他就顶撞我们，说他要去打工，要去学木匠……'刘业柱对我道。

'他在学校一贯来成绩还不错，挺用功的，在班级里经常考过前十名呢，不知道这一回他咋就没考好！'业柱的老婆插话道，眼里已经噙满了泪水。

'你儿子叫什么名字？中考分数条带来了没有？'我问刘业柱。

'刘飞！'业柱道，并从口袋里摸出了他儿子的分数条，递给了我，'这回怎么办啊？柯老师，我们听说你在这个学校，我们就只能来找你了……'我明白了他们三人此行的意思，我愣在那儿，因为本校招生是有制度的，达上本校录取线的考生，按分数高低，缴费不等，未达上线的缴费更不一样，缺一分加一千元，缺两分加两千元，缺三分加三千元……缺十分之外，不经董事长同意，无人敢招入。但是，今天刘飞竟然缺了十八分……

'这是一点土特产，柯老师不嫌弃的话，它是我们的一点儿心意！'

刘业柱老婆看看他们放在我办公桌边的一条"蛇皮"包，又看看我，道。

'不，不不……这肯定不能收！这样，你们在我这儿待一会儿，我去董事长的办公室一趟，替你们问问！'

走在路上，我在心里想，即使董事长不同意，我也得去问一问，那样最起码可以证明，我没有推脱，愿意替他们烦这个神。我这可是第一次求董事长啊！

到了董事长办公室，我向董事长说明了情况，还特别强调刘飞非我们学校不读，当然我也没忘了告诉董事长：

'门槛费估计他们也缴不齐！'

意外的是，董事长竟然同意照顾我的这个老乡，而且只要象征性地加点费用即可。这个太让我激动了，太给我老柯和我老乡的面子了！

我回到我的办公室，把这个喜讯告诉了刘业柱一家。刘业柱，一个刚强的男人，眼眶里竟然闪动出泪花，他的爱人更是要向我下跪，我立马扶住了她，她几乎哭着向我道：

'柯老师，你是我们一家的大恩人啊！'

而我作为一个从教多年的老教师，现在最清楚，此时应该是找刘业柱儿子刘飞谈几句话的最好时机。我把刘飞拉到一边：

'机会来得非常不容易，你得珍惜这个机会！董事长太给我面子啦！我知道，你在中考中没有发挥好，如果来到我们这个学校，奋起拼搏的话，你的成绩一定不会比普通班的同学们差，甚至……但是，你如果到这里来不好好干，那可不只是丢你和你父母的面子，更是在本校领导面前打我的脸啊！'说到打我的脸，刘飞一双发亮的眸子直直地看着我，然后，他重重地点了两个头。我想，那可能不只是他听懂了我的话，更重要的是，我燃起了他心头的拼搏之火。

临送别业柱一家时，我拍拍业柱的肩膀：'你的手是不是患了什么皮肤病？疼不疼？要不要去看医生？'

'不疼！没关系，水泥烧的，就是晚上睡觉时经常有点痒痒。'刘业柱笑着答道。

后来，刘飞来我们学校报到之后，我通过他的高一16班班主任了解到，他学习非常认真、刻苦。早晨，他们寝室，他第一个起床；班级，他第一个来早读。每一学科每一节课，他都认真听，认真记，认真完成课后作业；遇上不懂的知识点，他除了主动问成绩好的同学，更是经常捧着书本到办公室去请教授课老师。晚上睡觉前，他经常说'要在头脑中放电影'——回忆白天老师讲过的内容，更是经常翻阅、研究他的《错题簿》……而且，他不只是学习上很认真很刻苦，寝室卫生等方面也严于律己，他给他的室友们乃至全班同学，树起了一个正能量的带头人形象。

有一回，我在操场上遇见了他，发现他比我们首次见面时明显变瘦了，于是我电话告知刘业柱，要他给孩子补补营养。自那一次电话后，每个星期三，刘飞的妈妈都会到学校来给刘飞送一次营养餐。于是，刘飞这个懂得感恩的同学就格外用功了。

刘飞的成绩在迅速上升，根据我们学校的动态教学管理制度，到了高二上学期，他从普通班升入了重点班，而到了高三上学期，他又从重点班升入了实验班——碰巧，进入了我的班！

刘飞进入了我班，我与他见了面，我们都很激动啊！"

说到这里，我故意向台下安静的人群互动道：

"同学们，你们说，我们为什么会激动啊？"

台下没有人应答，只见所有的同学都把目光投向我，显然同学们都在认真听我讲我的故事。

"那叫'老乡见老乡，两眼泪汪汪'啊！"我笑了，然后：

"那一年高考，他以优异的成绩考取了中国人民大学！"

台下传来了一片"唔"的惊呼声，再是一片热烈的掌声。

"刘飞在去上大学前，来找了我，并且送了我一个海绵坐垫，他说，做老师的，每天大部分时间都在备课、批作业，没有一个软和舒适的坐垫，那可不成。今天，我在这里也刚好借机向我的办公室同仁们解释一下，我的那块旧的坐垫，我为什么一直舍不得扔；即使是夏季，我也带在身边哈！同学们，这里面有我们的一段师生情、老乡情，而且还蕴藏着一个励志少年奋斗的故事啊！"

故事讲完后，我想检查一下同学们对我本次讲话的接受效果：

"同学们，下面我们来互动一下，就刚才的讲话，我问大家几个问题，由各班长代班级回答，我们看看哪个班级回答得最好！来，来，来，17级美术一班班长准备回答……"抽查效果可能是我在课堂里养成的"坏习惯"。

"老柯，就这样了吧？留几分钟给我，我来把最近男生寝室出现的脏乱差现象和不文明行为点名批评一下！"不知啥时候，杨卫主任已经来到了我的身边。我看了一眼讲台靠国旗那一端的沈泽兰校长，然后微笑着把话筒递给了杨卫主任。

我的这次讲话能不能收获到沈校长要求的"励志向上"的效果，或者大概能够得到几成，不是我能预测的。不过，自从我以后的班主任国旗下讲话，他们几乎都是手拿几张 A4 纸照本宣读，或者借"材"发挥，再不像我这样"空口讲"了！

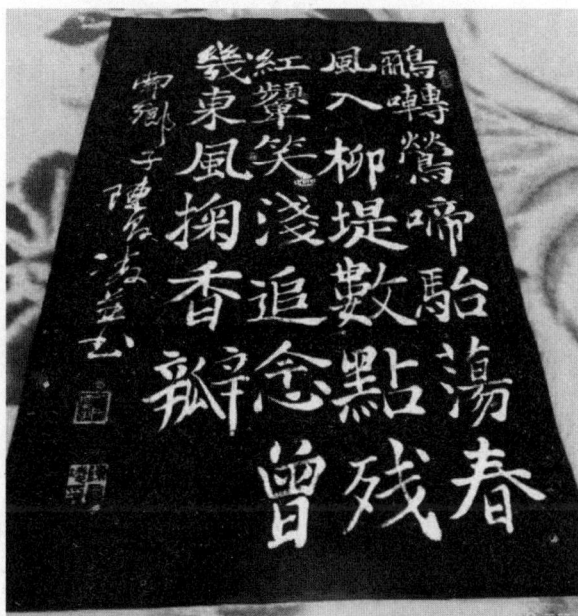

注：鹧啼莺啼，骀荡春风入柳堤。数点残红颦笑浅，追念，曾几东风掬香瓣！（2010年暮春，陈昌凌作词《南乡子》，并书之。）

14

新组建的班级——17级学前教育一班（简称17学一班）已经摆在我的面前，一副副青春阳光的面容，一双双新奇、天真的眸子，都在告诉我，这个班级是一个可爱的班级。我得好好地为他们带队，让他们在接下来的两年中，有一个颇为值得的收获，不负其韶华，不负每一个家庭对他们的期盼。但是，我又知道，这样的班级带起来并不轻松，俗话说"三个女人一台戏"，这三十多个女生齐坐一班，该有多少台戏等着她们来唱！

我想，首先应该是她们的磨合期，毕竟她们来自四个不同的班级，除了性格不同、爱好不同外，各个班级原来的制度也不同，各自的抱团核心也不同。但是磨合期哪能那么简单地平安度过！

这天早读课正待开始，副班长肖珺很疲惫却又面露惶恐地来找我：

"班主任，昨晚下了自习，我们洗完澡、洗完衣服，早过了公寓熄灯的时间——十点。我准备来睡觉，这时候，你知道的，寝室一片漆黑。我脱下衣服，模模糊糊掀开被子，准备钻入被窝，你猜我这时摸到了什么？"

"什么？"我被她问得紧张起来。

"软绵绵的一堆头发！"说到这里，她开始满眼都是泪水。

听了她接下来的细心解释，我才知道，这是一个披肩的假长发套子。显然，这里面有人在搞恶作剧，但这也太过分了！年少的女孩子们本身胆子就很小，怎能禁得住如此惊吓。

　　末了，她告诉我，她们 T126 寝室七个女生昨一夜都没睡觉。因为我这个班主任是个男教师，觉得不方便，她们昨夜没有找我。后来，学生会去了，宿管阿姨去了，都没能安慰得了她们。她们一夜也没有放心、安心地去睡觉。

　　听了她的讲述，我知道，这事情不容轻视，我得想办法处理。可是，如何处理呢？搞恶作剧的人现在在哪里呢？

　　上午上完第一节课，沈校长找我去了她的办公室。她问我接下来打算怎么处理这件事，很明显，这桩事件已经升级为校级案例。我一时没有说出什么重要的好方法。

　　接下来，沈校长把她对这件事的了解和推测传达给了我。我很佩服她，校长就是校长，这么快便掌握了案情的第一手材料，并做出了自己的推测：

　　"我们怀疑是与肖珺同寝室的王帆同学所为，因为她们来自不同的班级，她们还没有度过磨合期。王帆暂时还不习惯服从肖珺的安排，而肖珺又是一个心直口快做事不够婉转的班长，于是在某些事件上伤了王帆近似虚荣的自尊心。比如，批评王帆学习上懒惰她还能接受，要是批评她生活上邋遢，她可就不乐意接受了……"

　　"是的，王帆在 T126 寝室里只有梨伟与她来自同一个班级，或许她觉得人单势孤，受人欺负，所以……她有可能出此下策。"我插话道。

　　"另外，我们还有一种推测，这一般是你们男班主任难以想到的，那就是，可能不是王帆干的，而是肖珺的情敌所为。据说，肖珺与体育一班的一个女生王娜娜，现在共同恋爱上了体育一班的班长吴泊舟，而这个王娜娜心狠手辣，她出此招是想警告肖珺让出圈外，不要跟她抢男朋友，更有甚者，她想将肖珺撵出庐苑校园。"

听着沈校长的第二种推测，我几乎被吓蒙了。看上去很善良的女孩子们，她们之间还能有这种刻毒心理?!

沈校长谈话的结尾，她提醒我，既然暂时行事者尚未明确，那就不要惊动目标，让我们一边守住安全底线，一边等待目标的出现。

但是，下午放学过后，同样在 T126 寝室又发生了"玻璃碴事件"——某个同学在肖珺、闻兰兰等被褥里又放入了用布包着的玻璃碴。还是同一个凶手吗? 校长室也知道了此事，他们要我严查细查。他们表态：确定目标后一定劝退她。

今天晚上，T126 再无一个同学愿意留在这个寝室睡觉，并且，她们纷纷掏出手机，向家长反映校园的情况。好几个家长在恼火之后，做了一个决定，最近几晚，把孩子带回自家或亲戚家休息，一边等待校方处理此事的结局。

晚自习下课时间，梨伟带着她的室友王帆来到了我的办公室：

"班主任，王帆昨晚到今天太受惊吓了，她一直在哭泣。她是我们寝室室友中哭得最凶的，班主任你得安慰安慰她，我怕她被吓病了。我和她来自同一个县，她自理能力较差，她的父母让我平时多帮助她——她要是读不下去，我也不想念了!"

王帆此时正站在我的面前，她身材修长，纤弱得像一根柳丝，泪雨滂沱，泣不成声。脸上因为照着一层泪光，而如一湖凄清的秋水，那般哀凉。

我顺着梨伟的话劝说她，宽慰她，叫她不要紧张，搞恶作剧者，如果她继续作恶，早晚会露相，到时候，学校绝不会饶恕她；没有做坏事的，更不必心慌，"身正不怕影子斜"嘛，还是安心学习，安心休息吧!

梨伟、王帆走了，我静静地坐在办公室里，忽然想起了自己在大学时代发生在本系女同学姜怡颖身边的一场恶作剧：

那天晚上，半个学校都停了电，这一半校园里，月光朦胧，树影婆娑，楼道阴森可怖，幢幢教学楼成了一个个翻了面孔、冷漠无情的庞然怪物。这个时候，姜怡颖请另外一个女同学陪同，来上厕所。陪她的同学站在厕所门边。就在姜怡颖打开厕所分隔间的门，准备跨入分隔间的一瞬间，她在地上，看到了一个人的脑袋伏在水池边上，她尖叫了一声，当时就昏倒了。陪同的那位女生，被姜怡颖的这一声尖叫吓得脸变了色，但是她不敢进入厕所，于是她在厕所旁，在校园里乱跑乱叫：

"救命啊！救命啊！女厕所出事啦！"

后来，来了几个男同学，打着手电，救起了姜怡颖，并看清了所谓的人的脑袋，其实是一个披着头发的人头模型，类似于理发店里经常摆放着的发型模型。

"怪物"看清楚了，但姜怡颖因为这个"怪物"，却发烧了好几天。这件事过去了好多天，也没有查出来"行凶"者是谁。后来，这件事就不了了之了。

今天，我班的女生寝室里也出现了类似的恶作剧，那么行凶者是谁呢？抓住后该如何处理才能平"民愤"呢？

我一直密切关注着事态的发展，并一直与沈校长、谭副校长保持紧密的联系。谭副校长的意思：其实从王帆的表现可以肯定，她早就知道大家在怀疑她了，她生活得很不自在，如果确系她所为，或许她下大周就会自愿不来了。

本大周十天的后六天，平安无事。过了本大周的周末，谭副校长没有猜对的是，王帆很平静地返校了。而且，T126寝室自那以后，再也没有谁做过恶作剧，并且同学们之间的关系越来越好。于是，那桩恶作剧案件也便不了了之。制造恶作剧的是谁？到底也不知晓。

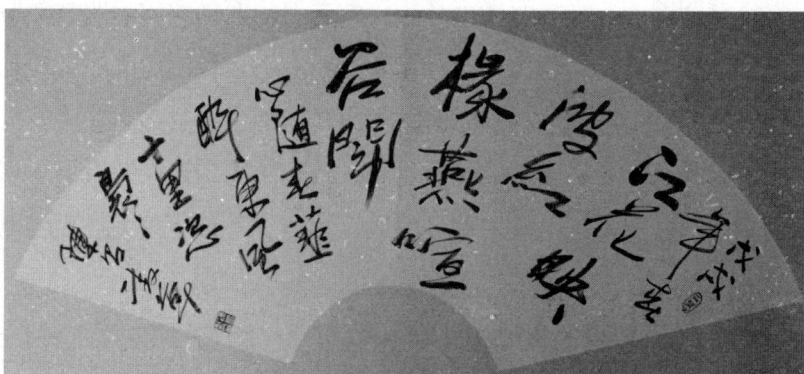

注：莺儿殷勤啼，告知春来到。金日染得菜花黄，浓露浥芳草。江花映波红，橡燕喧谷闹。心随春韭醉东风，十里恣袅袅。（陈昌凌作词《卜算子·春朝》，并摘而书之。春韭，在此形容青麦。）

15

本学期开学之初，东校区举行了一场班歌比赛，场面很震撼。但是，我班首战失利，没有拿到任何奖牌。总结失败的原因，其实我学一班，歌声洪亮动听，上下场知礼有序，那么真正失败的原因是我们太没有重视"比赛规则"当中一个小小的提示：

"班级如果邀请老师参与合唱，加分十分"。

我班是第一个登场的，我不知道那条提示会不会起作用，我只知道，我班的这首班歌，授课老师没有一个会唱，班主任我也唱得不熟。但是，随我班之后上台的，每个班级都请来了授课老师参与。不管老师会唱还是不会唱，都请来里面站着，有的对对口型，有的干脆连嘴吧也不张，但是，他们的成绩表上都稳稳地加上了十分，而且，沈校长亲临赛场，亲自打分。听说，后来有的班级请来了一队的老师，还不止加了十分，很显然，结果我班输得很惨，可以理解校长为何如此看重这条"提示"，那就是重视各班级师生的亲和度，提升各位班主任的执行意识。所以我输得很惨，也输得活该。不过，我班学生并没有非常怪罪我，他们中有一大部分都认为，班歌比赛就应该较量真正的唱歌实力。

这一场比赛我输了，但实在输得不甘心，看着获奖的班级捧着奖状、奖品在操场上笑容可掬的合影，我心里酸酸的，下次一定要争口气，不管哪一场比赛，咱们得把荣誉赢回来。

机会来了，10月初的一场班主任会议，激动得我心花怒放，本月被定为"健身月"，将要举行一场大型的、校级的健身操比赛，且这个健身操比赛中各班级可以添加一个自选项目，届时将由校本部校级领导前来观阵打分。

咱上次的一箭之仇终于可以报了！并且，就在这个会场，我把本班同学请求购买班服一事上报给了沈校长。校长通过我的手机，观看了我班班服的款式，结果她笑着拍板同意了，她还在会上表扬了我班同学的想法。更有甚者，她在这一次全体东校区班主任会议中，竟然推广起了我班的做法：

"我看学一的做法可以推广，同学们在拥有校服的同时，可以拥有自己的班服！这样一方面可以和解部分同学对校服款式的排斥心理，另一方面也可以在班级对比中，提升各个班级的自觉'讲文明懂礼貌'意识。"

快递哥终于送来了我们的班服。打开往身上一试，那气质就上来了。我们的班服，其实只是一件上衣，但它与众不同地点亮了人们的眼睛。衣服底色纯黑，来自汉服改款，轻便，有动感。最夺人眼眸的是它前面的三只白鹤。左两只展翅欲飞，神情激奋，似乎能听得到它们"扑啦啦"振动翅膀的响声；右边一只正翱翔高空，神态淡定而高傲。它们似乎在告诉我们，它们是蓝天的使者，天地的精灵。它们的翩翩身姿，成全了人们"鹤汀凫渚"的诗意；它们的呖呖长鸣，更激发了人们"晴空一鹤排云上，便引诗情到碧霄"的豪情。

因为这一款班服对两种性别没有苛刻的限制，我班男女同学全穿同款，再穿上他们每人必备的黑色舞蹈裤，于是，班长一声"起立"，再一声"坐下"，一屋子的青春容颜，足以炫酷他们无限的风采。

穿上这样的班服，同学们自信满满，风度大增，班级队列站在校园晨练的方阵里，气质卓群。这甚至引起了沈校长的注意：

"今天的学一，着上了新班服，觉得气质不一般嘛！那么，今天的早操，就由学前教育一班上前台来边展演边领带全体同学！"

我学一服装统一、神态大度，动作娴熟、节奏一致，翩翩展臂、款款收步，再加上前台的高度，确实让人觉得其风度可以抢夺校长的光辉！

为了决战 10 月份的健身操比赛，为了"班主任参与可以加分"，同学们放学后的黄昏练操，我也参与了进来。我因为认真，迎来了出乎意料的进步，引得邻班观看的同学都为我鼓掌叫好。晚上，其他班主任在练操，我更抓住机会，多向大家学习请教。女老师们回头间，看到我这个肥实笨拙的家伙跟在她们后面摇头摆尾、张牙舞爪，是一阵阵惊讶，一阵阵嬉笑。

这天晚上，我正在办公室里和其他班主任切磋健身操，副班长肖珺来找了我。她说，近日来，班级纪律较为松散，班委有责任。她首先反思了自己的过错之处，然后：

"班长顾阳阳带头不练健身操，在一边偷懒，带来了很大的负能量，我作为副班长，实在无能为力。今天晚上吧，我们已经布置好了练操，你猜顾阳阳要干什么？她对我说，不要管他们，偏要拉着我到一边去聊天，去其他地方溜达！"

我很恼火，谁都知道，我对这次健身操比赛非常重视，她这不是目中无我这个班主任嘛！没有班级荣誉感嘛！这样的人当班长，班级将何去何从呢？我又想起了顾阳阳最近的表现，拒不穿校服，偏要穿个小腿露到大腿的牛仔裤；晚自习明规定不准动手机，作为班长，她却趴在讲台下玩手机，且被沈校长抓个正着，为此沈校长还问责了我……顾阳阳上任班长时间不长，已经这么趁职之便偷懒，甚至带头违规违约，那么，我是否要把她的班长给撤了呢？我又想起了她先些时候对我说的话，"我原来做过班长，但是后来不做了，不过班主任对我说：你虽然不当班长了，但班级很多事情还得请你去做！"

第二天课间，我准备找顾阳阳来办公室聊聊，我想问问她，当初对班委的"约法三章"，其首要一章——对班级同学的正能量要求，作为班委首先应该以身作则地做到——莫非她忘了吗？正待我走出办公室去找她，却看到了她正站在学二班长的身边，猥琐地、嬉闹地搂着人家的臂膀，穿着条露出大腿的破洞裤子，对比学二班长的礼仪、站姿、着装……我摇了摇头，没有再去找顾阳阳来办公室。

晚上，我开了一个班委短会，暂停了顾阳阳的班长一职，但是我不想让她太失落：

"顾阳阳，最近健身操练操一事，可能把你累得够呛。但是，说实在的，班级纪律有愈加松散之嫌，可能是因为你已经失去信心了，也可能是因为你本不愿意得罪大家。但是大赛在即，咱不敢指望拼个第一，可是最起码咱学一班总不能落个倒数吧！这样，下面的班级管理工作，我想重新认命一个同学来代替你，你有意见吗？"

"没意见！"她的声音不大，但流泪了。

"如果由你来推荐，你推荐谁呢？"

她抬起泪光闪闪的眼睛，望着肖珺，肖珺看到顾阳阳流泪了，也禁不住流下了眼泪。

"你们俩能拥抱一下吗？"

她们俩往前走了几步，便紧紧地拥抱在了一起。接着，肖珺还提名女生章瑜当了副班长。

健身操比赛终于开幕了。这天下午，东校区的操场上，有秩序地站满了同学，每班一列，场面甚是壮观。各班从班主任到同学，穿着统一，或班服或校服严肃齐整，只等领导来发号施令。一阵阵清风吹动，似乎是来解读同学们高昂的斗志，更是来安慰同学们紧张的心情。

主席台上，书桌连书桌，然后铺上一块长长的红缎子，靠上几把高背的座椅，终于有了不一样的领导的观看席、评分台。

约在下午三点半钟，来自校本部的校级领导们终于莅临落座。主席台上，有孙茹副校长和祝琳副校长及几位处长、主任等嘉宾。

本次大赛由东校区政教处主任兼体育教研组组长杨卫负责，他在给全体师生介绍完了来宾之后，首先来了一个全校同学集体展演。从一千余人的大规模场面来看，竟然做到了步调一致，进退自如，可见，为了参加此次健身操比赛，各个班级都已付出许多的努力和汗水！

更为惊心动魄的是班级单独表演开始了。各个班级无论在队形排列、自选节目上，都大动了脑筋，尽量展示出自己最闪光的一面。其实，名为健身操比赛，而有的班级自由加入了唱歌、朗诵乃至武术表演，以求吸引评委的眼球，从而为自己的班级加分。当然，这也是在本次比赛规章允许范围之内的。

根据抽签的结果，我班节目上场次序位于倒数第三。观看一个个班级的表演，分明感觉到，各个专业无论是健身操还是自选节目，到学前教育专业的实力还是小有距离的！

学二的表演就很成功，很有震撼力，评委们给出了平均 97 的高分，这可给我们学一带来了很大的压力。

终于轮到了我们班。

"大家深吸一口气，镇静一下，准备上场！"班长肖珺对着全班同学喊道。

我班此次表演，我用手机做了全程录像。站在主席台背后的我，与每个表演者一样地激动、亢奋。表演过程除了统一的健身操，我班自选节目是集体舞《燃烧我的卡路里》。各位领导带着微笑观看了全过程，所有领导都激动地鼓了两次掌。最后，只听得我班於欣冉同学喊破嗓子的一声：

"学一同学全体立正！"然后同学们齐声回应：

"学教一班，非同一般；不负韶华，勇往直前！"（班级口号）

"行礼！"跟着肖珺的一声指令，全班四十余名同学齐刷刷向评委敬了个礼！

我学一的表演，整体感觉雄壮，很有动感，激动人心。虽成员主要是女生，但却呈现出撼人的"彪悍气"，学一此时简直成了"女汉子团队"。

在终场的评委报分中，我们得知我班喜获此次大赛第二名，并且与第一名仅有半分之差。而且，随后我们还闻知：学四的第一名，主要是因为自选舞蹈《琵琶行》节奏舒缓，它更以优美的旋律、动作，打动了每位评委的心。这或许更是以女生为主体的学前教育班，应该展现的风格。

突然间，我觉得赢了或输了已没有那么重要。欣喜的是，我让同学们自主地编排了节目，吐露了一下他们逆反的心态，尝试了一下他们创新的快感和担当意识。

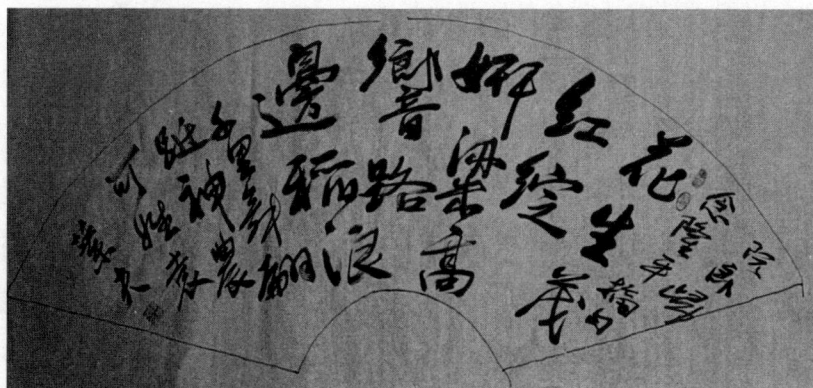

注：晨雾袅袅漫乡间，素蝶抚白莲。绿野深处水潺潺，白鹭排长天。花生茂，红绽妍，梁高响路边。稻浪千里舞翩跹，神农可姓袁！（陈昌凌作词《阮郎归·念隆平》，并摘而书之。红，此处指花生秧开出的花。）

16

紧接着"健身 10 月"的 11 月，又被沈校长宣布为"读书月"。那么，就像 10 月份的健身操大赛一样，11 月也得来一个看得见摸得着的操作，以促进读书活动轰轰烈烈地开展。

首先，政教处、教务处，各抽调几个人员，联合起来，要评比一下各班级的图书角建设。

我觉得，这将会放大我班的亮点，因为作为班主任兼语文老师，我最提倡同学们平时多读几本书，所以其他班级还在高呼"没收课外书"的时候，我班的图书角就已经实实在在地在那里为大家服务了。但是，我把学校领导要评比各班级的图书角建设的这个消息一告诉班委，班委们却坐不住了：

"不行，不行，我们班的书架子太破旧了，档次太低了，书都不好摆放，一定得换个新的，且不说周围墙壁上的文化配置咯！"副班长章瑜说得很认真。

章瑜虽不像班长肖珺长得那么身材高挑，但容貌也挺文秀的。平时不爱拿主见，但若要她参谋某件事，她的灵机闪动快得非一般人可比。章瑜平时很少说班级里啥配置不行，今天，她说得这么认真，看来这个书架子能不能继续使用，是应该考虑考虑了。

"班主任，还是换了它吧！想一想，我们班一向是真正的'读书班'，今天要评比了，咱总不能让其他班级占据上风吧！"肖珺道。

"时间太仓促了，网购要好几天才能送到，然后再组装……"我一半说给大家听，一半说给自己。

结果，我还是同意了换掉这个不够时尚的旧书架子。

可是，谁又能料到，就在班委把旧书架子抬扔到垃圾场的当天晚上，校图书角建设评委组进了我的班级。当晚，正值我看管本班晚自习。

当时，我班级同学正在安静地自习，各自完成着白天授课老师布下的作业。忽然，进来了几个中层领导：

"你们的图书角在哪里？"教务处胡涛主任问坐在前排的同学。

"送走了！"我迎过来笑着说，"哪知道今晚你们要来检查呢！"

"送哪儿了？"教务处李雅琴副主任不解地问。

"送垃圾场去了！"我还没有考虑好怎么解释，有个同学抢着说。

看着教务处、政教处领导们诧异的眼神，全班同学哄堂大笑。

"不是……那是什么，是……是这样的，我班原来有一个书架子，但是太破旧了，快要倒坍了，于是，我决定先抬出去维修维修，若能维修好，自然还接着用，若修复不了，我们干脆再买个新的。这不，今天下午刚抬出去，晚上，你们来了！就这么不巧！"情急当中，我不知怎么更好地解释我班这种容易被误认为是"毫不重视检查"的行为。

"那这样，你班书架子现在放在哪里？我们用手机拍一下，不然，我们无法对你班的图书角建设情况进行登记！"胡涛主任接着问我。

"现在让食堂职工胡阿姨捡回家了，被她当作了鞋架子，就摆放在胡阿姨家门口，今天下午我还看到胡阿姨往上面放鞋子呢！"又一个同学大声说道。

班级的笑声，一浪压过一浪，终于，胡涛、李雅琴等领导也笑了起来。

"等重新买了回来，我一定主动拍照传给你们！"我表示很抱歉。

终于，领导们在同学们的笑声里走出了教室。

"读书月"当然不只是看看图书角那么简单，谭副校长要求，"读书月"得从老师们抓起，由老师们带动读书活动，并决定先来个办公室读书比赛，具体操作如下：

每个办公室推荐一本书供大家阅读，要出示推荐的理由，然后，由各办公室成员推送到各自的朋友圈，最后统计和比较点赞和评论的人数，以决胜负。考虑到评论者的难度和苦心，谭副校长又决定："写评点一条可抵十个'赞'。"

谭副校长代表的是政教处办公室，没想到的，或者让我十分惊喜的是，他推荐的书竟然是我写的《烟雨桃李》。他的推荐理由有：

"由于国家政策的扶持，和所有从事中职教育工作的园丁们的辛勤培育，中职校园这片教育新圃历经风霜雪雨，终于迎来了生机盎然的春天。柯叶老师的小说《烟雨桃李》以他的一段中职教育生活为原型，塑造了中职校园升学部诸多师生的形象。我们推荐这本书，希望更多的师生能够理解和热爱中职校园，积极教，刻苦学，从而'人人有才，人人皆可成才'，乃至希望整个社会能够走近和关爱中职校园，理解中职校园坎坷的发展初期所存在的矛盾与挫折，理解和热爱其中的师生们，进而希望包括我们庐苑中职在内的中职教育越办越好！"

然后，谭副校长为了集赞又夸赞本人的《烟雨桃李》道：

"小说里有困顿有追求，有浪漫有现实，有宽容忍让，也有刚直果敢，有对美的褒扬，也有对丑的揭露，有火热的爱心，却也有冰冷的反思……有西方的哲学，更有中国的文化。"

谭副校长能如此看得起这本书，实在是本人的荣幸，我自然免不了想为之点赞。不过，我们办公室的同仁们可不同意了，因为这是办公室之间的集赞大赛，何况，我是高二文化课办公室的负责人。他们让我代表人家赶紧推荐一本书。

我回想起自己读过的诸多书目，于是，林徽因的诗歌、散文、小说集《你是人间四月天》，便浮现于脑海。不管从语言特色，从人生经历，从高中生的兴趣聚焦来看，《你是人间四月天》必会引起大家的阅读好感，甚至可能掀起阅读这本书的狂澜。为了点燃这把读书之火，我用诗意的语言，通过"美篇"软件，向办公室所有老师介绍了林徽因女士，以此作为推荐她的《你是人间四月天》的理由：

你永远走在人间的四月天

——致林徽因

柯叶

你是天使，

着一身洁白的裙裾，

轻轻落入凡间。

你是水上白莲，

自会出淤泥而不染。

你高贵典雅，

因为清风浩荡，

让你静坐云端。

有心者，

纵可志摩岳霖，

却又怎敢梦寐思成！

唯剑桥的夜雾，

永远回味着您的康桥之恋。

国徽中，

闪烁着巾帼的光芒；

荒郊古刹，

回味着女性的温婉；

纪念碑，

凝聚着您等的心血；

景泰蓝中，

永远映照着你清澈的笑脸；

…………

你从江南古城杭州走来，

雪白的莲花，

衬托着你高洁的容颜。

你永远走在人间的四月天！

推介语我写好了，只待同学们阅读此书，并在我的"推介语"后点赞。但是，书从哪儿来？让同学们网购这本书？读完再点评、点赞？这就要涉及花钱的事儿了，"花钱"是个敏感词眼，没人敢就这么布置任务。让同学们在网上阅读？而网上当时根本就搜不到原著的内容，何况如果让同学们拿到手机，他们真的去看书吗？课堂里长时间动用手机，也属越规行为。

结果，高二担任班主任的文化课老师们共同拍定一主意：

利用一节正课的时间，把手机全发给同学们，让每个同学必须在网上了解一下林徽因的《你是人间四月天》，然后来点评或点赞。

于是，评论和点赞纷纷落入我的"美篇"软件，我的《推介语》后面的评论数和点赞数在迅速飙升。一节课时间，甚至半节课时间，乃至十来分钟时间，一个班级就全部"点评"完了这本书，这完全在造假！看过这本书的同学微乎其微，少部分同学在网上只搜看了林徽因的一首诗《你是人间四月天》，而绝大部分同学只是在网上看到了别人关于这本书发的评论，然后剪切、复制、改装而成为自己的评论。

十一月已近月底，而"读书月活动"却不见领导来收官。各办公室都统计出了自己推荐的书目后的点赞数、评论数。我们办公室在我的《推介语》后，共收获"2739次阅读，273条评论，297次点赞"。按照谭副校长的算法，"一条评论抵十个赞"，再加上我在"美篇"外，各位老师在朋友圈里收集到的点赞数，我们办公室共收集点赞数已逾3300个，显然遥遥领先其他办公室。

因为领导一直不来登记对比各办公室的点赞数，最终这场比赛不分胜负而无聊地收了场。

我想，大家都清楚，我们的"点赞数"是最多的。但我最终没有去问校领导我们办公室赢了没有，赢了什么。我觉得，纵使赢了，也不光彩！

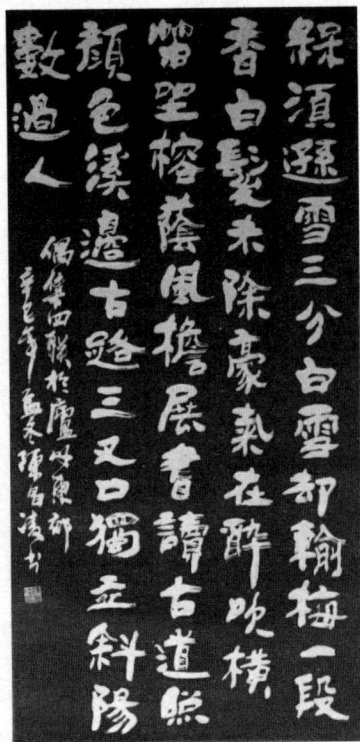

注：陈昌凌偶录四联，并书之。

17

东校区，自从有了17级学前教育一班以后，黎紫珣曾经是第一任语文课代表——这个女孩子较有脱俗的气质。我向来选语文课代表，都很重视当选者的气质，我觉得，语文课代表就应该长相文雅，最起码，她（他）的形象对本学科的学习有一定的"定位感"、感召力。

选任语文课代表那天，我首先是看看有没有同学自荐，最好在自荐者当中挑选，这样最起码不至于闹出你想选用他（她），他（她）却不愿意担任的尴尬局面。

"有没有哪位同学自荐担任我的语文课代表?"我问道。说完，我的眼睛在班级里环顾，担心因为某位同学举手太低，没让我看见而被我忽视。

果然，有同学提醒我，前面有个同学在举手，我顺着她提示的方向走过去。

"你叫什么名字?"

"黎紫珣!"她站了起来，但没有把目光转向我。

她中等个儿，发梢微卷的齐肩发还没有被扎成"马尾"。额前长长的刘海，脸庞上未被彻底拨开的头发，似乎都在遮掩着她作为少女的三分羞怯。她的眼神很腼腆，不太敢看我，但仅一双眸子瞬间一闪，我已经看出来了，她是一个很文静、文雅、有"语文感觉"的女生。

"她的气质很不错!"我在心里告诉自己。因为是初次见面，她的工作能力如何，就只能在试用中等待发现了。

但是，黎紫珣担任语文课代表时间不长，便出现了问题。我布置下去的作业，她总是不能及时把同学们的作业本催交上来，更有甚者，她竟然好几次没有把我的作业传达清楚。

我找来不能及时上交作业的同学，和他们谈心，了解情况，我这才明白，黎紫珣脸上经常起痘疹，发作的时候，是一脸紫红的"小痘痘"，她为了"疗养"和有所掩饰，经常在"痘痘"表面抹上药物和脂粉，但是"痘痘"反倒更加红了、多了，为此，热衷高雅的她，尴尬得经常见人抬不起头来，这也便是她不能及时地传达、收交作业的主要原因。

我知道事情的原委之后，心里产生一种遗憾感，遗憾自己的观念，遗憾自己没有了解清楚就选她当了课代表。接下来，让她继续带着尴尬、带着为难去工作吗？我把她请到了我的办公室，拐弯抹角总算把让她尴尬的事情说清楚了。

"这个语文课代表……？"

"没事的，我继续当，没事的！"她低着头，尽量不让我看到她脸部的痘疹，但是话答得很快。

我看出她是一个很要面子的女生，她很看重课代表这个不起眼的职务，也许这个职务是她求学进步的一种动力。我不忍心撤去她的这个小小的职务，虽然，这一学科因为课代表的"碍于面子"已经出现了问题。

可是，黎紫珣的病情在逐渐加重，后来不得不住院了。第一次是我送她去的医院，她一路上低着头，大口罩捂去了半边脸。我们遇见她的爸爸时，她和她的爸爸都婉言谢绝我走进医院。

她请假越来越频繁，直至后来，必须回家休养了，我终于另选了语文课代表——梨伟。黎紫珣每次在家休养的时间越来越长，因而在校的时间变得越来越短。但是，她越是待在家里，心里就越是牵挂着学校。

"老师，我会被开除学籍吗？"她发来了微信。

"不会的，紫珣。嗯……你最好能把你在医院就诊的病历带来，看看能不能给你开个休学证明！"

"我不想休学，我只盼着能和大家一起上学，一起毕业！……老师，您告诉班长肖珺不要把我从班级微信群里踢出去，好吗？"

"可以！……放心！"不觉间，泪水已经模糊我的视线。

后来，黎紫珣这一次竟然隔了一个多月没有来学校，结果是她的爸爸来了学校，说她退学了，要取回黎紫珣的生活用品，并说孩子退学的重要原因是：

"你们学校的饭菜她吃不了！去年在你们学校本部的时候，还不至于让孩子病得这么重。我打电话向你们领导反映了几次，你们领导说，像黎紫珣这样的情况，属于个别现象，学校不可能因为一个孩子的不适应，而去调整一千多同学的口味。"

从这以后，我便几乎没有联系过黎紫珣，她转学了？还是真的不再读书了？

黎紫珣走了，我们因为与黎紫珣相处时间太短，而不甚了解她，只知道，她一看上去就很有气质。黎紫珣因为脸上皮肤过敏而离开了庐苑中职校园，那么，倘若你问本班级女生脸蛋最白净的又是谁呢，同学们肯定首先推出的是：葛玉琴。

葛玉琴岂止脸蛋白净、长相清秀，更是一个遵纪守规、善解人意、勤奋好学的好同学。因为遵纪守规、善解人意，她在同学们中人缘极好；因为勤奋好学，她的文化课成绩一直在本班排名前五。她特别爱笑，几乎留在每个同学心中的都是她白净的、莞尔一笑的面庞。

葛玉琴又为何离开庐苑中职呢，还应该追忆到那次校级健身操大赛。校本部领导到达东校区以后，全场集体表演了"庐苑健身操"，节奏一致，翩翩如飞。而接下来的班级个体展示，只能一班接一班地上场。读者你还记得吧？我班是倒数第三队上场的。等候上场的心情是急切、紧张的，等候上场的时间感觉是漫长的。同学们席地而坐，十月的阳光，晒得人们头昏脑涨，晒得人们身上热辣辣的痒痛。我坐了一会儿，觉得无聊，起身在本班行列边走动。

"班主任，我的腿上、身上起了许多红疹子，觉得有些难受！"坐在水泥地上的葛玉琴突然对我说。

"是吗？"我问道，"有多长时间啦？"

"应该有两个星期了！"说着，她撩起了她的裤腿。

我知道，她的情况肯定有点严重，不然一个女生是不会随便提起裤腿，让一个男教师去看她的小腿的，何况是在这个公众场所、比赛场上。果然，她的腿上露出了一个个血红的"小疹子"，数目繁多，可能因为她原来皮肤比别人白净，所以更反衬出了红疹子的严重。

"你应该抽时间去医院看一看！"我轻轻地说，没敢露出惊愕的表情，怕吓着了她。

"她整个身上都是这样，起了很多的红疹子！"她身边的女同学帮她说。

第二天，葛玉琴请假回家，由她父母陪她去了医院。

但是，她这一去就再也没有回来。当初，可能是因为没有确诊，所以，她对我的电话问候，回答起来总是含糊其词。直到一个月之后，她发微信来咨询，学校有没有为她缴纳相关的保险费，她能不能报销点费用，我才知道，她患的是"ZDX 肾炎"。遗憾的是，她没有得到相关补助，因为她只缴纳了意外保险费，而没有参加医疗保险。

她还告诉我，医院大夫建议她一定要减少活动，说患了这种病，就一定不能让身上出汗，一流汗，病情就会加重。她甚至告诉我，她现在在家，每天最多的时间是躺在床上休养。

对这种病的康复治疗，我没有经验，但是，自己很想带几个女生去看望一下她。我问了几回她的住址，她最终谢绝了："老师，我整日躺在床上，蓬头垢面的，我怎么能见你们呢！"

最终，我一次也没有去看望她。

但是，她的病情直到高二上学期期末，也没有听说好起来。

其实，班级的每个女生和男生都盼望着葛玉琴能够返校，她是班级里人缘最佳，留给同学们印象最好的同学。她的床铺、生活用品一直很整齐地摆放在那里，室友们看到它乱了一点，都主动伸手把它整理好。

但是，直到她后来打电话给我，给班长说，什么她都用不上了，只要把她的那几双好看的新鞋子留着就可以了，我们都知道，葛玉琴真的不再来上学了。

我不懂医学，不知道葛玉琴的病怎么就好不起来了。总觉得，她不能来上学了，可惜了她，一个清纯的、曾满怀希望的少年！

葛玉琴与黎紫珣有着共同点，她们都异常爱美，她们生病回家以后，都总是想着，一定要读到中职毕业，怕丢了学籍，甚至怕我们把她们移出班级微信群。但是，她们最终都没能坚持读到中职毕业，并且自己退出了小家一般温馨的班级微信群。

看到葛玉琴留下来的漂亮的几双运动鞋，同学们又似乎看到了她莞尔一笑的面庞，觉得她还相伴在我们的身边。没有哪位同学提醒或催促过葛玉琴来取回她的被褥、鞋子等，或许是同学们不忍心说出口，或许是……

烟雨桃李
——
YAN YU TAO LI

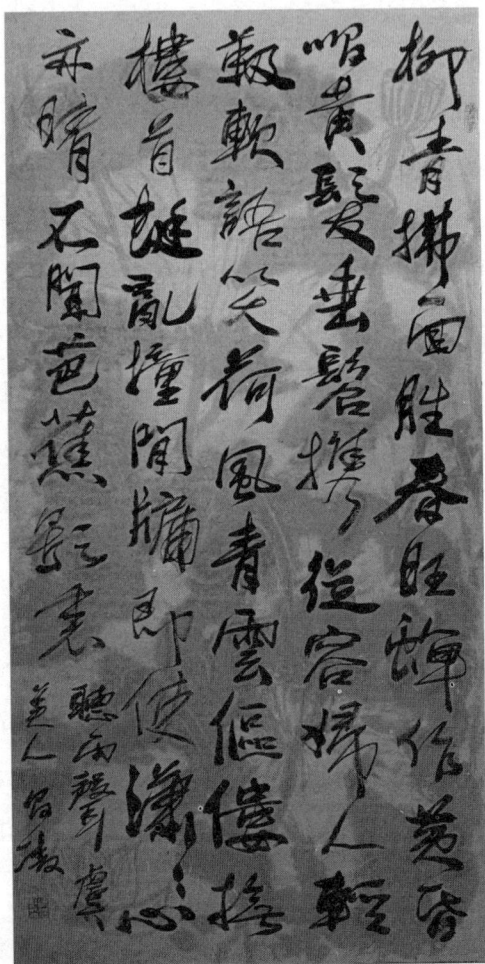

　　注：柳青拂面胜春旺，蝉作黄昏唱。黄发垂髫携从容，妇人轻靸软语笑荷风。青云伛偻抚楼首，蜓乱撞闲牖。即使潇潇亦心晴，不闻芭蕉影里听雨声？（陈昌凌戊子夏于合肥作词《虞美人》，并书之，且画背景。）

18

梨伟是自黎紫珣之后，被我选用为语文课代表的，个子偏高，双眸黑亮，头发扎成一束不长不短的马尾，反应快捷，举止洒脱。她的性格跟黎紫珣几乎相反，同学们评价她说话"辣"字当先，做事果断干练，"雷厉风行"，她布置下去的作业，总是能够及时完成，及时上交。

"她哪儿都好，就是有时说话不考虑别人能不能接受……太'辣'了！"有的同学在我面前议论她。

想起梨伟在开学班会上的自我介绍，她自称"伟哥"，看来，她确实有"汉子"的个性。

但是，她这种性格也有它的优势，比如，班级很难整理整齐的座位，经过她的手，那就很快横成行竖成列了。除了座位交给她去整理，我还推选她当了"班容大使"，我总是对她很放心。

梨伟除了做事麻利之外，还特有同情"弱者"之心。跟她一道从霍邱来此就读的王帆同学，因为从小受双亲溺爱，生活自理能力较差，遇上一点困难，就爱哭鼻子。梨伟在生活上就非常关照着王帆，如同一个小姐姐一样，帮着洗衣刷鞋，铺床叠被，甚至，王帆丢了一张余额无几的饭卡，她都带着她去政教处咨询。

王帆的爸妈，也知道梨伟挺能干的，干脆把王帆拜托给了她：

"梨伟呀，我家王帆和你在一起，我就放心了！请你平时多帮帮她哈！"王帆的爸妈既放心而又担心地对梨伟说。

梨伟总是点点头，但是，她知道自己身上的责任很大。

不过，梨伟的同情"弱者"之心，又给她自己和她的班主任我带来了"剪不断，理还乱"的麻烦。

班上有一个男生叫朱之鸣，因为小时候患过某种疾病，身体一直非常虚弱，瘦骨嶙峋。据男生们反应，他最近清早起床，经常流鼻血，有时候俯首洗脸之际，便染红了他的毛巾和盆里的清水。可是，他的脾气和他的身体一样的不好，所以他在班级里的人缘很差，只有梨伟看在眼里，同情在心里。甚至，她在请同学们上黑板默写古诗词的时候，也网开一面：别的人默写错了，哪怕只是错了一个字，必须重新上黑板默写，而朱之鸣即使丢了一个诗句，她也不要他上黑板重写。这一点惹得其他同学很有意见，但是，"雷厉风行"的她却不在乎那么多，依然我行我素。

于是平时很孤独的朱之鸣，却终于找到了谈吐心事的伴儿，他经常找梨伟说说心头事儿，加上梨伟从不拒绝，于是，他只要一得空就来到梨伟的桌边。久之，别人已经习惯了他们俩，没有谁觉得他们俩是"异性接触过密"，也没有谁嫌弃朱之鸣站在过道上妨碍通行。时间一久，在学校超市里，或者在去厕所的路上，同学们都经常能看到朱之鸣总是尾随着梨伟，如影随形。

于是，引得学生会的同学们盯上了他们。那学生会的同学们自然不能放任这种男女形影相随的现象发生，结果把梨伟、朱之鸣带到了政教处。政教处副主任吕亚飞对他们进行了严肃地教育——校园坚决抵制早恋现象。但是因为他们俩几乎都没有往这方面想过，所以吕亚飞主任的教育几乎没收到任何成效。政教处见对他们的教育收效甚微，便反复提醒我要重视此事，必要时要给他们点颜色看看。

这天下午，我又被叫到政教处"喝茶"了，但这是因为我班徐坡、戈晓梁殴打学四班的男生周樯一事。

周樯在班内早恋了，恋的是徐坡的"早恋"，又是徐坡的老同学。于是，徐坡带着本班戈晓梁同学找到了周樯的寝室。当时只有周樯一人在寝室里，他的室友们洗澡还没有回来。本来徐坡心里揣着的话是，"你得真的对她好，不能耍她玩她！"但是一肚子的醋意没法让他冷静地去说话，所以三言两语没说明白，便动起了手。周樯看见徐坡身边陪着一位个子很高的、看上去有些壮实的男生，没敢还手，结果周樯挨了徐坡不少揍。待徐坡、戈晓梁一走，周樯便把徐、戈闯入他们寝室打他的事告到了政教处。

打架斗殴，被称为校园"三红线"（打架斗殴、翻园墙、早恋）之第一红线。这次徐坡、戈晓梁打了人，我这个当班主任的，当然被"请"来了政教处。首先是杨卫主任、吕亚飞副主任结合上次梨伟、朱之鸣的"早恋现象"，给我敲了警钟，对我念了"紧箍咒"。然后轮到我给徐、戈两位同学洗脑，再给予他们严肃的警告。完了，我带着一肚子的怒火，领着他俩离开了政教处。

可是，刚下了政教处门外的台阶，才走出去几步远，迎面遇上了学生会，他们又领着梨伟、朱之鸣来到了政教处。

而且看上去，梨伟竟然一点没有自责的神情。她见了徐坡、戈晓梁，甚至还笑出了声，前仰后合，无所顾忌。看着迎面过来满面含笑的梨伟，我头都大了，跟梨、朱谈话数次却无效呀！

吃过晚饭的第一节自习课，我无法再平静下来，便要把梨伟找来问一问。但是我刚走到班级窗口，就看到：原站在梨伟身旁的朱之鸣，突然一个蹲身，他想利用同学们的课桌遮挡，溜之大吉。很显然，他已经感知到我来到了窗口，这证明，他时刻预防着我——他这种溜之大吉的现象，我已经发现了好几次。

他们俩这种相处的方式，同学们看得很清楚，实在不高雅！于是，我思量再三，最终撤了梨伟的语文课代表一职——如果班主任我的课代表继续再由梨伟担任，那明显会被同学们误以为是我在放任她了，这会给班风、学风带来负能量——虽然至此，我还不认为梨伟和朱之鸣发生了早恋现象。第三节晚自习课，我终于宣布：从此语文课代表将由副班长章瑜兼任。章瑜，一个身高比梨伟低半个头，但做事干脆、爽快，字迹像她的性格一样潇洒的女生。

梨伟不再担任语文课代表，似乎对她没有造成多大的影响，我希望她的心里像她的表情一样风轻云淡，希望不要影响到她的学习情绪。但是没想到朱之鸣出事了。他才是最在乎梨伟有没有被撤职的人。

下午刚下课的数学老师韦老师，夹着书，手拿一把戒尺来到了办公室。她走到了我的身边：

"柯老师，你班的朱之鸣有'自残'现象，你知道吗?"韦老师突然小声对我说。

我几乎被吓蒙了。"自残"与"自杀"虽一字之差，但是弄不好，都会出人命的。人命关天，没什么事比生命更大!

晚自习还没放学，我找来了朱之鸣同学，今晚怎么也不能让他随便回寝室，如果他再自残一回，说不定就会出大事了!

12 月的天气，晚上九点过后，已经微寒袭人。坐在教师办公室里的朱之鸣，早已着上了长衣长裤。但是，从他抬起手臂的一瞬间，我分明看到了他手腕上被刀割过的伤痕。割腕!我心头一震，但是，我马上很平静地对他说：

"之鸣，你的手腕怎么了?"

"没什么!"他说。

"能把手腕伸出来让我看一眼吗?"

他不愿意伸出他的手腕。于是，我直奔主题：

"听说，你最近割腕自残过，有这事吗？"

"那都是小菜，没事儿，我经常玩！"

"经常玩，还没事儿，我不信！——既然没事儿，那不妨让我看一眼！"我伸手撩起了他的袖口，密密麻麻的刀痕，惊得我心头直打颤。

"你为什么要这样？好玩吗？还是因为心里受到了什么重大的打击？"我问。

他不愿回答我，绕开主题地摇了摇头：

"没什么事儿，没啥事儿！"

我觉得事情重大，退出办公室拨响了谭副校长的手机，但是谭副校长告诉我他现在不在学校。不过，他听出了事情的严重性，于是，紧急安排学生会曹凡等同学过来配合我查清此事、控制事态。

"是因为政教处指出你在早恋吗？"曹凡等还没到来，我和朱之鸣继续聊着，"我也相信，你们不是早恋，那就更不用担心了呀！——嗯，即使是这么回事儿，也用不着这么害怕，大男人做了就敢于担着，对吧！"

"不是，不是早恋！"他继续摇着头。

"是为了梨伟被我撤去语文课代表一职吗？"

他抬起头，看了我一眼：

"那不是，不是这个！"

曹凡等人到了，他们没问几句，就直接掀起了朱之鸣的上衣，挽起了他的裤脚。妈呀，他满身都是刀伤，新伤压旧伤，让人看了恐惧、恶心！

"柯老师，谭副校长不在学校，他希望家长立即过来把孩子带回家教育！"曹凡把谭副校长的意见传达给了我。

好吧！今晚又要熬夜了，我拨通了朱之鸣父亲的电话。算走运的是，晚上近十点钟，还能拨通朱之鸣父亲的电话，而且朱之鸣父亲在十一点之前还能赶到学校！

朱之鸣父亲到达之后，父子谈了一会儿心，然后，他坚决不同意把孩子带回家。最终，无奈，我和谭副校长只得同意他，并让他签下《安全协议》，由我把朱之鸣再送回男生公寓。此时，已经过了夜里零点，平时非常热闹的校园一片寂静，但是路边的草丛里，依稀听到促织还在抚琴；路灯下，依旧看到蚊虫犹在翻舞。风真的很凉了！

注：桥头槐花密，田尾菜蕊稀。渔翁敛网乐嘻嘻，耕夫高歌喝语、催牛急。露莹翠草耀，旭暖紫燕啼。春风一缕十里堤，绿暗红嫣暂憩、惊莺飞。（陈昌凌春晨踏野赴校园，作词《南歌子》，并摘而书之。）

19

12 月的风刮过江淮之间，如果说阳光里送来的还是一分清爽，那么月光下送来的更多是几丝寒凉了。庐苑中职东校区（高考校区）居于一片田园之中，随着气温的下降，田间的昆虫日渐隐匿起来，于是校园里变得更加静谧了。

我从迁来东校区，便逐渐养成了晚自习后散步操场的习惯。虽然因季节转换，晚间刚走出教室时，总觉得寒气袭人，但是由于在空无一人的操场上散步很肆意，或走或跑，或歌或乐，一任自由，便可感觉到是一个自在的人，有种洗却烦恼、释解倦怠的畅快感。

但是，今天晚上的散步，还没走完一圈，我却分明感知身后多了一串急速的脚步声，是有人赶上了我：

"老班，您每晚都来散步吗？"我回头间，看清楚了，追上来的是刘海军同学。

"你回来啦！"我高兴地说。

"是的，老班！"

"回来就好，来，我们一同走走吧！"

到这里，我要解释一下，刘海军正是在高一军训期间骂我"走你娘个头"的那个刘海军。

刘海军来到东校区以后，没有选择学前教育专业，所以就没有分在我班，他学的是旅游专业。据他的新班主任徐欣老师说，大小错犯过不少。有时候，过分到班主任想调换他的座位，他都不理会，还得忍让他的脸色。

前天，我遇上了去年高一（3）班的欧明惠同学。欧明惠也选学了旅游专业，与刘海军分在一个班。

"老师，刘海军回家了，你知道吗？"欧明惠问我。

"不知道呀！"我听起来，好像不是一件小事儿，便又反过来问，"回家？'回家'是啥意思？"

"您不知道呀！他很不听徐老师的话，徐老师批评教育他多次，他都不改，后来甚至连作业都不交了。这次，又和薛琦美早恋上了，惹得徐老师大发雷霆，让他回家反思了！"

"哦！"我明白是怎么回事儿了。

欧明惠似乎看出我对此事还重视不够，接着说：

"柯老师，刘海军，您最了解他，他也最听您的话。反思是小事，如果他一气之下，不再来校园了，不念了，他会去做什么呢？再说，他的各学科基础都不错，这不是太可惜了吗！他最听您的话，您得想想办法呀！"

"你能联系上他吗？你把我的话传达给他，让他及时找徐老师沟通，承诺改错，争取早日返校！"欧明惠临离开时，我为了让她放心，又补了一句，"嗯——徐老师这边，我马上去求个人情！"

交代了欧明惠后，我在心里思忖着：希望刘海军回校后，真的能够静下心来求学，至少得把职高读完；刘海军是一个很有潜力的同学，说不准，他能被高等院校录取，人生格局或许会大翻盘；而像他这种性格，如果是因为犯错误，而被"劝退"；那么对他的成长将极为不利。

没想到，或者让我很惊喜的是，他今天就回到校园了。

我们俩向前走着，他与我从来话就不多，这次也一样。我也在心里酝酿着，什么话能对他说，什么不能。毕竟近一个学期没交流过了，能谈得开的话题不多，何况他是一个很敏感的人。

"我觉得你是这个学校最优秀的班主任！"刘海军突然说。

细一嚼，他这话听起来很温暖，但绝对属于过奖之辞，我在这所学校是最普通的一位班主任，比我优秀的人多的是。但是，刘海军今天为何能说出这句"暖心"的话，这不禁又让我想起，我们之间曾经到底发生了什么，于是记忆的闸门再被悄然打开。

从他站在军训队列中骂我之后，如果说哪位班主任还不重视他的存在，或者说哪位班主任对此能一笑置之，然后风轻云淡，我想，那他（她）肯定是一位不合格的班主任。我则不得不考虑，敢在此以立规矩为目标的军训中，在尚未被班主任掌握秉性前破口大骂，该是吃了何等的豹子胆，不然，就是他的思维不按常规出牌——乃非正常思维之人；我不得不考虑，对这种"非常"的同学，将怎样去教育，怎样在人生的道路上，把他扶上马送一程呢！

果然，开学不久，晚自习时，班长褚仁俭来向我反映：刘海军抵抗班级制度，班委们费尽心血讨论拟定的班级制度，将因为他的任意所为变成一纸空谈。更过分的是，他有时候还当着全班同学的面，辱骂班委。

"你去把刘海军叫到办公室来，我来跟他谈谈！"我很平静地说，努力地克制自己的火气。

他来了，不敲办公室的门，从进门起，他就没正视我一眼。他侧立在我身边，昂首挺胸，眼睛正视窗外。

"海军，刘海军，咱们坐下来聊聊吧！"我拍了拍身边的一张空椅子，笑着说。

"有事吗？没事我就走了！"他依然没有正看我一眼。

"你学过开车吗？"

他不回答，我接着说：

"每个驾车新手起初都有这种感觉，就是很讨厌一条又一条的交通规矩，追求自由放松的心态。而只有老驾驶员才会明白，追求放松自如的心态可以理解，但只有有规可循，只有人人都能重视、遵守规章制度，那才能真正做到放松地行驶，而不至于闹成众车相撞、车毁人亡、交通瘫痪的结局。对于班级的制度也是如此。"

他一直看着窗外，我不知道他有没有听进去我的话，便问道：

"那么，你对你无视班规、辱骂班委的行为，有什么自己的看法吗？"

"晚自习不止我一人在说话——任何人都别想罚我！"他突然睁圆双眼，放开了声音。

我一拍桌子：

"你错了，你在晚自习时间大声喧哗，严重干扰班级纪律，而且口出污语辱骂班委就该罚，得让你长长记性！"

一般情况下，犯错的同学被我这一唬，就会安静下来，然后听我接下来的劝导。可是，今天算是遇上了敢撞枪眼的人了。只见，刘海军也一拍桌子，用手指着我：

"谁他妈敢罚我！你说，谁他妈敢罚我！"

他的声音比我声音还大，震动整个办公室。当时办公室里坐着的都是女教师，她们都惊异地看着我们这对师生。刘海军如同一匹不可驯服的野马，而我却显得非常难堪……但是，我没有去推开这只正指着我的手，因为那样，"师生斗"便一触即发。我们是师生关系，至少在思想境界上有高下之别。如果一个老师与学生动起手来，那么，最毁形象、留给别人笑柄的只能是老师。老师也将枉为人师，何况，社会上又有几人能替老师说话呢！

我坐回了我的座位，心中在想：

"我遇到了软硬不吃的小子了。我平时不是总是告诉年轻的教师们，'遇到不测时'要学会给自己找台阶下嘛，那么，我今天的台阶在哪儿呢？"

他看我坐回了座位，情绪缓和了一些，道：

"你还有什么话要说吗？不说的话，我就要走了！"

说完，他离开了我的桌位。快走出办公室时，他伸出手来重重地把门摔在墙上。

"哐！"声音在办公室和走廊里回荡。所有老师再把眼神看向我，我尴尬地把头转向墙壁，去看我日日遵循的课程表。

这事情我没有处理好，毁坏了班主任我的形象倒不是什么最要紧的事，毕竟任何一所学校、任何一位老师都会遇到不懂礼、不听话的学生，关键是，如果他这样的行为不把他"摆平"了，接下来他会更加目中无人，更加为所欲为，班级将因为他而致使所有的制度毁于一旦。那么，最终将会导致学风败坏、"班将不班"的结局，而他也会迷失了正路。

晚上下自习后，我没心思回去洗漱，我要把他再叫出来，重新了解这样一个不可思议、不听劝解的同学。今夜如果不能与他坦诚地说上几句话，我想，我一夜也睡不上安稳觉的。也许，当时在办公室里，有那么多老师在场，他可能是受到了什么刺激，所以才用那样的态度对待我。那么接下来，咱们重新选个地点，黑灯瞎火的，他应该不会受到外界的刺激，或许能和我坦诚地交流一点心事。

当时，我担心唤不出来即将就寝的刘海军，咱不能让同学们知道我管不了刘海军，那样的话，管教其他的同学就难了。于是，我请班长褚仁俭私下叫他到寝室楼下，就说是班主任叫他下楼，有事找他。

他终于下楼来，灯影里我看清楚他对我的态度，依然如一头不听驯化的小牛仔，他歪着脖子斜视着朝我走来。看着他的身影，想起他下午无视全体老师的行为，怒火又再次烧灼我的心胸。我非常地想揍他，甚至我都权衡了自己的体能，我虽年逾五十，但揍他应该富足有余。但待他走到我的身边时，我却再度控制住了自己的行为，理智掌控了情绪。我带他来到公寓楼后的阴暗地方。这里只有他和我，没有其他人看见，也没有第三种声音来打扰。奇怪的是，这一次，无论我怎么教育他、批评他，他都不吱一声。黑暗里，我看不清他的行为，我怀疑，他是不是怕我在阴暗的角落里收拾他，正一直摆着自卫的姿势。

最后我问道："咱们换一个角度，假如你是班委的话，你怎么管班级？遇上无视班规、辱骂班委甚至老师的行为，你该怎么做？"

他没有说话，我也不再说话，一分钟，两分钟，三分钟……我们一直相对站着，公寓楼各个窗户里的电灯，也都次第关上了。我正想说出，"今晚就谈到这儿，希望今晚我的苦口婆心，能让你有所感悟"，不曾想到他突然大吼了一声：

"还有什么话要说的吗？没有的话，我就走了！"

他走了，我一个人站在黑影里，目送着他进入寝室楼，上楼，直到不见了他的身影。然后，我摇了摇头，对自己苦苦一笑，便回了自己的住处。我懂得对刘海军的关爱、教育、影响，绝不是一朝一夕就能完成的……

后来，我从与其他同学的交谈中得知，刘海军对班级里的女生们挺有礼貌的，甚至乐于助人。于是，再遇上刘海军违反班级制度的事，我便请来女生帮助说服他。

"班级的规章制度是由班主任和班委、同学们共同拟定的，不可能让每个同学都满意，但它服从和践行着整个学校的大制度。着眼于整个班级的班风、学风，是为同学们在一个有章可循的制度下，更平安、更和谐、更专心地求学和成长服务的……这些你们都能理解吧？"我找几个女生来谈话。

"理解！"

"但是，如果遇上有人屡次无视校纪、违反班规的行为，我认为，我们都应该站出来劝阻他（她）、制止他（她），你们说，应不应该？"

"老班，你就直说了吧，找我们来想谈什么？"薛琦美不耐烦地笑着说。

我把刘海军无视班规、屡次犯错的事说了出来，想请她们出出主意，更想请她们劝阻刘海军。

"刘海军与薛琦美关系最好，请薛琦美去说服他，肯定见效！"欧明惠边说边笑，大家也随着笑了起来。薛琦美有点被大家笑得不好意思，道："谁说的呀？谁说他与我关系最好！再说，我一个人说他，也说不动他的，他不会听的！"

"那么，我们共同来劝说他，为了班级的班风、学习氛围，好吗？"我接着薛琦美的话，对大家说道。大家都笑着点了点头。

从这次谈话以后，刘海军有什么反应，有什么变化，我基本没有单独找他去了解过。但是，从班委们的口中，我得知，刘海军没再做过什么大的违反校纪、班规的事，而且，小有违反，他也愿意认错，甚至也能见到他纸上写来的"反思"了。"这不错了，海军有很大的进步啦！"我在心里这般对自己说。最可喜的是，第二次月考，他的文化课成绩进入了我这个"重点班"的前十名，并且总觉得他是越学越有劲儿了。为此，我还在班会上表扬了他的变化和进步。

高二开学之初，到了东校区（高考校区），全体高二同学按照自选专业重新分了班级，刘海军于是离开了我班，选择了旅游专业。也说不清楚为什么，心中还是有一份窃喜的。这匹不易驯服的骏马，终于没有留在我这一亩三分地上！但是，相比其他同学，我却又在心里最常念叨他的名字——刘海军。我担心他又会犯偏脾气，也担心新的班主任不能了解他、管好他。

"如果我们徐老师能像您一样教书、管人，那该多好呀！"刘海军又突然说道，他一直陪走在我的身后。

"每个班主任的管理方法不一样，希望你多理解他们，多适应他们。但是，有一点却是共同的，那就是，我们都想把班级管好，希望班级有一个好的学风，希望同学们先成人后成才。所以，希望每个同学都不能因为自己所谓的个性，而影响整个班级对校纪班规的执行，你说呢？"

估计，他怕我再说下去会揭痛他的伤疤，他于是告辞走了。

我目送着他的背影走远，心里默默感觉到，他与徐欣老师不和，将会给徐老师的班级管理带来多大的难度！

总结他的变化，似乎老家有句谚语就讲得很有道理，"男人不怕女人，除非红头发野人"！

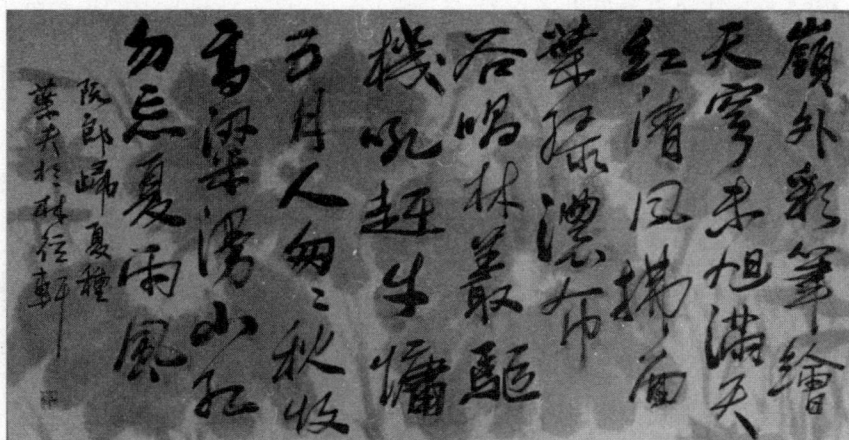

注：岭外彩笔绘天穹，未旭满天红。清风拂面叶绿浓，布谷唱林丛。驱机吼，赶牛慵，五月人匆匆。秋收高粱漫山红，勿忘夏雨风！（陈昌凌作词《阮郎归·夏种》，并书之，且画背景。）

20

节序临近大寒，江淮分水岭地带真正进入了寒冬。连日的偏北风，呼啸着从丘陵、江河刮入乡镇、街道，也刮入了村寨、校园。庐苑中职东校区内，狂风打着旋儿不饶行人，疯狂的偏北风刮得道上的男教师们直不起腰，虽然他们已经穿上了厚厚的冬装、长袄；刮得女教师们露不出脸，虽然她们一再坚持着淡妆抹面、微笑待人的风格。

晚上，路灯亮了，檐下的风还吹着哨子在长啸。可是，人们分明在路灯底下看到了星星点点继而纷纷扬扬的雪花，下雪了！

班级里，今晚的自习课，同学们个个都很有精气神。虽然冷气袭人，但是他们知道，窗外正飞舞着美丽、浪漫、柔情万种的雪花，所以个个心里满怀着诗意的想象。

第二天天一亮，同学们推开门窗，一个个惊喜地叫喊不已，"哇！大雪，大雪……多美呀！"同学们顿时觉得"银装素裹""粉妆玉砌"这些先人的词语都不足以表达此时心中的美感。那远处的村舍，披上了银色的风衣，是谁一夜间织绡万匹，却又效劳给了千家万户；那高大的电信塔，此时真正成为了冰肌玉肤的"硕人"，正天真无邪而又娴淑安静地望着这个全新的世宇；近处的树林，谢光了叶子的枝枝丫丫，被银菱花一裹，似乎队队玉人高擎千手，正在祈祷着天公的英明恩赐；楼下的水泥路，昨夜覆上了一层雪花之后，更是美得几乎让人不忍踩踏她圣洁的衣衫。一夜风雪刷新了整个世界！

雪后响晴，太阳升起来了。同学们今天的学习，今天的生活，今天的课上与课下，都有一种清新的感觉。从早到晚，歌声、笑声在雪塑的校园里回荡。

但是，这场大雪给庐东县教体局带来的可不像学生这般无忧无虑、诗意浪漫。这场雪如果再下得大一点，就成了封门大雪，那样就会导致交通瘫痪，学生将有家不能回。回顾前几年，甚至因为厚雪太沉，而屋塌墙倒，造成人身伤亡事故的，也曾不止一次发生。所以，下雪了，而且雪下得这般得意，作为教体局领导最妥当的做法是提前放假。

阳历 1 月 21 日，农历才值大寒，一大早，同学们就穿着厚厚的外套，呼着满口的热气，兴奋地离开了校园。同学们拖着行李箱，走着，聊着，雪地上横七竖八地写满了他们快乐的心情。他们的笑声，甚至感染了围墙边高枝上的花喜鹊，使它们也欢天喜地地叽喳不已。

同学们这么早便放假回家，到明年元宵节之后才返回校园，这么长时间宅在家里，为师的怎能不担心他们因玩心太重而荒了学业！好在，中职校园的同学们每人自备一部手机，我们总算没有断了与他们的联系。我除了请我班团支书萧涟绮每日发一次作业小提示，更指定日子让每个同学拍作业照片或视频发到班级微信群里，好让各位授课老师对他们作批示、提要求，而我更在"幕后"做"指挥"。用同学们的话说，他们纵有孙悟空一个筋斗能翻十万八千里的功夫，却也逃不出如来佛的掌心。

我除了监督各科作业完成的数量，还严查语文作业完成的质量。除了要他们领悟、记牢语文学科的课本知识点，还带领他们利用手机上的"美篇"软件，去写出自己的心声、自己的"美篇"。

才下载"美篇"软件那会儿，深深的陌生感，弄得大家手足无措，因为他们并未真正发现"美篇"的美。我示范地抛砖引玉地用"美篇"软件，就着大寒前的那场大雪，写了一首本不讲究的小诗歌，然后插上我在雪天拍的雪景图，配上《雪花飞》的音乐，终于惊起了同学们心灵清渠的波澜。

一方净土

柯老师

是谁召唤了天庭，

让你驾着朔风，

纤腰束素翩翩而来？

你是无语的天使，

却让人间为你狂欢；

你是高冷的过客，

却让人们分享了你圣洁的温婉。

你如漫天飘飞的柳絮，

严冬可让春风入住我们的心坎；

你是展翅欲飞的白鸽，

满载着家园对和平的祝愿。

高楼大厦，过了昨夜，

圣洁庄严；

枝枝叶叶，北风一吹，

怡情可怜。

校园里，欢声笑语，

银球飞过，

雪人却笑得人们心头温暖；

林道旁，匆匆人影，

指点足迹，

皑皑小径竟通向那无边的荒原。

飕飕凛冽的北风，

告诉我们时令早已跨过金秋；

千树万树的梨花，

却正让我们憧憬艳溢香融的春天。

朋友，

你可光顾一如净土般的校园！

结果，同学们也都陆续写出了如诗若画、动人心弦的美文。

春节姗姗来迟，她有时舞着瑞雪，有时沐着煦阳，喜滋滋，一身吉祥，笑盈盈，满面春光。不过，在春节里收到众多同学的节日祝福，应当是为师最大的幸福！简短的一句"老班，节日快乐！"满满的师生情，便荡漾在心湖脑海。

我也没有忘了用电话家访一些同学，老师、家长、同学之间传递着理解与关心的温情。但是，这回让我惊讶不已可又不得不相信的是，顾阳阳因为家境困难，又因为下学期学费要上涨，竟然有退学的打算：

"柯老师，顾阳阳下学期不打算去读了。我们一家几乎就我一个人在挣钱，她的爸爸身体不好，虽然他偶尔也打点零工，但挣的钱还不够他看病的。她的爷爷也是一个药罐子，每天都得吃药……对阳阳上学期的学费、生活费，我这个家庭就已经吃不消了，而你们学校下学期还要涨学费，我家阳阳的弟弟下学期也要上初中了……我哪来那么多钱？……"说着说着，手机中传出了那边阳阳妈妈的哭泣声。

我上学期期末的时候，便猜测顾阳阳家境较贫困，今天，顾阳阳妈妈的话印证了我上学期的感知。顾阳阳天资聪慧，在班级成绩排上等，如果参加高考，较有希望考上一所本科院校。她更是众多同学之中情商较高、最尊敬老师和班主任的一位，我真不愿她辍学，于是我道：

"阳阳妈妈，是这样的，您讲的情况我已经听懂了，并记住了，但是，孩子功课不错，又很聪明，升学很有希望。如果她能继续读，很可能会考上一所她心仪的高等院校，而从高等院校出来后再来挣钱，那么对于她，人生格局可能会截然翻转，而对于你的家庭，我想，也将会产生一个深远的、向上的影响……"说着说着，我直奔她的"难题"，"这样吧，你让她开学后回校园，关于学费，我来向领导申请，争取让她能读得起书！"

我怕阳阳妈妈信不过我的话，于是我最后斩钉截铁地补上一句："我一定能帮她解决！"

但是，其实像她这种情况，学校已经做过救济，就不可能再额外对她补助了。而我"斩钉截铁"的底气是来自我想私自捐助她一把，所以，才敢那么硬朗地向顾阳阳妈妈做出保证。

直到第二个学期开学，顾阳阳的身影没有出现在我的班级里，我确定，她真的退学了！我又打了几回顾阳阳及其家长的电话，并且透露了自己想助她一把的心愿，但她最终还是没有返回校园。后来，即使让她来办理退学手续，她也没回来一趟。她告诉我，她已经上班了，在学做美容美发。我不便再去劝她，不再去啰唆，或许美容美发更适合她，人各有才人各有志嘛！只是，开学的前两天上课，我经常把肖珺叫成了"顾阳阳"，好尴尬！想起来，觉得很对不住肖珺同学！

前一周过后，最终确定，本学期退学的有三人：徐坡、朱之鸣、顾阳阳。我心里好一阵失落，不管他们在校时或有多优秀，或有多淘气，他们毕竟还都是学龄中的孩子！

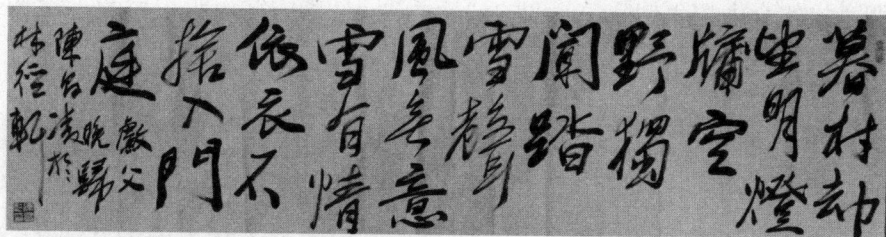

注：暮村却望明灯牖，空野独闻踏雪声。风无意，雪有情，依衣不舍入门庭。

（陈昌凌作词《渔父·晚归》，并书之。）

21

农历三月伊始，校园外，田野上桃花、梨花热热闹闹地挤满枝头，红彤彤、白灼灼地各自竞展自己的风姿；池塘边的柳丝，绿绿丰盈，早已"其叶沃若"地临风举袂。园墙内，庐苑中职学校，一年一度的招生大事再次正式启动。每年的 3 月至 7 月（中考分数公布）都是庐苑中职学校的全力招生期间。所谓的"全力"，是指庐苑中职学校的正常教学秩序都受到冲击，有的老师甚至长达一周不来校园露面，有的班级整天会上一门课。学生腻烦了老师的一张面孔，老师站讲台一天，累到腰酸背痛腿抽筋。

我从在校本部时开始，就已经成为只顾教书不愁招生的"贵人"了。今年从四月份开始，我除了要教自己原先的高二学前教育一班、四班语文课，还接下了教务处李主任的高二旅游五班的语文课程。我一个月要上一百四十多节课，经常一天堂堂都有课。嗓子承受不了，我下课间常常靠吃一粒糖片来润嗓子，甚至口含糖片上课，也是有的。但是，今天在旅游五班的这节课，其实本没有感觉到比平时累，却一阵晕眩。

"老师，你怎么了？你怎么了？"连那些平时不爱学习的同学都惊讶地站了起来。

其实，我心中很清楚：咱此时要站得稳，不能倒下，如果歪倒在地上，消息马上就会传到校长室，那么，董事长、校长就会婉言谢绝我的岗位。教书已经二十多年了，其他技能或淡忘或没有了……另外，教书育人足以使我精神愉悦。于是，我努力站稳，然后风趣地自我解嘲道：

"旅游五班是否风水太猛，为师难以招架了呀！"

于是，全班哄堂大笑起来。

而今天下午又要给学前教育四班连上三节课。于是，前两节我老老实实上的是语文课，而第三节，如果再去上语文课，那么，我上得何许累，学生也听得何许累！

"同学们，我现在带大家到舞蹈房，你们跟我学练气功'八段锦'，如何？"

迎来了一片掌声，同学们纷纷响应。

这"八段锦"，其实是我根据"官方"和民间的套路自编而成，强身健体，放松身心而已。

年少的学子们，肢体柔韧，可塑性强，他们练起功来，春光满面，朝气蓬勃。再加上我别出心裁地配上一套音乐《苏堤春晓》，于是，音乐里同学们有节奏的翩翩身姿，简直要将我神魂颠倒到江淮丘陵上空：一群白鹭正翩翩起舞，下面丘峦叠翠，有草木葳蕤、春水潺湲，清脆的黄鹂鸣遍了万紫千红的远山近岭。

同学们一套功练完，虽人人头上已汗水涔涔，但都觉得，近日枯燥课堂带来的烦躁心情，多少得以释放，他们一个个笑逐颜开，欢欣雀跃。

不过，我这一堂课没有给他们上文化课——语文，这种不执行教务处课程计划的做法，对吗？

注：岭上微风拂绿杨，散怀漫步依春江。一带水长犹碧翠，声起，隔水燕下啾啾苍。独伫丛荫赏春卉，心醉，遍野荣荣莱花黄。惜春归来恋堤艳，迁揽，窗阅不倦春案香。（陈昌凌作词《定风波·惜春》，并书之。）

22

宋祎和高一（3）班殷雨霖同学，自从来了东校区以后，就选学了普高美术专业。她们的班主任是瞿云老师，是谭副校长的未婚妻。当初，他们普高美术班也是人才济济，满满的一屋子学子。但是，因为要缴一笔不菲的暑期专业培训费，瞿云老师佛系慈善，最终没有收缴到足够的人数，结果同学们暴雨欲来群鸟散，都各自寻找自己的绿林青渚去了。他们多数在外面自找了学费较廉的培训班，那里包教文化课和专业课——不过，上了一段时间，他们才明白，综合各阶段所收学费也并不比在庐苑校园里低。因为没剩下几个心甘情愿留在本校区的，所以，普高美术班最终因为人数少开不了教学课，而被解散。

宋祎和殷雨霖也没有上缴培训费，她们也是有撤退的打算的。宋祎的堂舅在滁州市便是办高考美术培训班的，这是宋祎的一条充满希望的求学小径。但是，她的妈妈告诉她，她舅那边在滁州才开业，还没走稳，要她暂时留在庐苑校区，边学文化课边等待消息。殷雨霖是因为家境困难才缴不出培训费的，对她来说，价格高昂的艺术生培训费，是她求学路上翻不过去的大山。

宋、殷开始"飘学"，而她们因为本学期的文化课学费已缴清，便可以任意选择去教普高文化课程的班级听课，所以，她们来到了普高体育一班。老师上文化课的时候，她们认真做着笔记，课后认真完成老师留下的作业。当老师上专业课的时候，她们没去操场，两人留在本班自学文化课。空荡荡的教室，只有两个默默不说话的女生，有时候，被路过南窗的行人误以为室内"空无一人"。其实，她们的心房也像这空荡荡的教室一般寂寞、冷清，她们在旁观势局，她们在寻找出路！

宋、殷两位同学在校园里每次遇着我，都会高兴地向我打招呼，她们会把高一时候我们相处的温馨画面，又热情地呈送给我。而今天宋祎同我打完招呼之后，却没有立即离开，她竟然带着礼物要送给我：

"老师，这是我爸妈让我带给您的！一点家乡土特产而已！"这孩子笑得总是温暖而不乏气质。

我一看，一盒是吃的——"枫桥香榧"（同我的老家枫桥镇同名），一盒是喝的——茶叶。

"这小盒茶叶，可是我爸用土灶亲手给您炒的！更'绿色'，更可口！"这孩子，咋就这么"灵犀"了我的心事，怎么就知道我最喜欢这两样东西！

"老师，我明天就要离开这个地方了，离开这个校园了！"

我很惊讶，我把高一（3）班带到这个乡村校区，她是第一个提出要离开的人。宋祎见我愣着神，马上继续解释：

"我爸妈已经把我的培训事宜办妥了，我明天就去滁州！"

我犹如突然醒来，便立马答道："啊！我……我知道了……这样，今晚你必须来我家，叫你师娘煮碗饺子给你吃！"我一时不知道如何答谢她，送别她。

她笑着答应了。她今天上身穿一件雪白的高领T恤，下身穿一件同样白色的笔挺的直筒长裤，且白鞋白袜，身姿高挑，笑容很阳光，未穿校服的今天，足以炫尽她作为一个少女的清纯和朝气。而我却想起了她高一军训时被选为旗手队员的场景……

晚上，我请来了我高二学一班原高一（3）班的所有女生，陪宋祎一起吃饺子，让她们也放松一下，快乐一下，并以此钱别宋祎。

场面上很热闹，两锅饺子一会儿被吃得精光。

"宋祎，我们合个影吧！"同学们纷纷拉出宋祎合影。"班主任必须在！"同学们又拉过来了我。我和她们一起合影，一起嬉笑，但心中莫名地生出一份苦衷、一份失落，如同新嫁出女儿的父亲一样，替她成人欣喜，却又替她远行担忧。

晚上，我带着这十几个小姐妹漫步操场。操场上，灯光隐约，风轻月淡，而同学们身影雀跃，笑声清脆，叙不尽的是友情，道不完的是祝愿。

"其实，我们来东校区之前，领导一直劝我，希望我过来带美术班。按照学校的制度，如果我带美术班，那么一定带的是普高美术班，那么你一定是我班的学生。"我对始终伴行在我身边的宋祎说。

"嗯，嗯，这个我知道。而且我可以猜想，你之所以没有选择美术班，是因为当时刘海军、杜辰星、胡举劲都想学美术专业，你怕管不了他们……"

于是全场包括我都笑了，我想，大家可能又想起了刘海军骂我的场景。

"如果我是普高美术班班主任，或许大家能把费用缴上来，那么，也许这个班级现在一直还在，你就不用四处飘学了！"说到这儿，我把话题一转，"假如我带这个班，这个班的专业集训费依然缴不上来，也还是像今天一样树倒群鸟散，那我可能更加失落，难以扔掉那种失败感。"

大家好一会儿不说话，只有龚酷妮同学突然冒泡安慰了我一句：

"也许你当这个班的班主任，大家就愿意缴费，这个班级就不会被解散！"

…………

校级领导过来清空操场了：

"晚上 11 点了，不早了，请大家早些回去洗漱休息！柯老师，您说对吧！"

我们所有同学和宋祎的手握在一起。

"加油！"夜晚里这声响亮的"加油"，我想，一定会印入同学们的脑海，或许可以化为她们以后自勉、互勉、不断前行的动力。

第二天午饭前，宋祎的妈妈来到了校园，她是来接她的女儿出校园的。

"稍等，宋祎的行李应该不少，我找一个同学来送你们一程！"

这一次，我没有从我的学前教育一班找人来送她，而是来到了旅游专业导游班，请来了欧明惠同学。让欧明惠送别宋祎是有我的想法的：

其实，这两个同学从外县老远来到庐苑中职，是我让她们最先认识的，把她们最先拉到一起的——她们高一报到时，替我收学费的场景还历历在目——她们后来一直都关系很好，一个曾是语文学科课代表，一个曾是总寝室长，学习与生活上互相关照，下课后总是形影不离。今天，我让欧明惠在东校区送宋祎最后一程，是想升华她们已有的友谊，并希望她们在以后的岁月中，永远保留这种在学生时代缔结下来的纯真情谊。当然，我也知道，今天让她们走一走，聊一聊，是她们最愉快的事，我还知道，今天我不出面，坐在课堂里的欧明惠是没有走出教室的机会的。

宋祎走了，欧明惠、殷雨霖、我，我们三人送别了她们母女。

第二天，第三天，第四天……近来每天的晨跑，我总是要扫一眼体育一班前列的女生们，虽然那个气质高雅的女孩子已经不在队列之中了。

后来殷雨霖同学不愿继续待在体育一班，一再希望转入我班。看着她诚心诚意的申请书，我最终接受她加入了学一班。

注：草幽径深，梧桐厚阴。独闻天籁无垠，却伊人何寻？棉茂梁青，鹊自殷勤。稻香披拂池蘋，读故地乡音。（陈昌凌回乡途中作词《醉思凡·回故里》，并摘而书之，且画背景。）

23

"老师,你们班今天来了一个新生,对吧?"上午我在学四班上完两节课,下课前,突然,我的课代表张梦昕笑着问我。

"没听说呀!"我有点懵,不知道他们哪来的消息。

"您到办公室就看到了!"张梦昕继续笑着告诉我。

回到办公室,在我的座位边上的确站着一个女生,穿着齐整,中等身材,披肩长发。

我拿过来一把凳子,"你坐下吧!"待她坐好后,"你叫什么名字?"

"秦雨!"

在秦雨抬头看我的一瞬间,我从她故意用来遮脸的头发间,看到了她右脸边上很大的一个"乌块",我不免一惊:

"你的脸……受伤了吗?"

"没有,这是胎记,我妈生下我就有了!"

接着我们都笑了。

秦雨告诉我,她来自庐苑中职学校本部的幼师部。她在那边文化课成绩算是较好的,校领导提醒她可以走高考升学这条路,说她有希望进入高等院校继续深造,于是她乘校车转弯抹角来到了梁宇镇郊,来到了东校区。

秦雨才进入我班的那会儿,似乎比较自卑,很少与人说话,即使上课也很少抬头,甚至有的授课老师以为她在睡觉,至少以为她不注重听课,或打不起精神。为此,我找她谈过话。直到她的作业本交上来,看到她规范而准确率极高的答题过程,我才确信,她没有走神,反倒比大部分同学更加用功。

　　毕竟大部分同学较友好，她很快认识了虞蝶、谈雪芹、袁光婕、韦甜甜等同学。

　　虞蝶是单亲家庭的孩子，母亲早逝，一直缺少母爱，平时话不多，性格孤僻，也很自卑。记得，本班级第一次月考过后，作为考试失利的几人之一，她曾告诉过我，"我的生命只是一根小草，甚至还不如！"为了能让秦雨、虞蝶多少丢掉一点自卑感，树立起她们在同学们面前的阳光形象，作为班主任的我，放学后，常常约她们俩打羽毛球。夕阳下，晚风中，她们俩的笑容，犹如操场边盛开的金蹄花一般纯洁、灿烂。

　　后来，我发现秦雨很有艺术天分，特别有绘画天资，我便每次请她和我搭档出班级和办公室的黑板报。

　　有秦雨给我调颜料，我画得很轻松；有秦雨给我提意见、建议，我画得更有神采！我甚至想到，如果以后，我能从事职业绘画，而又能遇到她这般助手，她这般搭档，该是多么愉快多么荣幸的事！

　　教室的黑板报画完了，仅四片荷叶，六朵荷花……但是因为画中物体的高低、远近、俯仰、颜色等处理得当，于是，在黑板上浅浅地荡漾着一层诗意。后来，我又听了秦雨的建议，在几片荷叶上点上了几粒"水珠"，于是，"莲池晨韵"感觉真的要扑面而来！哦，差点忘了告诉亲爱的读者你，这"有诗意"，可是我班级专业美术沙老师说出来的，当然，她有可能是过于夸赞我们了！

　　办公室的黑板报，我画的是竹、山、月等。竹是"风竹"，站在黑板边上，总是让观者能分享到风吹竹的畅快感。竹又分为绿竹与丹竹，相互映衬，为的是增加几分参差感、灵动感。山，因为颜料配色不足，不能再现心中的山峦与葳蕤，但或许因为歪打正着，那种竹林间的小山、乱石、丛草貌依然入情可信，再在山石前加上几朵艳丽的白兰花，于是最终掩盖了山石画底的瑕疵。月，是谦让着竹林画出来的，表示月光是隔着竹林照过来的，我意在营造一种静谧、清凉的夜境。好在，这些想法，都得到了秦雨同学和办公室各位同仁的认可，而这"清风高节"，更是我要送给办公室各位同仁的主题。

绘画是快乐的，过程中流淌着智慧、哲思与憧憬，却又是十分辛苦的。我与秦雨经常画到晚上 11 点多钟，而虞蝶总在一边默默地陪伴着我们，不辞困倦。

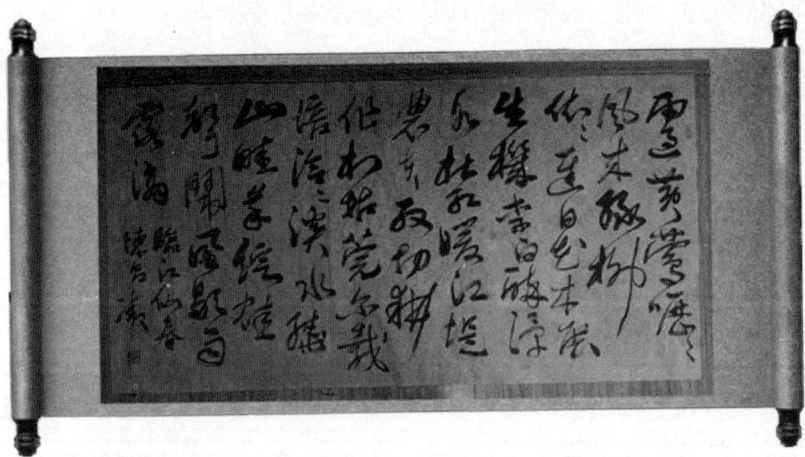

注：雨过黄莺呖呖，风来绿柳依依。迟日花木展生机。李白醉潭水，杜红暖江堤。农夫殷切耕作，村姑莞尔栽培。泠泠溪水绕山畦。菜绽蛙声闹，风歇雨露滴。（陈昌凌作词《临江仙·春》，并书之，且泼水墨背景。）

24

时为农历五月初，师生回家过完端午节刚刚返校，大家嘴里还在回味着粽团的甜，衣衫上依然氤氲着艾草的香。这时候，沈泽兰校长在班主任会议上宣布了一条消息：每年一度的高三集训收费正式启动，而且，今年打算从我校所报考的大学校园聘请名师过来指导。他们的课时费不能按普通老师计算，所以，去年集训费每学生收一千五百元，而今年将收三千元。

其实，这项收费说是让学生自愿上缴，而事实也是"强制"性的，因为校长室对这次的收费制定了一条底线——限时十天，完成百分之八十。达到这个标准线的班级，班主任将得奖金一千元，而达不到标准线的班主任将不能享受这种待遇。更有甚者，谭副校长还在会议上指示：一个班级缴费的速度，最能体现这个班级的班主任在学生中的威信，体现班级的凝聚力；缴费滞缓的班级，要么是班主任的工作态度有问题，要么是班主任的工作能力有问题；而且费用缴不上来的班级，基本上学风也成问题。

集训费，我也认为应该收的。毕竟要参加的是对口高考，不是像普通高中那样，学完几本书就可以了。而且，既然能请来所要对口报考的学校的名师做指导，那高考升学的希望可就更大了，多缴点费用也情在理中。不过，这种缴费显然应该合乎那些有意愿也有可能升入本科院校的学子，而对大部分只愿和只能走专科的同学们显然是奢侈的"消费"……哦！我已经想到了这些，是不是说明我对这次的收费已有了态度问题。我要提醒自己，在民办学校，最看重的是你的执行意识。

我想到了樊之茹同学，我打算先通知她。一是因为她平时对学校的公事意见最多最大，如果我不先说服她，那么待到我在班级正式传达通知的时候，她肯定又是第一个抵制我，那样岂止是让我尴尬，更重要的是，她会无意中带动一部分学生对抗制度；二是因为我对樊之茹有些"恩情"。

樊之茹在读高一期间，原是穆生雨老师班的学生。因为穆生雨原来是教小学英语的，乍管中职学生，方法不当，学生纪律散漫，班级最终被拆散。班级所有同学，结合他们的意愿，被分插到各个班级。而樊之茹实在念旧，一直不肯离开原班，她坐在空荡的教室里，竟然呜呜地哭泣起来。当我因公事路过她们班级门前时，被她的哭声惊住了。问清事由后，我很感动，将她领回了我的高一（3）班——当时的重点班，没有足够的分数，或者没有足够的人脉，一般是进不了这个班级的。

我甚至都想好了怎么劝说樊之茹带头缴费：

樊之茹，你知道高一年级时你所在的高一（13）班为什么后来被拆散了吗？因为你们班级对校纪班规的执行意识最差，每个同学的个性太强，造成班级一盘散沙，班风学风日益下降，最后，校领导不得不把它拆散，将你们分解到各个班级，进行重新约束，重新教育。你那可怜可悲的哭泣声，可是永远响在我的耳边呀！我班这一次如果缴集训费太少，那么暑期集训期间，也有可能因为参加集训的人数偏少，组不成一个教学班，而被拆散插入其他班级。更重要的是，到新学期开学后，那些未参加集训的同学无意报考本科，他们会表现懈怠，会给班级带来很大的负能量，严重影响班级的学风。而樊之茹你是个文化课、专业课基础都很优秀的同学，升学希望极大，那么你希望看到这样的局面吗？

劝说樊之茹的话，我都想得很周到，很合情合理，必将很有说服力，而一旦樊之茹被我说服，那其他人一定势如破竹，会被我逐个"击破"。何况，樊之茹等更有可能会带来"星星之火可以燎原"之势，那么，我班缴费势必会很快达标……想着，想着，我在心里乐开了花！

但是，这第一步必须得谨慎，只能成功，不能失败。不过，我不能亲自去找她，因为她可是什么事都能做得出来的！她已经从其他班级得知了缴集训费的消息，敏感的她，有可能当着全班同学的面拒绝我的私聊。那样可就事与愿违了。我得请个同学去叫她。

"樊之茹，班主任叫你去他的办公室一趟。"於欣冉站在班级窗外便叫上了。

"我不去！"樊之茹的回答声传到了办公室里，很干脆，很响亮。

我急了，忍不住了，快速来到班级门口：

"樊之茹，请来我的办公室一趟！"

"我不去！"

谁说学生就一定要听老师的，谁说学生就一定要听班主任的，那是因为他（她）没有遇上真正有个性的学生，何况学生的许多拒绝是合情合理合法的。这暑期缴辅导费（所谓的"集训费"）本身就不合法，甚至违法，那么我能待她怎么样呢！我退回座位，像一个泄了气的皮球，松软地瘫倒在自己的座位上。

晚自习班会上，我不再用"星火燎原"之计，而改用"冷面直播"的方式，传达了对同学们早已不新鲜的"新通知"：缴集训费。当然，我也用上了原准备劝诫樊之茹的两条计策：参加人数不够，会被拆班；集训人数不够，下学期学风下降。

可是，才过一周，吕寒老师的学四班集训费就已缴齐。速度惊人，比率百分之百，而我班才上缴百分之六十。

按照谭副校长的说法，吕寒老师算是态度最端正或者最有能力的班主任了，我在心里这么想着。晚上我在学四班看管同学们上自习，禁不住想打听一下吕寒老师那么快收完集训费的经验，但是我不能直截了当地问原因。

"嗯！从这次缴集训费的情况来看，我们学四的学风非常好，不然，何以能第一个缴齐！这可是让其他班级望尘莫及的呀！从这点也可见我们学四同学的凝聚力超过其他班级。"我笑着说道。

"谁敢不缴！不缴，老班叫我们滚蛋！"男生周樯抬头道。全班同学哄堂大笑。

"我想问清楚缴费的原因，老班说，'别给我装逼！'"女生翟宣哭笑不得地说。

"是的，我们老班从来不同我们讲道理，出口非常粗野！"纪律委员关彤向我解释。

"是的，她讲话，一向不讲道理，非常粗野！……"班上其他同学也都嚷嚷开来。

"好，好好！咱们不谈这个了，咱们换个话题！"我立刻制止住他们。但我在心里明白，吕寒老师这种做法或许也是一种关爱的方式，不过，可以肯定地告诉我自己：我是永远学不来她这一招的，我可能要等着挨领导批咯！

十天期限已到，不多一天，不少一天。经过我苦口婆心地劝说，我班级缴费名额终于完成了百分之八十，就连樊之茹都来缴了，也是一个不多一个不少，我总算可以舒口气了。四个学前教育班，我班完成速度排第三：学四班完成百分之百，学二班完成百分之九十二，学一班完成百分之八十，学三班完成百分之三十四。可能是咱能力不及学四、学二的班主任，至于学三班，他们的班主任卢老师早就提出不想当班主任了，当然不可能完成多高的比率——这也可以称为"态度问题"了吧！

我今晚即将把缴费的款项和名单交到校长室，到那时，我就可以放下担子松松肩啦，届时还可以领到奖金呢！但是，在午睡后醒来时，我竟然在手机里看到了秦雨妈妈发来的两条短信：

一条是：

"柯老师，您好！因为我家秦雨暑期要去做手术——激光消除胎记手术，手术以后暂时将不能见直射光，恢复期比较长，所以我家孩子不能参加你们班级今年夏天的集训了。不过，我家秦雨已经把集训费三千元缴给您了，您看，能不能把费用退给她？"

另一条是：

"女儿的前景就是我这个做妈妈的前景，女儿的幸福就是我们一家人的幸福……不管花多少钱，我要给女儿做手术！"

我又一次像泄了气的皮球，瘫坐在自己的床铺上。下午我便把集训费退还给了秦雨，我到底没有完成校长室下达的指标！

注：昨夜雨疾风缓，今晓路短水长。憔悴东风抚梧杨，数点梅花独放。莞尔溪柳笑浅，怡然板桥愁长。俏梅昨日映红裳，而今伊人何往？（陈昌凌于肥东东城公园作词《西江月》，并书之。）

25

自 6 月 24 日起，庐苑中职与其他中职学校几乎齐步放暑假了，同学们也都兴高采烈地回到了自己的家。

我在暑假里把为上班签到、下班签退而设置的闹铃全部删除，于是每日睡到早晨七八点钟才起床。感觉一天中没做几件事，或者没看上多长时间的电视剧，没读几段文章，没写上几个字儿，就匆匆过去了。昨天的晚风才刚刚送凉，而今天的晨鸟已鸣遍公园的绿荫幽径。

但是 7 月 17 日上午的一个电话，却犹如来了个晴天霹雳，又如冷至冰点以下的寒流注入我载满希望的心房，我没有料到的重创来了！电话是谭副校长打过来的：

"老柯，根据校长室报董事长批准，下学期你将被安排回本部参加高一年级教学工作，带队高一年级语文教学。"

我被这一决定击晕了：

"谭校，这不可能吧！这怎么可能呢？……"

谭副校长不容我多问，接着说道：

"老柯，这是校长、董事长的决定，不是我个人的意见。领导派你过去，是对你的信任。再说，校本部那边，几十个年轻教师需要有经验的老教师引领呀！"

后来，不管我如何解释、请求，都被谭副校长给挡了回来。

17 级学一班的学生，有的我已带了两年，有的我带了一年，但我早已把他们看成我的孩子一般亲。我时刻在谋划他们的学业，时刻在考虑他们的将来。我从早上打开手机，到晚上关上台灯，心中绝大部分的空间都让给了他们。要我在高三阶段丢下他们，犹如让一只母鹰在风雨到来之时，丢下自己的一窝鹰雏……此事实在让我痛心疾首！何况，我当初承诺过高一（3）班的所有家长。我把同学们带到分校来，就会陪伴他们在这偏僻荒凉的镇郊度过两年，我要亲眼看着他们成人成才。

接了谭副校长的电话后，我再也吃不香睡不眠，既然是领导的决定，那么，我要请示东校区的最高领导。晚上，我将学一班上学期的期末成绩与其他班级成绩的对照表，用微信发给了沈校长，并补上一段话：

"我17级学一班上学期期末成绩在此，请领导放心，我要通过高三高考展示我班级向上的能量。另外，我对我的学一班实在情深难舍，我对当初高一（3）班所有家长的承诺，实在不能言而无信。老柯在此斗胆请求领导细思之后再作安排！"

并且，我在这段文字的后面，加上了两个"祈求"的表情符号。

但于次日的早晨，我却收到了沈校长的回信：

"柯老师，对于您工作岗位的调整，不是不相信您的实力，而是充分信任，所以把您放在更加需要您的位置上。另外，这是董事长钦点您的，希望理解、配合。"

更加需要我的位置上？再说，语文有经验的老教师老楚——楚道礼不是已经去本部了吗？既然是董事长的意见，那么接下来我要直接与董事长交流。心中想：如果董事长了解我的事实、心情后，或许会改变他的决定。退一步，即使他不改变决定，他也肯定有足够的说法，来慰平我这个失落、受伤的心。

可是打了他几个电话，他都没接，更没有回我。

我想起了虞珂宜的母亲，董事长的妹妹方琳女士，我拨通了她的电话。只是，与她的谈话让我愈发激动，激动得几乎让她插不上话语，甚至在通话的末尾我说道：

"我都不信，这件事就没人管了！"

但我知道，虞珂宜的妈妈方琳女士是畏惧她哥的，她是不敢把我的困惑正面、及时地反映给她哥的。回想起来，可笑，当时我是否像一只没头的苍蝇——乱撞。

第二天上午，无助的我再次"乱撞"了董事长，我精心编了条微信，发给了董事长：

董事长，您好！

昨天，谭副校长打电话给我，打算把我从东校区调到本部来。我今天为志愿留在东校区继续教我的班级，特向您请示，原因：

一、我更适合毕业班教学，有带毕业班的经验。

二、我千辛万苦地把17级学一班，从当初的面貌带到今天的成绩。我从来到庐苑带高一年级的第一天，就下了决心，我要在高三毕业考试中打响我的班级，给同学给家长给庐苑学校争光。

三、现在17级学一班各科成绩有目共睹，而一个班级的学风可以反映众多现象，包括学业、纪律、卫生等等方面。

四、我老婆跟随方琳女士经营学校超市，她俩成了最好的搭档，做事心心相印。（当时好不容易把我老婆从本部劝到这边来，现在再也劝不走她了。）

五、部分学生一直跟随着我，当时他们不愿意到东校区来，我就承诺了家长，一定把他们带到毕业，他们才过来的。而且，部分家长这个假期还在追责我，再次提醒我，让我一定要把他们的孩子带到毕业。

六、假如还有我没有想到的原因，那么，即使调整我这个班主任也可以，只要不让我离开东校区，待到17级学一班毕业了，您随便把我调到哪儿都行!

七、我在此承诺:

如果我的 17 级学前教育一班明年不能给庐苑争光，不能给您带来惊喜，我不只是不要各种奖金，我连课时补贴、最后一个月的课时费、当月的基本工资，我都不要。或者有其他的处罚方式，我也接受。

立此为据，请领导见证。

17 级学一班班主任柯叶

2019 年 7 月 18 日

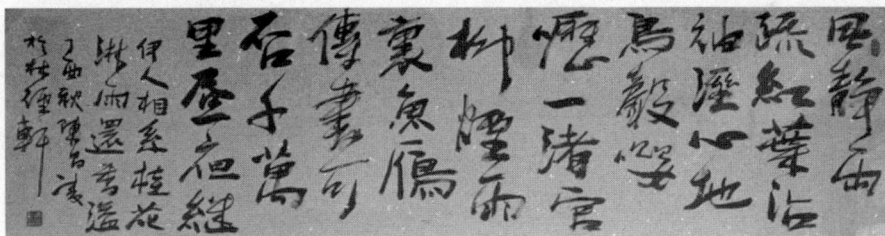

注：风静雨疏，红叶沾袖湿心地。鸟声嘤呖，一渚官柳烟雨里。鱼雁传书，可否千万里！昼夜继，伊人相系。桂花淋雨还香溢。（陈昌凌作词《风静雨疏》，并书之。）

26

微信虽然发给了董事长，但董事长那边犹如没有看到一般，杳无回音。是不是董事长真的没有看到呢，也可能他有几个微信号吧，咱这消息可能被他忽略了。

晚上睡觉前，我再次留语音给谭副校长，他于第二天早晨回复了我：

"老柯，7月21号全体教师到校，到时候你再面问领导！"

7月21号，全体教师返校，一定会传达新学期的新计划，宣布大家的新岗位，那时候，我一定知道我被安排在何方。可是，谁能明白，到7月21号还有两天，这两天对我简直度日如年！这两天，我曾打过谭副校长几个电话，他都没接，我可以想象出他的为难。

7月21号早晨，我乘本路最早的公交车来到了梁宇镇，来到了庐苑东校区（高考校区）。校园里空荡荡的，一切旧树新草都默默地伫立在那里，似乎在等待新学期开学，等待同学们的到来，只有超市门前的几棵月季花树，因为无人抚弄而多开了几朵，且长得肥硕而艳丽。我见到了方琳女士。她虽然很富裕，但却一直穿着朴素。

"虞珂宜妈妈，你假期不会一直留在校园里吧？"我笑着问。

"嗯！大部分时间都在这里。"她看见了我，也笑了。

"董事长今天来开会吗？"我觉得，出于礼貌这句话也得问。

"不知道！"她有气无力地回答道。说完，她的眼光转向了其他方向。

当然，今天我不会急于跟她谈我的岗位的事情的，因为上午九点开的会议，会让我知道最权威的结论。

终于快到九点了，我向学校多媒体会议室走去。这是东校区开最重要会议，开全体教师会议才用的场所。在我来到会议室楼梯口，即将登楼的时候，却被谭副校长叫住了。

他把我叫到了一边，用非常亲切的话语小声告诉我：

"老柯，您那事有结论了，你有可能留在东校区继续教你的班级。"

我没敢确信我听到的话！

"你打过方桦会计的电话吗？她给我来过电话，她问我，'是谁安排柯老师回本部的？为什么？'"他的神态神秘而亲昵。

我一个五十挂零的汉子，感动得几乎要哭了。方桦是董事长的二妹妹，是学校的主办会计，平时可不像方琳女士那样温柔委婉，本校各个学部的校长都惧她三分。我猜想，是方琳把我的疑问转告了她。

然后，谭副校长接着说道：

"方桦会计责问我：到时候，虞珂宜的学业谁能负责！我请她打个电话给沈校长，她说，'我不需要打电话给她，我只打电话给你！'然后，她就把电话挂了。"

谭副校长说到这儿，拍拍我的胳臂，声音更小了：

"老柯，你打给我的几个电话，我没有接，希望你能理解我的为难。另外，希望你在今天的会议前，能去沈校长的办公室一趟，请示一下沈校长，也让沈校长为曾对你讲过的话有个……"

我立马赶到了沈校长的办公室。

"柯老师，董事长把你发给他的微信，转发给了我。董事长并且在昨天的会议上说，对你的岗位安排由东校区我来负责。这样吧，我们考虑到你对学生的感情，及你的责任心，东校区高三年级也需要像你这样肯于付出的有经验的老师。我们决定让你继续带你的班级——你带的班级不变！"

如此大的喜讯，我简直难以领受。我定了一下神，装作处变不惊地说道：

"感谢沈校长对我的信任。我在此只想说三点：

一、我将当时的高一（3）班学生带到这儿，我对同学们的承诺，永远不会忘记。

二、爱教书的人，不怕高考，相反，倒是高考最能证明他（她）的实力与付出。

三、我与任何领导不会争风吃醋。我来到梁宇镇郊只想做个无名小卒，我不企图当任何一官半职，否则，我就不会来到这个偏僻的地方。我的荣誉是靠学生来挣的，我学生的荣誉就是我的荣誉！"

从沈校长、谭副校长的眼神里可以看出，他们一开始没有听懂我的第三点。等到他们听懂了，他们和我都笑了。

我带着激动的心情，参加完了学校开学前的新老教师工作部署会议。会议中，我除了再激动地听一遍领导对我的安排——柯老师不怕苦不怕累，他主动要求留在东校区，加入高三团队；他这种乐于奉献的精神，是值得整个高考校区所有教职员工学习的——就再也听不进去会议的其他内容了。

会散了之后，我再度遇上了方琳女士，今天阳光大好，她正在阳光下晒着棉被，敲打着。看见我，她停下了手，眼睛里投来追问的目光。我知道，她和我一样非常在乎这次开学前的人事安排会议。

"虞珂宜妈妈，刚才的会议宣布了，我还继续留在东校区，继续带我自己的班⋯⋯"

她的眼神突然喜悦起来，如同冰封的水面突然被阳光融化开去，一下子波光潋滟起来。她开始兴奋地找我说话，大致告诉我：

其一，此番动荡，几乎是沈校长一人所为。她与我原工作学校的女总蔡校长有着亲戚关系。蔡校长一度疑心我要带走她的名师队伍，所以她在沈校长面前说了我不少的坏话。

其二，方桦会计确实给谭朝阳副校长打了电话。

其三，她自己更同沈校长说了：把虞珂宜的学业交给别的老师，她不放心。虞珂宜已经习惯了我的方法、我的脾气，等等。

其四，她告诉了沈校长我的爱好——闲时间画了满屋子的国画——应该是一个文雅人士，不像是个坏人。

她对上面每个要点都做了过程性地描述，所以讲得时间很长，而我一直都很少插话，只是细心地听着，何况，我今天非常乐意去听这些让我倍增幸福感的"苦难经历"。我只在她把话几乎说完了之后，用我的一则曾被别人截图的短信，向她解释我没有做过对不起别人的事，便离开了她，向自己的办公室走去。

没过两天，暑期集训开始了。师生报到的第一天，我再进入我的班级，见到我的学生，突然，我如远征在外的将士，回到了久未归的家，见到了久未见的子女，一个男人，我几乎有想哭一通的感觉。

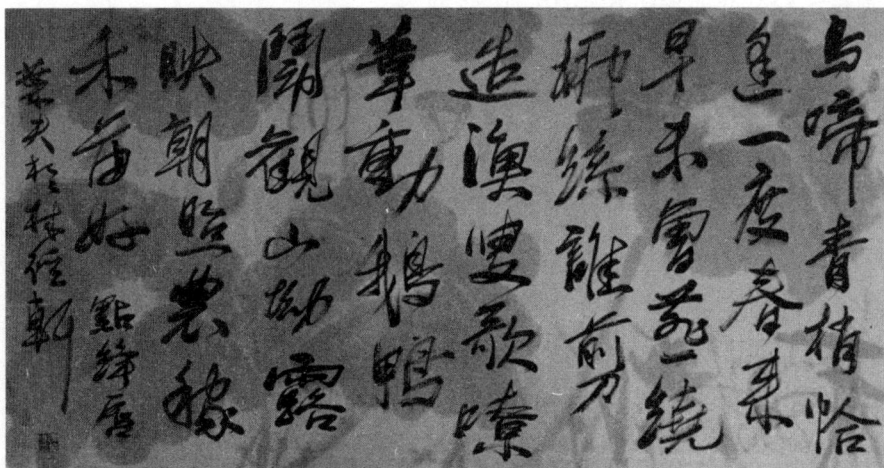

注：鸟啼青梢，恰逢一度春来早。未曾燕绕，柳丝谁剪造？渔叟歌嘹，苇动鹅鸭闹。观山坳，露映朝照，农稼禾苗好。（陈昌凌作词《点绛唇·早春》，并书之，且画背景。）

27

暑期集训总算正式开始了，学前教育专业的同学们自从上学期期末缴完三千元集训费，盼的就是这一天的到来。

集训班设在庐苑学校本部教学区之幼师部，对的，又回到了我们诗情画意的庐苑校园本部了。同学们不辞劳苦地将生活用品、学习用具、床上卧具等，跟着校车或者自费打的从东校区运到了本部。毕竟多数是女生，女生东西多，毕竟他们还是一群孩子，一个个忙得汗流浃背又精疲力竭。但是，既然选定了集训，他们已做好了吃苦耐劳的准备，忙着、累着却又乐着，汗涔涔的脸蛋上荡漾着甜蜜的笑意。

在本部的集训分两个专业——学前教育专业、戏曲专业，同时上课。毕竟这里的钢琴架数比东校区多上两三倍，毕竟这里比东校区多了三间舞蹈房，而且几乎每间舞蹈房都是那么洁净、敞亮，相应配套也很齐全。简笔画，四个学前教育班齐聚多媒体大会堂，一齐上。大会堂内，桌椅豪华，音响、白板齐全，话筒洪亮的声音在偌大的空间里回响。同学们一直很留恋这个如诗若画的校园，他们也基本满足本部的教学设施。他们在钢琴房里弹破了手指，在声乐房里一直唱到"气不成声"，从舞蹈房出来更是汗冒雨淋……但是，他们不言累不说苦，他们珍惜这次集训的机会。他们的方向是高考，他们甚至要把在初中阶段因为懒惰怕累而失误的光阴弥补回来。

这次集训我是拿不到课时费的，因为集训的全是专业课，包括舞蹈、声乐、钢琴、简笔画、普通话、戏曲等。不过，虽然我收入很低，但是我心情却很好。同学们去接受集训了，我可以到校园的凉亭下、幽径里……去闲步，此时愿看啥就看啥，愿想啥就想啥。

我拿出一本《唐诗宋词选》，来到久违的"重生园"。或欣然徜徉，或轻声诵读，书中的"诗"情与环境的"画"意，足以陶醉一个文学爱好者的心。独坐林间，虽然现在已错过了艳溢香融的春天，虽然林梢外的阳光热辣得怕人，但是，"芳菲歇去何须恨，夏木荫荫正可人（宋秦少游）"，躲开直射的阳光，便倍觉那一处浓荫的可亲。我手抚书本，尽情享受树荫的清凉。

待到树头上的阳光，把我身边的凉荫浓缩得无法存身的时候，我开始起身漫步校园西北角的"莫名亭"。

"莫名亭"依然莫名亭——没有名字，但是，南风习习的凉亭，今日正体现了它纳凉的本意。凉亭的前方，一汪池塘已被挖深拓宽，池水盈盈，轻轻的涟漪悠闲地荡着秋千，懒懒地做着自己温柔的美梦。池的一端，不多的几片莲叶，犹如乔迁新居的客人，傻愣愣地仰着脖子看着这块尚不熟悉的地方。不过，毕竟是炎夏，是它们最养生的季节，每一片荷叶都潇洒而大度地炫酷着自己"沃若"的体态，连身边少许的几只荷花、荷苞，也似乎找到了可借以撒娇的宽肩铁臂，而娇羞得更加让人觉得可怜可爱。

岸边上，几时起已错落有致地码齐了石阶。伸出去的几乎摇摇欲坠，更可以近水垂纶了；缩进来的，因为石面平整，则黄昏时分一定可以卧石听涛，风乎高台！

我手捧书本漫步池塘两端，一端在凉亭里感受南风的爱抚，一端在荷塘外享用水芙蓉的清香，偶遇夜雨初霁，则今朝更能相逢"叶上初阳干宿雨，水面清圆，一一风荷举（宋周邦彦）"的怡人景致！

莫名亭的背后，至校园围墙的墙边，是高低参差、苍翠欲滴的一片竹林，"入竹万竿斜"的清风，总把阵阵可心的沙沙声送入我的耳膜。在雨露未干的早晨，我漫步在竹林边的塘堤上，那么，孟浩然的诗句"荷风送香气，竹露滴清响"，便每每共鸣着自己的美好心情。

集训期间，我的就寝被安排和戏曲老师林风住在一起。

林风很年轻，长得胖实、高大，"板寸"的发型，衬托出他肥大可爱的脸盘。他仰起脖子时，后脖子的几道"肉埂子"立马挤出了个肉球，"没事，我很小的时候就是这个样儿，我爸妈说我是横竖一道长！"他说。晚上洗完澡，他换上一件宽大的短裤，那几乎把他全身多余的肥肉都一骨碌抖露了出来。让我吃惊的是，他便是本次戏曲专业课请来的"专家"或"大学老师"——而其实，他只是一所戏曲学院里在读大三的学生。他告诉我，他来上课的课时费与我们本校的老师一个价位，根本没有享受到所谓"专家"的待遇。于是，我开始憎恶起了本校老总，他吝啬钱财，不顾同学们的学业、前途，没有真正去请大学里的专业老师、专家。但是，又一转念，或许在这个暑假里，那些大学里的专家都被别的学校请去了，我们没有排上队，也或者是，热天暑地的，人家根本就不愿意来，人家爱的是命，不是钱。这么一想，我几乎不去恨我们的领导了，但是来自我心里的愧怍是不可谅解的，我为了收取这笔对于某些家庭来说可谓"高额"的集训费，曾经几乎是诈骗了我的学生。

我和林风很快成了好朋友，我们一块去冲凉水澡，渴了的时候，我们共享彼此买的水果、饮料；饿了的时候，我们互相分享各自带来的面包、饼干。在聊天中，我得知，他就是本庐苑中职学校毕业的，他们那一届运气好，戏曲班升学率达百分之八十，是历届最高的，也得知了他考取大学的不容易，和成长路上的艰辛。听得出，他是一个做事很稳重很有条理的人，他对他带的这班学生很负责任。

集训三天后，我班的樊之茹、殷雨霖自愿从学前教育专业转到了戏曲专业，原因是看中了戏曲班的升学率。

"林风老师，这两个同学在我班文化课成绩可是排在前面的，有劳您多指导指导她俩哈！"我从林老师这里似乎更加把握了她俩升入高校的美好前景。

"放心，我会尽力的！"他顿了一下，接着说，"我和我的搭档吴蓉都来自宿州学院，我们可以向您及我的母校保证，我们会尽力的，尽我们所学到的才能，把我们带的这个戏曲班教好！嗯——当然，他们也必须珍惜时间苦学苦练！"

但是，谁也不会想到，集训才开展八天时间，沈泽兰校长来电话突然叫停，理由是近期校园附近工厂、农户用电超过线路负荷，无法正常供电。接到电话的当晚，要我们立即开班会，明晨立即放人。据有关内里人透露，可能是东校区对口美术班收集训费过高，或是对口体育班，有些家长舍不得孩子炎天热地地在室外锻炼、受苦，于是举报到县教体局，才逼得本校立马放人的。但不管怎么说，我已经得到了沈校长的紧急指示，那么，今晚必须通知同学们，集训明日起暂停，放假回家。但是，自从学生缴了三千元的集训费，家长对我们的"承诺"，几乎已经忍耐到了极限，特别是由于招生时和收集训费时的过度宣传，而现在课却只上了八天就要立马叫停，那么同学们的家长能接受吗？我的心忐忑不安，虽然我们可以承诺缺的课时一定补上，但是家长们还能相信吗？

晚上，我在班会中下达了校领导的这个决定，虽然我是以先冷静自己再冷静他人的方式传达着校长的通知，但是同学们终于还是骚乱起来，副班长章瑜甚至哭出了声，她原是一个非常坚强、果敢的人。

学生乱了，哭了，肯定会激愤家长，我知道，现在最需要安定的是同学们背后家长们的情绪。但是更让人紧张、让同学们慌乱的情况发生了——校园停电了，于是同学们纷纷拿出手机，他们带着恐慌、埋怨的情绪，拨通了各自家长的手机。怎么办？给所有家长打电话已经来不及了。一方面学生正在通话，家长多数肯定占线，另一方面，校园停电了，而我的手机电量有限，更难做到的是，必须在短暂的时间内向所有家长妥全解释。我多长时间都没有这么紧张了，更何况，只有我班同学的手机在他们自己的手中，而因为管理方式的不同，其他班级同学的手机，他们班主任暂时还没有发放给他们：也就是说，只有我班家长可能会先骚乱。我赶快编了条短信群发给家长们，当然，这也不妥，但情急之下没有想到更好的方法。

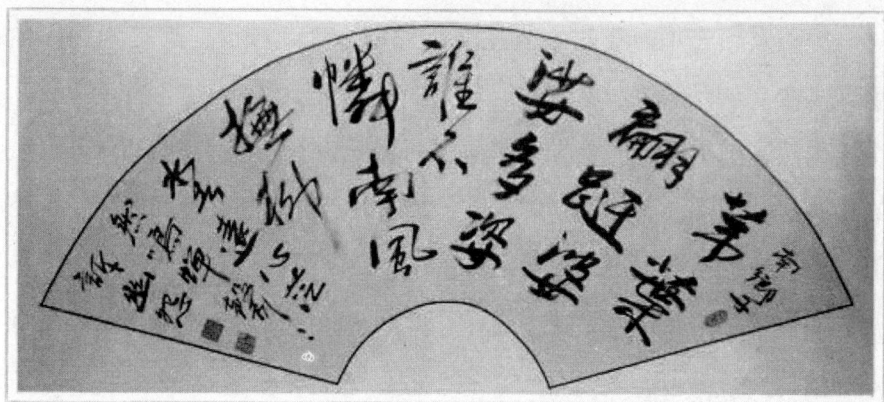

注：苇叶翩跹，婆娑多姿谁不怜。南风抚柳水去远。心茫然，鸣蝉声声诉幽怨。
（陈昌凌作词《南乡子》，并书之。）

28

紧急通知

各位家长，由于近期我省持续高温，本地区用电已超负荷，造成时常停电，考虑到各个同学和老师们的生活、安全等问题，经校领导紧急研究决定，暂停高三年级暑期集训，学生明早开始离校，返校时间待定。未完成的集训课程，一定会给大家补上。安全、学业兼顾，希望各位家长多多理解！

短信发出去了，我的心情并没有安定下来，相反，大有"山雨欲来风满楼"的预感。

果然，出事了，而且先出事的正是我班，这也是必然的。躁动的、看破本次补课实质希望退费的学生，加上躁动的家长，瞬间成立了一个微信群。他们在群里痛骂我校不负责任，只顾收钱，不为学生的学业负责。他们不相信我们会把缺少的课时再补给他们，他们更知道暑期补课是违法行为。末了，他们达成一致的意见——要求退费，并且限定"明天上午必须退还"。而且他们要成立一支团队，明天上午来校讨钱，不给钱就要问责校长，甚至要去找教体局或市长。

不知是谁把虞珂宜同学拉到了这个群里，虞珂宜又把她的妈妈方琳女士拉到了群里。方琳女士毕竟是校董事长的亲妹妹，她一看群里的议论，知道大事不妙，立即截图发给了沈泽兰校长。

沈校长发现出大事了，也紧张了起来，立即联系了谭副校长来

"救火"。

虽然我镇定地告诉他们，不会有严重的事发生。我们这个时候放假，我想，各个班级的家长们都会有所躁动的，只不过，因为特殊的原因，你们先得知了我班家长们的情绪。但是，请领导放心，我相信我能说服得了他们。

接下来，当然是沈校长、谭副校长不断地警醒我，不断给我施加压力。

沈校长要我：你要顶住，不能从你这里崩溃！

谭副校长更是说道：

"老柯，你要顶住，你要有班主任的绝对威信！"

然后，可能他还担心我不够重视，不够用心，又说：

"老柯，这一次让你继续担任学一班班主任，那是由于沈校长和我在饭桌上向董事长给你做了担保，所以，老柯你可得上心啊！"

应方琳女士的"邀请"，我终于加入了这个由部分学生和部分家长组成的"闹事群"。奇怪的是，从我进入这个群起，这个群的成员数在秒减，从四十多立减为三十多，又立减为二十多……我想了解一下群主是谁，可是群主已经秒换为我班级的一个平时不擅交际的同学。最后，从相关同学和方琳女士那里得知，家长起事的头儿是萧涟绮同学的父亲，学生起事的头儿是樊之茹，家长在群里火气最盛的是冯晓怡的母亲。我掌握了起事"领导"的信息后，逐个电话私聊他们，以理服人，以情感人，终于让他们少安毋躁，静待我们接下来的安排。

这一晚，学生无法入睡，关在密不透风的屋里，暑热简直要把活人蒸熟；打开房门，扑面而来的蚊虫，更是几乎要吸干大家的血浆；想一想，这一回暑期辅导，缴了那么多钱，而一腔希望之火几乎要被浇灭，窝心、烦恼！他们今晚都在躁动、失落与怒火中度过，更在蚊叮虫咬中熬过。接下来，家住附近县城、城郊的同学，一个个被生气的家长接回。家长们绝不搭理我，开着私家车从我身边疾驰而过。没有被接走的同学，也用另一种方式和家长拥在一起：他们始终在通话中，学生们将自己置入家长们用怨言、怒火、担心和疼爱织成的亲情怀抱中。

而我这一夜，一直守在学生公寓楼——逐梦楼后的花园里。学生不能入睡，班主任哪有安寝的理由！

"请问，做班主任的，你现在在哪儿？"没有一个家长愿意用温柔的语气。

"我在学生公寓楼下，陪着他们，请放心，我不会离开他们的！"

草木葳蕤的重生园，似乎是蚊虫的老窝或根据地。我曾经同妻子开玩笑，说我是臭血动物，不惹蚊叮虫咬，但今天则验证了，我不是。我一边拍打、搔挠着自己这凡胎肉躯，一边紧握手机安抚着各个家长的问责。

天快亮的时候，我发现自己竟然啥时起睡着了，躺在花坛的水泥台上睡着了。佩服自己的是，勉强一身宽且弯弯曲曲的水泥台，高出地面近一米，我昨夜竟然没有摔下来，何况总有蚊虫纷纷来骚扰！但是，一夜煎熬的我，如果此时遇上某位直爽的好友，他一定会说我一夜老了十多岁吧！

第二天，我一早便坐在东校区我的办公桌边，预备各位家长来"闹事"。可是，或许是家长们被我的一夜"赔礼"感动了，他们终于没来问责校领导。后来的事，由于领导的重视，加上我和各位班主任的频繁催促，暑期辅导欠缺的课时，终于及时补偿给了同学们。

注：暮村却望明灯牖，空野独闻踏雪声。风无意，雪有情，依衣不舍入门庭。（陈昌凌作词《渔父·晚归》，并书之。）

29

第二次集训是在东校区——高考校区举行的。为了补偿欠缺同学们的集训课时，课从 8 月 9 号上到 8 月 29 号。不同于在本部的时候，这里白天补专业课，晚上由原授课老师给同学们辅导文化课，我当然辅导的是语文。

8 月 29 号集训结束前，沈校长安排了一次集训成果检查，考试了四场——文化课、简笔画、舞蹈、钢琴。文化课用的是五校联考试卷（试卷由其他五所名校出，我校出钱，用他们的试卷，并且由他们统一网上批阅）。

对于这次考试，我非常重视，这是 17 级学前教育专业的第一次联考，也是第一次月考。它是沈校长对我在 17 学前教育一班一年来成果的首次验收，这是在验收我的教学态度和教学、管理能力，这个第一印象将深远地印在沈校长的脑海里。

集训结束后，9 月 1 日正式开学。我也迅速了解到我班的集训成绩，领导用的是本专业前三十名各班占几人的形式，检验学前教育四个班各班的教学成果。显然，领导更看重的是升学率，是各班有望能被本科院校录取的人数。结果是，我班本次联考，有十六名同学跻身前三十名，竟然超过一半人数！我很惊喜，可以肯定，这一次的联考成绩将决定让我坐稳了 17 级学一班班主任的席位。但是也让我顿生忧患感，第一次考得好，实际上会给班主任带来很大的压力，因为谁都知道"没有常胜的将军"。如果以后遇下滑明显，领导的问责方式，总是联系你第一次的月考成绩（所谓"才接手这个班时的状况"）。要是作为"差班"若考得不好，他（她）会有据可依，而他（她）若考得好，将直接"抽打"原来作为"好班"的班主任的脸面。

成绩公布后，果然，本校教务主任兼17级学前教育三班新任班主任的李雅琴老师在群里发声了：

"三班这么差吗？"

"我们班最差，你们班平均分很高的！"学前教育专业主任兼学四班班主任吕寒老师答道。

"平均分没用！"没人说话了，过了一会儿，李主任又道，"能考上的就看高分段！"

但是，我清楚，我班级的这次考试成绩，虽有偶然因素，但更重要的是因为同学们、授课老师们和我的辛苦付出。不过，既然来之不易，既然值得骄傲，那么我得让校长承认我的存在和付出，得给校长留个深远的好印象，更要给那些想法、做法上缺少周到考虑的年轻教师们提个醒儿，总不能让好事变成坏事吧，于是我在学前教育专业教师群里写道：

"十校联考"分数出来了，是不是每个班主任都要说上几句话呢？好吧，那我来说几句：

本人从教二十余年，感悟很多，收获至少可以提炼为八点，说出来也许对年轻的你有益：

一、永远要坚信所有的同学都是有才之人，他们将来一般会比我们过得好。

二、永远不要让自己被学生的情绪给淹没。所谓师生要有距离感，不仅是横向距离，更重要的是高与低的距离。

三、"锲而不舍，金石可镂"不是指你努力了，他们就一定都能考上理想的大学，而是指，你最终会用你真诚的汗水感化他们的心灵。

四、"宝剑锋从磨砺出，梅花香自苦寒来。"我们在惊羡每一朵花开得艳丽的时候，更应该懂得它们抽芽时的艰难，对学生和老师都是如此。

五、"不完美才是人生。"所谓"身正不怕影子斜"，请记住，你永远得不到所有同学、所有家长或所有老师、所有领导的赞美。过于追求完美，小的方面是对自己的伤害，大的方面也是对他人包括你的学生的伤害。

六、要学会保护自己。请记住，师生之间如果发生冲突，社会永远倾向于学生，更何况，很多情况下，保护了自己才能长久地保护学生。不要担心社会骂你是"跪着的老师"，之所以"跪着"，不尽是你的责任，要相信社会早晚会把你拉起来。

七、"医生啥医道，最终看疗效。"从升学率角度来说，不管你用什么思路，最终可以通过高考来验证你的教法。

八、"洛阳亲友如相问，一片冰心在玉壶。"教书是一份良心账，欠谁，都不能欠你的学生和你自己的良心。

注：昨夜菜花雨洗洲，晓来红瘦鸟啁啾。柳还新，乡依旧，忽然梨花白满头！

（陈昌凌作词《渔歌子新调》，并书之。）

30

水调歌头·明月几时有

丙辰中秋，欢饮达旦，大醉，作此篇，兼怀子由。

明月几时有？把酒问青天。不知天上宫阙，今夕是何年。我欲乘风归去，又恐琼楼玉宇，高处不胜寒。起舞弄清影，何似在人间。

转朱阁，低绮户，照无眠。不应有恨，何事长向别时圆？人有悲欢离合，月有阴晴圆缺，此事古难全。但愿人长久，千里共婵娟。

——宋·苏轼

中秋节快到了，我却突然接到了家父的电话，说我伍子叔病故了。想到自己最近很少去医院看望伍子叔，我突然很伤感。我立即向谭副校长递去了请假条：

谭副校长，您好！

家叔于昨夜病逝。作为长侄，很少去陪护，甚至，在他咽气时分，也未能抵达榻前，实感心痛！今来特请假一天半，愿跪送其遗体火化，并入土为安！

请求批准！

此致

敬礼！

请假人：柯叶

2019 年 9 月 9 日

我的小叔叔，名唤伍子，只因为他在我爷爷的五个子女中排行最小——老五。

小叔叔去世了，走了，他的形象留在每个亲友脑子里的都是一副瘦弱的躯干，一张善良的略带微笑的面孔。

可我是非常敬爱我的小叔叔的，如果一定要探一探起因，我以为最早的，是我亲眼见他因着我的母亲——他的嫂子哭泣。

20世纪70年代初，我的爷爷、父亲皆因家庭"成分"高而被打倒。我的母亲在田间劳作时，因为顶撞了生产队长的做事不公平，结果被生产队长用扁担打得头破血流，当时我10岁左右。

那天晚上，生产队开会，我第一次去了会场。会场中，大队党支书处理了今天下午的生产队长打人事件，但是，没有多少人站出来替我母亲说话。我只看到，我瘦小的叔叔——伍子一边哭泣一边诉说着我母亲的冤情。因为他哭得太伤心了，便一句完整的话也说不成。

"伍子哭起来像个姑娘！"会场中终于有人同情起了我的家庭，甚至有人开始愤愤不平：一个壮汉打人家一个弱女子，这算什么世道，这是不应该的！

从这天起，我便开始最尊敬我的小叔叔伍子了，因为，我发现，只有他才和我们相濡以沫，只有他才会因为我的母亲哭泣。

小叔叔身材虽不高大，但五官端正，知文识字，勤劳能干，并且，我爷爷终于等来了党和政府为他的冤案平反昭雪，我们一家包括小叔叔，终于"出人头地"、扬眉吐气……可是，后来，伍子叔怎么娶了一个神志有疾的女子呢？这得从他的对象"瞧家"说起。

自我爷爷的冤案被平反昭雪以后，政府为爷爷补发了八年的薪水，如今咱家不只是政治地位翻身了，还一夜成为了"富人"。于是，我三十挂零的小叔叔的婚姻大事，也终于有人来问津，甚至，由于不同媒婆的介绍，这一天，让他准备一口气相亲两个姑娘。

一大早，我的奶奶、三个姑姑，便把家里的物什整理、清扫得干干净净。整理过后再整理一遍，清扫过后再清扫一遍。

"据说两个姑娘都长得很漂亮。今天啊，谁先到来，谁可能以后就是这屋子的主人！"我的二姑姑坐在一边，笑着说道。

大约近上午9点，一个身材高挑，穿着干净、得体的姑娘，来到了我的小叔叔家。她二十六七岁，名字叫田薇，是镇粮食采购和供应站站长的女儿，她这是来"瞧家"——选家的。该女子一看便知，确如媒婆所言"有文化"。她皮肤白净、身材纤瘦，长相清秀、文静，只有"非农业"家庭才能长出这般女子。我的小叔叔没有多与她聊上几句，便一见钟情地爱上了她。

第二个姑娘，名字叫袁芳，耐心地等到田薇走后，也跨入了我小叔叔家的门槛。她出生农家，梳着一把长马尾，身板结实，皮肤黝黑，虽不识字，但一看便是个勤劳能干之人，可是，我的小叔叔没有看中她。

昔日老家的婚姻，相亲便定终身，没有"谈恋爱"这一过程。小叔叔伍子虽从媒婆处，从后期交往得知，田薇是一个神志略有疾病的女子，但依然坚定不移地爱着她。甚至一度，我们一大家，害怕因娶不来田薇阿姨而伤着我伍子叔，于是见田薇娘家人就说："我们家田地少，伍子人勤劳，她来了，不用下田地干活，只管在家里休闲养身，带一带孩子……她那个身子骨、文弱气，选中了伍子，才是她的造化！"老天最解我伍子叔的情真意切，结果，他终于和田薇阿姨步入了神圣、美好的婚姻殿堂。

"定媳妇夸富贵，娶媳妇告艰难。"田薇婶进了柯家的门，伍子叔没有条件让她只是"休闲养身"。她也闲不住身子，于是，田薇婶经常跟随我伍子叔，"面朝黄土背朝天"深一脚浅一脚地在田间劳作，而且吃的、喝的怎也比不上粮站站长家的生活。后期，随着年龄增长，疾病加重，她的吃、喝、穿等更是难如常人讲究。

我伍子叔68岁就去世了，我总认为与他娶了一个有精神疾病的女子有关。辛劳的叔叔不仅是缺少"贤内助"，连正常的饮食卫生都没有人来提醒和呵护——他患了食道癌。但是，他的儿子，我的堂弟柯凯却认为：他的爸爸终生骗了他的妈妈，可能是苍天不能饶恕他的爸爸，所以要惩罚他。我想，柯凯这般看法也是事出有因的，最重要的起因可能就是，伍子叔结婚前对田薇婶的承诺。

伍子叔，默默无闻，但勤劳善良。他除了和千万家农民一样，把田地种好，把庄稼收来家，还分季节地操起"第二产业"，找来额外的收入。夏秋季节，每个黄昏前，伍子叔都会从那些肥沃的沼泽地里，挖来蚯蚓，穿上篾签，放入竹笼，然后担着竹笼，沿着宽窄不平的田埂，将竹笼送入每一畦田地。直到月色当空，田野上凉风习习，万籁齐鸣，他才担着空挑子，怀着"晨来渔市提鳝价"的希望，回到他简单的家。春冬季节，他在农村集镇上，或抱柴点火或拉线接电，边揉面、烘烤边零售他的麦馍面饼。他是勤劳的，更是辛苦的，因为他把至少两个人才能操作起来的活儿，一个人干了，而且，田薇婶只会来帮他的倒忙。

我伍子叔是挚爱我的田薇婶的。他尽量不让田薇婶累着，总是让她穿着一身干净的衣服，这便是大家日日能看得见的证据；对于田薇婶日日夜夜没完没了的唠叨，也只有我的伍子叔能受得了，他不曾舍得骂她一声，打她一巴掌。

伍子叔患了绝症，他躺在病床上，除了挂念他的儿女，担心他的儿子能不能找到一份满意的工作，便是时刻牵挂着我的田薇婶：她被送往精神病医院了，她在那里能吃得好睡得安吗？

伍子叔患癌晚期，食不下咽，身体瘦得不足七十斤，大家很不放心，每次他去洗手间，家侄、外甥都争着要扶他一把。可是，这一天竟发生了"奇迹"，他步走了近一华里，登上二楼，来到了一家生活超市。

"伍子叔，你怎么来到这里啦?! 你……你怎么上得楼来的呀?!"我爱人惊讶之余却压低了声音，以免大家因为看到这个骨瘦如柴的老人，而吓坏了他们。

他那一天，不只是买了几件吃的、喝的、用的，而且还打车亲自去了精神病医院，看望他亲爱的妻子——田薇。这便是他们的最后一次见面。

爱好嘛，伍子叔只有一个业余爱好——打牌"斗地主"。而且因为他的人品好——这里主要指他能受得了别人的怨言，却对别人从无怨言——谁都愿意和他联手搭档。安静的伍子叔，坐桌一个下午，可能窗外的人，都不知道他也在屋里打牌。

伍子叔患了绝症，要离我们远去了，他的儿女、亲友，我、我的爱人，都不愿他走，他也不想走，毕竟他的儿子未成家，他的妻子要人照顾。于是，在医生宣布他不可治之后，我们依然继续要求给他注射"白蛋白"，让他借着这点能量延续着生命，并且老远从重庆购买中草药，炖汁熬汤，给他服用；他骨瘦如柴了，气息奄奄了，我还做梦说"熬蒲公英汤可以治愈他的病"……现在，他终于还是走了，我真的不知道，大家当初的努力，是爱护了他，还是伤害了他。

伍子叔走了，骨灰入土不几天，学校放假了，是因为万家团圆的中秋节。节日里，我听母亲说，田薇婶在医院又生病了，幸亏政府和医院照顾"五保"农民，才让她衣、食、药无忧。还听说，当时紧继田薇婶后与我伍子叔相亲的袁芳阿姨，前天路过我们村，她听说我伍子叔去世了，还抹了泪水。于是，我便突然心血来潮，零零碎碎地写下了上面的文字。

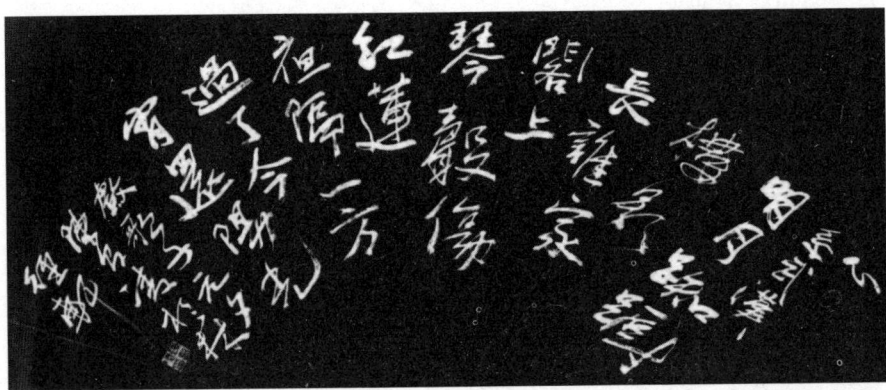

注：明月踟蹰楼影长，谁家阁上琴声伤？红莲夜，隔一方，过了今宵还阳光！
（陈昌凌心系武汉疫情作词《渔歌子·元夕》，并书之。）

31

自从高三上学期正式开学后，原带高二的老师和班主任，就部分随着学生升为高三老师、高三班主任，部分留在了高二。这学期我被安排教高三三个班的语文：学前教育一班、学前教育四班、财贸三班。三个同年级的对口班，用的同样教材，备的同样教案，我不觉得累，甚至觉得真的充实。

办公室里，我趁新学期人员调整之际，将我的桌位移至北窗之下。因为这里可以接受更好的光线，也可以避免东北墙角的空调吹出的冷空气，直扑自己的关关节节。

开学的前两天，办公室里很快增添了几张新的面孔，几乎都是原来在校本部教高一年级课程的老师，他们随着学生升级来到了分校——高考校区。新人员有凌蓉、尹兰兰、楚标伍等。凌蓉坐到了我对面的座位上，尹兰兰坐在第二个三拼桌的横端，楚标伍坐在迎门第一个三拼桌的横端……

同在一间办公室，一段时间后发现，凌蓉是高二传媒一班的班主任。她身材瘦高，是一个在班主任微信群里敢问敢说的"硬汉子"；尹兰兰也是班主任，有暴脾气，经常在办公室里发她计算机班学生的火，怒气很大，嗓门很高，不过，她很少在班主任微信群里讲怨言；男教师楚标伍——对比老楚，我们称他为小楚——很敬业，几乎每天都起早贪黑地在备课、批作业。楚标伍不愿做班主任，虽然他说班主任好做，只要安排好班委就可以了。不过，他虽不是班主任，却似乎过得比班主任还累。

对比老楚，小楚似乎更有超乎常人的个性。我妻子告诉我，小楚去超市买东西，总是懒得说话，买一支三块钱的水笔，他能在超市里转上半天，然后还要还价，最后甚至还可能因为不合他的意再退给你。他的寝室在我们的隔壁，他洗一次衣服，能挂在阳台上晒上一个星期也不考虑往家里收……但是，如果你认为小楚不长心眼儿，是个啥事都马马虎虎的男人，那你又犯了个大错误，他上课非常严谨。小楚也教学前教育四班与财贸三班的课，他教的是数学。在他的课堂里，没有谁敢坐姿不端正，更没有谁敢说一句笑话。

上一次小楚找财贸三班班主任老余谈话，只是因为，财贸三班有位同学在他背后说了他一声"大个子"，他便要求班主任严查此事，并给他一个交代。据说，后来开玩笑的那位同学终于露出水面，不得不到小楚身边做出深刻反思，结果挨了小楚不少的训教。小楚还有效医治了财贸三班同学们的"拖延症"，他布下的数学作业没有谁敢不及时上交的。即使那几个"数学盲童"，哪怕他们去求教，甚至去抄袭，他们也必须及时上交。小楚在批改同学们的作业时，如果发现步骤不合理、字迹不工整等，他舍得花大把大把的时间与学生谈话。其实，这种在办公室里找某些同学长时间的谈话，也是摧毁他们懒惰性格的重要武器，他们害怕这种服刑一般的谈话。不管怎么说，小楚把财贸三班的数学教得很有起色。据小楚自己透露，财贸三班在高三第三次月考中，数学成绩排名全年级平行班第一。

时至阳历 11 月，天气转冷，原来迎门办公的小楚终于抵不过寒风的侵袭，把办公桌移到了我与凌蓉的横端。

"这是怎么啦？我的学生作业桌呢？"我对他这种一声招呼都不打，直接搬走我的作业桌的做法，有点不能理解。

"相见好，同住难。"小楚还是那个小楚，但是坐到我们身边来，终于放大了他身上不为常人理解的个性，我与凌蓉已经觉得他这个人实难相处，甚至让人生厌。年纪轻轻的，跟我这个长他一辈的人说话，也总是摆出老师待学生的那种说教的面孔，真让人受不了，而且执迷不悟，给他任何提醒都无济于事。你若提醒他，他就认为你信不过他，他会摆出一堆的道理讲给你听，非常烦人。更有甚者，他看出你烦了，暂停说教，但是他明天或者后天还会再来说这事儿，而且，还会翻出你们之间所有的旧账，再来说给你听，直到他彻底"赢了"。反正，他不是班主任，他有的是时间去想这事，再来跟你谈道理。说实话，他的道理都是以"我"字为中心，而且听起来都是那么单纯甚至那么幼稚。静坐下来去听他讲述那些单纯而幼稚的道理，实在乃常人难以做到。于是，最终我只有像凌蓉一样戴着手机耳塞来办公，只是，耳塞经常不用连上手机。

"柯老师，有一种讨厌叫作不拿自己当外人。他叫我'蓉蓉'，我真想抽他的嘴巴，他又不是我的男朋友！……"我们在周末的返程校车上再次提起了小楚，凌蓉所说的"他"指的就是小楚。

"我告诉他，不会谈话就不要谈话！"我们 B 楼 201 办公室还有一位同事坐在车内。

小楚其实是很讲究谈话的，他或许真的没有弄懂什么叫做得体罢了。但是桌子上的书本文具的摆放，他可能是真的觉得没必要讲究，所以他的书摆放得很零乱，而且，似乎你不提醒，他就会无限挤占你的桌面。桌面既然零乱，卫生自然也就堪忧了。

这天上午，校教务处在教师群里发布了通知，下午要进行教学检查。我财贸三班的语文课代表邹冰，正在帮我整理他们班级的作业本。

"老师，这节是楚老师的课，我回去已经迟到了，我不回去了吧？

我帮您把这些作业再整理整理!"

"那不行,回去上课最重要!"

我劝她回去,即使挨批也应该回去。她说她怕数学楚老师的眼神和火气,他会罚她整整站上一节课,甚至拒绝她进班,那样会伤了她的自尊心,而让她接下来的几节课都没心情去听。她最终没有动身。这个时候,我也无能为力,换对其他老师,我还是可以把邹冰送回去的,总不该因为我这一门学科的事,而影响她另一门学科的课。但是小楚的课,我真的是无能为力!记得,有一天晚上,他在黑板上讲解习题,我推门示意邹冰过来商议一下语文应该布什么作业。楚标伍老师就认为这是打扰他的课堂了,后来跟我理论了好几天。而且以后的话题,他还经常翻此旧账,虽然,我曾明告他,晚自习同学们需要消化白天各位老师讲授的知识,还有大量习题等着他们去做,不该专上哪一门课程。何况,此时是白天,是楚老师的正课,那么,何人敢去打扰他!

"柯老师,楚老师上课,连我们班主任都不便在窗外巡视了。我们班主任,你知道的,每个老师上课,他都愿意去转转,但是楚老师上课,他总是尽量回避。楚老师容不得学生东张西望,要是谁在下面嘀咕一声,让他听到了,或者政教处哪位领导,敲了一下班级的门,那么楚老师马上就会变了脸色,而且这一节课他也不会调整过来。"邹冰大概是在进一步向我解释她不愿返回课堂的原因。我领会地点点头。

"楚老师上课,我们坐在下面真的很累。他上课几乎不能有风吹草动,你想一想,按常理说坐正了身子固然好,但若自始至终只保持一种姿势,一种表情,谁受得了!我本身数学底子就差,疲劳中我根本听不懂他的教学思路。唉!我上他的课,简直就是在坐牢!"她说到这儿,突然担心我会误解她现在是在有意躲避数学课,于是,马上又道,"不过,这一堂课我真的是因为迟到了……下次我会注意的!"

小楚算是本校名角了，因为他的课堂、他的谈论。但是，小楚又是一个别人家很有孝心的好儿子。他经常打电话给他的父母，提醒他们吃好穿暖，少操劳，并常提醒他的哥嫂要善待老人。小楚没课的时候，他跟家人的电话，经常能从上课铃声响起打到下课铃声响完，直到下课吵闹的同学们打断他的电话。他无休止地劝解，单纯、幼稚、冗长地说理，直至办公室里备课的同仁们都腻烦起来。

就在教务处对各位老师的教案、作业例行检查的当天晚上，我们高三年级的各位班主任又照例来到校园的荣耀石边上，要为证实每晚一次的班主任执勤而合影。突然，走来为大家拍照的谭副校长道：

"跟大家提个醒儿，同学们已经升入高三了，他们有课业和精神双重负担。有些脆弱的同学，已经不堪重负了，我们对他们也应该'软硬兼施'、区别对待。在什么时候该紧，什么时候该松，对什么人该紧，对什么人该松，希望大家灵活处理，我们不能一根筋办事情。嗯——今天下午楚标伍在课堂里见一个女生扭头讲了一句话，就骂出了脏口，说是不听可以滚出去，结果这个女生恼羞之间竟然玩起了割脉，差点闹出了人命。明天家长将来学校，要我们给他一个说法……"

"楚标伍确实一根筋，他讲课的时候，连我们政教处去例行检查仪容仪表的都被他拒之门外，而且还得看他的脸色！"政教处吕亚飞副主任道。

"董事长能不能把工资提高一点，让我们补招几个'正常'的年轻男教师！"突然，人群里传来了谭副校长未婚妻瞿云的声音。于是，大家笑出了声。

楚标伍到底没有教完这学期，就被校领导劝离了庐苑中职学校，据说是沈校长请了两个体育教师软硬兼施，请他离开的。楚标伍离校前参加了本校数学课堂公开课比赛，还得了第一名。不过，楚标伍到走的时候，也不曾知道这个名次，更没有拿到奖金。

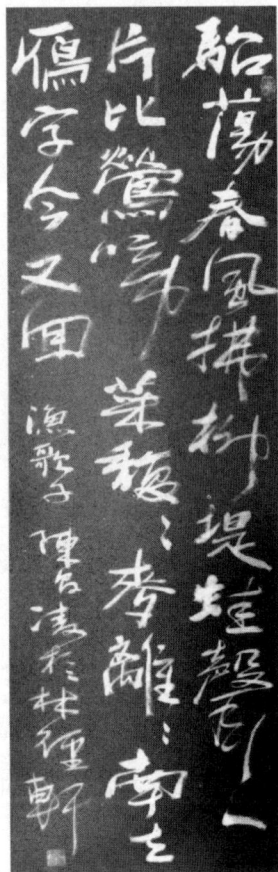

注：骀荡春风拂柳堤，蛙声一片比莺啼。菜馥馥，麦离离，南
去雁字今又回。（陈昌凌作词《渔歌子·春野》，并书之。）

32

故事回溯到九月下旬，学前教育专业再度举行了第二次月考，而我班于这一次月考却"输"得一塌糊涂。

每次考试结束后，教务处领导就像农家淘选谷种一样，洗去层层瘪谷，然后找寻有望在高考中频传捷报的良种选手。这一次选出的不是前三十名，而是前五十名。但是，前五十名我班只占十三人，几乎与大家平分秋色，而且，本班本次的第一名萧涟绮也只进入"种子选手"的第十二名。对比第一次月考，我班简直是一落千丈，简直是从云端跌入了深涧。

但是，不一定能被别人理解的是，我对本班这次如此失败的考试，心情却静如止水，给别人的感觉是"宠辱不惊"的过度沉稳。

其实，我在内心早已对这次月考做了细致分析：

一、今非昔比，今天的平行班阵营已经不是集训结束时的阵营了，学前教育三班一下增添了七个复读生——上届高三因为微乎之差没被院校录取的同学（他们非常珍惜现在的学习和测试的机会，势在必夺本届高考），他们对考纲、考试题型都远远比应届生熟悉。这七个同学将是我们难以超越的考场对手。何况，学前教育三班在教务副主任兼班主任李雅琴老师的劝导下，几个浑浑噩噩荒废时光的同学已经挂籍离校。

二、学前教育四班新成立了一个戏曲班，共有十五名同学组成。这十五名同学选择了戏曲专业，几乎是认为自己找到了高考山路的弯道点，指望弯道超车，于是，他们学习的信心和兴趣猛增。再加上他们的班主任吕寒老师用戏曲专业与学前教育专业相竞争的手段，刺激了这两部分同学的学习热情，所以他们也简直成了对口高考路上不怕死的猛虎。

三、我班暑期因为拒缴集训费而未参加集训的近十位同学，新的学期觉得与别人的学业差距甚远，因而缺少了求学的动力；至少有一段时间，他们才能跟上来，或者才找到希望的曙光。这是我的"慈善心肠"给我酿的"恶果"。

四、本次月考试卷，并非名校联考试卷，出的试卷题型不规范、水平有限不说，试题内容且极不严谨，比如语文试卷，歧义试题多达四道，干脆错误就有三小题。这也反映了本校老师对自家出题的态度。而且，阅卷中，"阅卷老将"几秒钟就看完一篇作文，主要是浏览一下作文字数和字迹的工整或清秀度，阅卷更无尽责可言。

如此分析之后，我认输了，而且输得坦然。但是，正如我常给同学们说的，"不逼一逼，你怎知道自己有多优秀；不遇挫折，你怎能成长"，虽然我们面前横着优秀的竞争团队，但是高考竞争是淘汰制的，你害怕别人便等于淘汰了自己。何况，我校学前教育专业的几个班，同报考的就是那四五所院校，因此，不妨让我们压着担子往前冲吧！并且，谭副校长在开 10 月份全校教师例会中，公布了接下来将采用新的教师课时评优政策，更是让我坦然了本次本班的月考成绩。他说，以后按照各个班级各个学科平均分的增长幅度，来评定优等课时。岂不是在告诉我，这一次本学科考得越低，下一次越有望大幅度增长而被评优吗！

分析了"考情"之后，我将对同学们的"学情"做进一步的部署和要求，除了要同学们进一步重视"语、数、英""大三门"文化课和

"舞、唱、琴"（舞蹈、声乐、钢琴）三门专业课的学习外，更重要的是强化背诵"教、卫、心"（教育学、卫生学、心理学）"小三门"专业理论课。"小三门"学习难度不大，并且非常容易提分。

9月份的月考，我输了，输得岂止坦然，甚至输出了希望和信心，下次肯定有望翻身突围。深思熟虑之后，我今夜失眠了，大约于凌晨一点左右，发了一条微信给学前教育专业班主任群：

"这是高三的第一次月考，这是人马到齐了真正意义上的第一次月考。我和我的班级将永远记住这个起点，我们争取突围！"

显然，我把高三的第二次月考故意说成了"第一次月考"，这既符合校领导的统一部署，更给我班级接下来的成绩提升，预先准备好"借口"。

不过，这一次考情坦然之外的有惊无险，便是我无意中为难了财贸三班的谢雯雯同学。我在分析语文试卷的时候，直讲了试卷的质量，结果向来沉默寡言的她，怎么也"坦然"不下来，怒发冲冠，直到吃饭后去晾晒她洗好的衣服，还在痛骂出卷老师的不负责任，甚至牵带起整个学校的制度：

"什么破学校，晒件衣服都没处晒，上次，我的衬衫是被人偷了还是被人捡了？捡了你倒是还我呀，就这样找不到了！这一次考试，老师出试卷又出得这么烂！真的让人受不了！什么破学校！什么破学校！"

好在她被学生会领到政教处后，并没有受到多少批评，更没有"供"出我来。

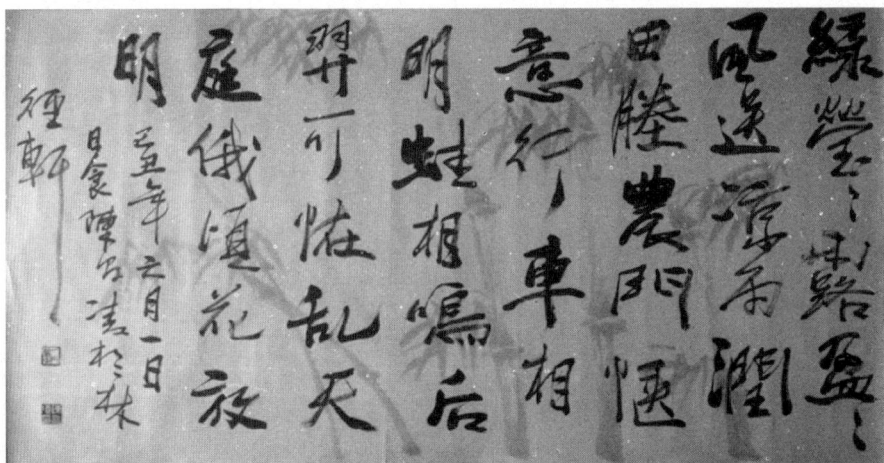

注：绿莹莹，露盈盈。风送凉雨润田塍。农门惬意行。车相明，蛙相鸣。后羿可怪乱天庭！俄顷花放明。（己丑年六月一日陈昌凌作词《长相思·日食》，并书之，且画背景。）

33

记住了第二次月考我班失败的教训，特别是"小三门"学科落后于几所名校太远，甚至落后于本校的学前教育专业另外三个班。于是，我对同学们一再强调这方面的背诵和练习，甚至，每晚最后一节自习，我干脆带个教鞭，提醒同学们：前三节搞的是"大三门"，那么这一节务必抽时间或温习、或预习、或练习"小三门"。甚至，同学们在我的强化意识之下，逐渐形成了条件反射，每晚第四节班主任自习课，我一推班级的门，同学们就知道，应该抓紧把"小三门"书拿出来了，甚至还有几个同学每每在我推开门的刹那间，便应声叫出："小三门——"

第三次月考（十校联考卷）成绩出来了。出来后，比照一下各班，总的感觉略好于第二次。前五十名，我班占的人数虽然与第二次差不多，但是各名次都向前迈出了大小不等的几步，最重要的是"小三门"考分长了一大截。

格外让我惊喜的是，我带的三个班学一、学四、财三的语文成绩平均分，名列二十四个对口班"前三甲"。

"前三甲"的成绩是教务处李雅琴主任告诉我的，是在买饭菜的教师队列中、食堂窗口前。

"柯老师，你带的三个班，语文考得太好了，全年级'前三甲'！"李主任笑容可掬。

"是吗?!"我很惊喜。

"你本月要涨工资喽！"她说。我听了更惊喜。

待分数公布后，果然，我带的三个班语文成绩，名列高三年级不同专业共十八个班前三名。我喜不自禁，从超市里买来了最好的"喜糖"，分散给三个班的同学们，甜在他们的嘴里，也甜在我的心里——虽然，后来从校长发来的"工资明细"里得知，我并没有多领到一毛钱奖励。

第三次的月考成绩还在总结、回味中，第四次月考也已经收场，但是，第四次月考成绩却迟迟不肯与我们谋面。老师们、同学们急切地翘盼着，却又在心里顶着沉重的压力，如同从未生育过的准妈妈，期盼着临盆，却又害怕那场玩命的成果展示。

"考，考，考，教师的法宝；分，分，分，学生的命根。"12月中旬已过，这天，按照教务处的吩咐，我已经上报完了本月（第五次月考）参加联考的同学名单。我细分析一下，然后希望本次联考成绩，学前教育专业前五十名，我班能占十五名，也希望前三名中出现我班同学的名字。这时候，没想到，秦雨同学突然来找了我：

"老班，我要请假，近日，我要再去做手术！"

秦雨脸上的胎记，成为她和她的家人放不下的心病，除非，谁能换走她脸上的一大块青得发乌的胎记。

"可是，本次参加联考的名单已经报到了教务处，你的手术能延缓一下吗？"看着她拿不定的眼神，我接着道，"第五次联考的意义，你是清楚的，它旨在进一步发现有望升入本科院校的同学名单，然后进行下一步的规划和操作。再说，你转专业来到高考校区，不就是为了参加高考、为了升学吗？要不，你与你的妈妈再商议一下，如何？"

秦雨走出办公室，没过一会儿，她的妈妈打来电话，说事前已经约好了医生，并且说，医生已经为秦雨的手术设计好了整个的医治流程，实不敢耽搁。我最终不得不同意她的意见，然后祝手术成功，祝秦雨早日康复。

秦雨来办公室拿我给开的出门证时，她告诉我：

"班主任，可能以后我就不能再来读了，因为离高考仅有近三个月的时间，而我这个手术要分几次接连着做，且每次至少需要一个多月来休养。"

我突然产生了久已深处的知己朋友要诀别的感慨，埋在心底里说不出来，说不出来却更堵得慌。这一节课，秦雨没有回班级上英语课，她一直站在我的桌边陪着我，话没说多少，但彼此都珍惜着这一段从相认到相知的师生缘分、知己真情。她真的很了解我，我的烦恼、我的为人、我的窘迫、我的理想，哪怕我每次用国画笔法画的黑板报，她都能知道我想表达的意境，每每能给我提出让我心悦的意见、建议。我想让她端来椅子坐在我的身边，但她不愿意。她一直站着，微笑着，如同我又一个即将远征的女儿，临行前认真聆听她父亲的叮嘱，却又依依不舍地关照着她将离多聚少的父亲。

下课铃响了，办公室又要开始嘈杂了，或许这是在催她登程。在她临离开办公室时，我带她再度看了我们共同用水彩出的黑板报。有意思的是，不同的心情，会感知不同的意境，此时画面上，月色透过竹林，送来的是无限的寂静；清风吹过幽兰，带来的是极度的冷清。

第四次月考（五校联考卷）成绩出来了，可喜的是，"小三门"又进步了一小节，本年级同专业前五十名中，我班增添了一名（不好意思，意味着其他班级里被挤出圈外一名）；可恼的是，我带的三个班语文，竟然自己的班比另两个班考得差！语文成绩最能看出一个班级的学风，和所授课的老师对这门学科的教法或重视程度。我找来了班长肖珺。

"显然，从我们班成绩在前五十名中的排名，以及'小三门'的进步，可以看出我班的学风应该没有多少问题！"她猜到了我的心事，微笑着说。

肖珺文化课成绩并不好，但是，作为班长，她总是能够看清本班的大局，总是把本班的荣誉时刻挂在心上，分解了我不少的烦与忧。不足之处，因为她的文化课基础太差，到了高三以后，她无法再能劝勉自己"锲而舍之，朽木不折；锲而不舍，金石可镂"或"每次前进一小步，最终总能赶得上"；所以，她在学习上缺少了信心和动力。而这一点又是非常可怕的——一个成绩倒数、缺少信心与能量，甚至上课屡次打瞌睡的人，当着班长，且在高三年级当班长！

"记得上次你跟我说，要挂籍回家，那么你现在是怎么考虑的？"我还没等她回答，接着道，"你看，你能不能收回这个决定。我们和你一样，并没有要求你一定能考个什么高等的大学，所以你不要给自己那么大的压力。但是，班长这个职务……"她专注地看了我一眼，似乎要从我的眼神中看出我有没有什么阴谋诡计，然后微笑着简单地答道：

"您不是说了吗？这个得由家长来跟您谈！"

第四次月考成绩公布后，我微调了战略，开始重视语文学科的早晨背诵和晚上训练。期望我班在高三年级第五次考试（期末考试）中，让校领导颔首称赏，然后，我们欢欢喜喜回家过大年。

十二月下旬的天气，特别是早晨和晚间，简直冷风彻骨。昨夜，嗖嗖寒风中飞舞着雨夹雪，让风中走来的人在班级或办公室里瑟瑟寒战。今天早晨，却翻新了一个银装素裹的世界！满目皑皑白雪，把地面覆盖得清白、简洁而明朗，踏着咯吱咯吱的雪声，似乎听到了大自然的心跳声。教学楼后的十几棵冬青树，枝叶上掬出无数的雪疙瘩，远远看去，犹如春风吹开了无数朵白色的樱花，一朵压一朵，灼灼开满了整棵树。高二教学楼下那一株硕大的合欢树，根根枯瘦的枝杈，由于瑞雪的洗礼，今天银虬斜逸，似乎天公昨一夜描绘出了一朵什么巨花，也似乎是雕刻出了一株硕大的白玉盆景。

早读铃声才响，班长来找我商议元旦晚会一事。嗯，元旦晚会总是在元旦前几日召开，前几日？不一定，但是，至少提前一周要做好准备。

"班主任，这次元旦晚会，别的班级都已经开始准备了……这是我们中学阶段最后一次晚会了。班主任，我们应该怎么准备啊？"肖珺今天穿得非常暖和，大而厚的羽绒服刚好适合她富态的身材。羽绒服上端一顶白亮白亮的毛茸茸的帽子，罩住了她额前的刘海和耳根的青丝，她本来肤色很好，此时脸庞被映得更加洁白了。她在笑。

"好吧，我们也开始准备吧！以寝室为单位，每个寝室准备两三个节目。嗯——得找一个会写串词的。"毕竟我已当多年的班主任了，对于晚会的重点我还是清楚的。

"写串词早就有人报名了！"还没等我问，她便道，"是于珉！"

"这样，既然是最后一次欢庆会，得提高一下参与度，我建议每个同学至少必须上台展示一次！你看如何？"

她点了头，我继续道：

"到时候，可能有来串门的领导，咱们要演得有特色一点，有水平一点！"

12 月 30 日晚，我班元旦晚会闪亮登场。这次的元旦晚会，不管立于楼下从窗外看炫飞的灯光，还是走入教室看醉心的歌舞，全校只有我班嗨得最热闹，演得最精彩，政教处杨卫主任还走进我们班拍了几段高大上的视频，并说将以此来展示东校区元旦文化大餐的"丰盛"。学前教育班是"歌舞的王国"，但由于班主任的理念不同，管理方式不同，作为高三年级，许多班主任是不同意同学们花费精力来排演元旦节目的，只有我班最隆重地举行了这次元旦晚会。另外三个班，连舞台滚灯都没有买，有的班级连一朵装饰花、一只气球且没有购得，所以我班班长肖珺，这次很轻松地邀请来了另外三个班中很有才艺的同学，来到我班共展风采，同庆元旦。

…………

晚会的歌声还在耳边缭绕，舞姿还在眼前翻跹，但是晚会过后不久，肖珺真的来找我办理挂籍离校一事了。

"班主任，我妈发给您的短信，你看了吗？"她说。

"什么事？"

"挂学籍。我妈说我不适合念书，让我抓紧时间学习其他技能。"

虽然，我早已看出她学习上缺少信心，也找她谈过几次话，却都无效，甚至她第四次月考，因为心不在焉，把语文答案填到英语答题卡上，但是我依然没想到她这么快就来找我挂学籍。我又想起了肖珺上次为元旦晚会来找我的情景，似乎明白了她为什么强调说这是最后一次，为什么非常赞成要搞得最有特色、最有水平。

我打开手机，看了肖珺妈妈发来的短信，然后道：

"既然你们已经考虑成熟，我也不多劝说了，那么，你什么时候走？有家人来接吗？"

"我已经收拾好了，东西已经拾到箱子里，拉到楼下了。我哥来接我，我的亲哥——同我一个妈，两个爸。"

按照学校的制度，我电话联系了肖珺的妈妈，确认来的帅哥真是肖珺的哥哥后，我便到政教处找到杨卫主任，帮肖珺办理了挂籍手续。

作为班长，肖珺要离开学校了，离开相处近一年半的同学们，我班有不少同学破规矩地走出校园铁门，为她送行。校园才迎来晴天，白得刺眼的雪地上，深深浅浅地留下了同学们慌忙的脚印。

我站在二楼我班级的阳台上，一直目送着她。从校园到走出铁门，然后，他们的车辆离开了校园前方的杨林岔道，驶到了主公路，直到看不见他们的车影。突然，我觉得自己变得孤单起来，肖珺走了，我如同一下子失去了一只臂膀一样，顿生出莫名的怯弱感，我突然觉得自己的身上很寒冷，哦，毕竟是"雪前冷，雪后寒"！

晚自习前，我走进班级宣布了一条消息：

班长一职改由原副班长章瑜担任。

第五次考试——期末考试（十校联考卷）一直延到次年1月17日才举行。为了能及时填好同学们的成绩单，让同学们回家向父母有个交代。校教务处要求，由本校老师及时阅卷，并且必须在19号放假前完成统分上报工作。

学前教育专业文化课前五十名的总体排名出来了。学二班占七人，两百分以上一人；学三班占八人，两百分以上两人；学四班占十二人，两百分以上六人；而我学一班占二十三人，并且两百分以上达十四人。

但是，我惊喜之后却没有找到多少成就感，考试成绩总是有偶然性的，一次考得好并不难，每次考得好却似乎不可能。何况，本次的文化课排名能说明我班一定有那么多同学能被本科院校录取吗？更何况，未被本科院校录取的同学，人生就没有好的前景了吗？

注：莫畏骄阳似火，但怜伞下团阴。黑云翻墨快披襟，陡顿倾盆荡净。溪水吵塌田埂，夕阳染醉榆村。碧波万顷鹭鸶寻，月季能否音信？（炎夏踏青送友，遭烈日骤转暴雨，但雨后乐趣未减。陈昌凌作词《西江月》，并书写，且画背景。月季，又指花名。）

34

2020 年 1 月 20 日，农历腊月廿六，大寒，我们这些中职学校准备参加对口高考的高三年级，也终于开始放寒假。紧张了一学期，苦战了一学期，似乎终于可以放松放松了，睡他个几回"自然醒"，但是实在骇人听闻，大约在第二天，我们便得知了武汉发生疫情的坏消息。从钟南山院士宣布疫情会人传人，而"武汉是能过关的"，到李兰娟院士振臂高呼武汉封城，我们愈加感觉到疫情的紧张。直到以习近平同志为核心的党中央发出"生命重于泰山，疫情即是命令，防控即是责任"，我们一定要打赢这场疫情防控阻击战的战斗口号，我们每个教员、每个家长乃至每个同学，终于热血沸腾，准备迎战疫魔。

作为班主任，我们配合校领导，每天在班级群里至少统计两次学生的身体状况。他们有无发烧、咳嗽、打喷嚏、气喘、体乏无力等现象；他们有无去过或路过武汉；他们有没有接触过来自湖北的亲戚、朋友等等，发现疫情，我们将即时上报。

原来的几个胆大"无所谓"的同学，也终于被我们查问得紧张起来，整个班级进入了大敌将至、时刻防备的预警状态。

从元月 20 日起，到 2 月 26 日，响应国家的防疫政策，我一个多月没有踏出我居住的小区，除了除夕夜与同小区的父母、弟弟小聚，其余时间几乎都宅在室内。看着室外，无论外面是阳光明媚，还是细雨霏霏，抑或是小雪飘零，都让我心生向往之情，向往平时出门自由溜达的日子。看着电视和手机里的新闻，听着亲朋之间的"传闻"，"国家兴亡，匹夫有责",我替同胞的生命财产乃至国家的命运担心,更在心里为奔赴抗疫一线的医护人员、政府官员、党员、志愿者等感动,为他们歌唱。我能力有限又孤居室内,于是动起拙笔,写了一篇短篇小说《风雪载途》和一篇"白话"《驱疫赋》,通过微刊平台发表,旨在礼赞奉献者、助力正能量。

附（一）：《风雪载途》（短篇小说）

风雪载途

柯叶

2019 年农历腊月二十七日黄昏,皖徽庐东一带,呼呼的偏北风把雪花抓过来,疯狂地大把大把地撒向田野、道路和房舍。田野、路途、房顶在快速刷白,然后,雪又逐渐变浓加厚。此时,庐东县刘桥镇卫生院门前,有一汉子,撑着雨伞,形影匆忙,到了门口,他快速地把自己塞进了卫生院。他进来后,跺跺脚,嘴里喷着热气,看上去五十来岁,瘦削且略显苍老。估计路程不近,因为他进门后,大家看到他的背部、裤子都落上了厚厚的雪。他看到门诊前人们站着队,便沿着过道径直朝卫生院内走去。

"喂,大夫,量体温在哪儿？我身体有点不舒服,我可能发烧了！"

被问的是卫生院的一位内科女大夫,她叫黎雪,自从她收到了上级通知——"最近本县有一批民工从武汉返乡回家,其中有些人可能感染上了新型冠状病毒,请各个医护人员劝说来卫生院的所有病人必须测量体温,并且了解他们是否来自武汉或途径武汉,一旦发现病情,要做到耐心解释,并对病人及时隔离和治疗。另外,请医护人员自己也提高防护意识！"——她更是时时戴着口罩,高度关注来卫生院看病的每位病人。今天就在她丢下旧口罩准备去药房换上新口罩的途中,在门诊边的走道里，她遇上了这位身上披着雪的病人。

"你跟我来，我带你过去，我们卫生院临时增开了一个发热门诊……"黎雪说着，突然紧张起来，"你是不是从武汉回来的？"

"是的！您怎么知道的？"病人很惊讶。这位病人叫杨勤凯，家住刘桥镇杨湾村，这两年一直在武汉做家庭装潢手艺，他是腊月二十三回的家。

黎雪觉得事情很不妙，莫非这是天灾人祸，她后悔自己为什么不先拿到新口罩，再把旧口罩取下。

"喂，你是病人吗？"护士小程迎面走了过来，口罩上方一双惊讶的眼睛，还没等病人说话，她接着说，"你为什么不戴上口罩再与我们医生说话？！"然后她笑着朝黎医生，"黎姐，你？你也真是！"

黎雪镇静了一下情绪，把病人带到了发热门诊室前，"你自己进去找王主任量体温吧！"然后，她来到药房，给自己戴上了新的口罩。

马上，黎雪了解到，病人杨勤凯确实正发着低烧。而且，根据本卫生院现有条件，王主任已通知他先带些药物回家自我隔离，等待医护人员上门进一步诊治。

当天下午，黎雪为病人诊完病情，觉得很累，下班后她没有回家，简单吃了几口卫生院专门为值班医护人员订制的工作餐，便来到了更衣间。她掏出手机，首先拨通了她在庐州第七人民医院工作的丈夫的手机：

"蒯亮，第一批从武汉返乡的农民工，已经有人表现出由新型冠状病毒感染的肺炎症状，这个时候极有传染性，你一定要勤戴口罩、手套哟！时刻防备着！"她很严肃地说，却又故作轻松，不想把自己心中没有把握的伤感传送给她的爱人，更不想让更衣间里的其他姐妹，看到她脆弱的一面。

接着，她拨通了她母亲的手机：

"妈妈，女儿这里来了一位从武汉回来的病人，他身上可能带着新型冠状病毒，可是目前还没有针对该病毒的特效抗病毒药物。我今天不小心接触了他，女儿有无被感染，只有两周后才能完全知晓。为了不给咱们一家和他人带来危险，女儿暂时吃住在卫生院，两周后无症状才能回家，苒苒这几天晚上就由您带她睡了！"

"过年也不回家了吗？"

"是的！"

"我的好女儿，你可一定要照顾好自己呀！你要是出了事，妈妈……可就不活了！"手机里传来了妈妈担忧的话音，接着是抽泣声。

"妈妈妈妈……外婆，是妈妈的电话吗？妈妈怎么啦？我要妈妈！"

黎雪要她的母亲把手机交给苒苒：

"苒苒，妈妈这几天晚上不回家睡了！"

"不行！不行！……"

"宝贝，你不是怕魔鬼吗？妈妈这几天就去打魔鬼。如果不把它们打败，那么它们就会跟着我回家，去咬你，去咬我们一家人，去咬你幼儿园里的小朋友，去咬所有的人。听话啊，乖乖！你这几天要听外婆的话……不要跟外婆淘气，晚上跟外婆一起睡！乖！"

"不，不……我要妈妈！我要妈妈！……"终于母女俩都哭了起来。

除夕夜，千家欢庆；年初一，万户祝福。而黎雪一直守在卫生院里，并且应组织安排，她每隔一日去杨湾村杨勤凯家出诊一回，风雪无阻。她的爱人蒯亮知道了真相后，也十分支持她，给她送来了年夜饭，陪她除夕候岁；给她带来了衣物，让她及时换上。一周后，女儿学会了用手机与妈妈视频：

"妈妈，你的脸怎么了？"

"没事，孩子！那是妈妈长时间戴口罩留下的印痕。"黎雪强笑着跟自己的孩子聊着。

"疼吗，妈妈？"

"你说呢？"黎雪笑着道。

"那你脸上贴着的是什么呀？"

"哦，这个呀，创可贴！因为这个地方被口罩压破了。"

快两周了，黎雪愈加兴奋起来，一方面是因为，事实将证明，她强健的体魄，终于可以战胜可怕的疫魔；另一方面，她将可以回家了，回家见她的妈妈、女儿、丈夫……

新冠肺炎开始在全国蔓延，一场抢救生命、防控肺炎的硬仗，更是在全国打响，所有医护人员便是冲锋在一线的真正的猛士、英雄。庐州第七人民医院的所有医护人员主动请缨，他们在一条印有"国难当头，哪里需要奔向哪里"的横幅上签名画押。

蒯亮属第七人民医院第二批被派往武汉的医护人员，傍晚时分，他临出发前，拨通了黎雪的手机：

"小雪，我要去武汉了，估计十天半个月回不来，你的隔离期刚好快结束了，我终于可以放心地去了！妈妈和女儿那边，你代我去报个平安哈！"

黎雪听了后，不禁泪水又夺眶而出，她强忍着悲伤，道：

"你知道……你知道你要带上什么生活用品吗？"

"什么都不用带——嗯，带几件换洗衣服就可以了！"蒯亮忽然又想起了什么，接着说道，"你知道吗？成人尿不湿，我们医院就备满了一辆货车。从武汉回来的同事说，到了那里，为了节约换防护服的时间——防护服脱一次就得彻底消毒一次——我们所有人将少吃少喝，最大限度地减少上厕所的次数……喂，你在听吗，小雪？"

"在听！"

"你现在在哪儿？这么安静！"

"我在车上，卫生院的车，送我去杨湾村出诊！"

"那——路上注意安全！"

"放心！路上又在下雪，没人！所有村庄都响应政府号召禁止外出闲逛了，只有我们在路上！"

因为冬天晚得很早，司机便早早地打开了车灯，只见灯光里：万千雪花正纷乱地飘飞着，却舞出了一个圣洁的世界。

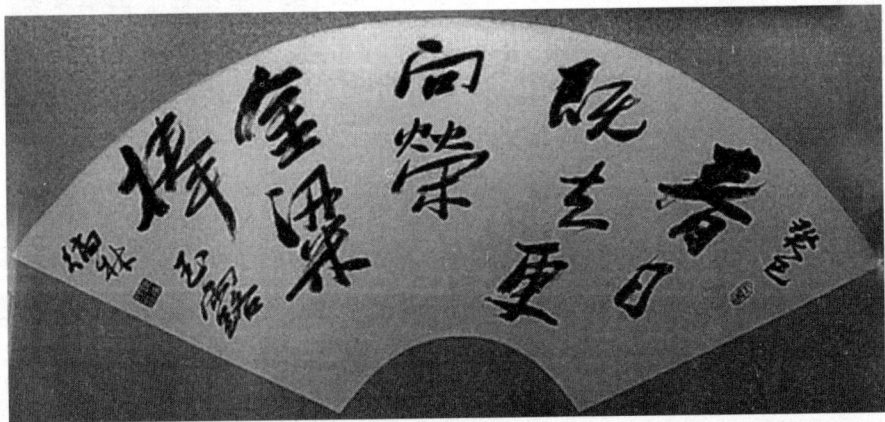

注：清越鸟啼风，缥缈林堆雾。已是漫山观葳蕤，香雪铺满路。鹭白齐天飞，稻青迎风舞。春日既去更向荣，金梁捧玉露。（陈昌凌作词《卜算子·夏晨行》，并摘而书之。）

35

我今年带的是高三对口高考班,我是班主任。按照往年的制度,三月底就要送学生参加高考,可是,如今学生不能返校,教师不能上课,怎么办?

终于,国家拿政策,学校出点子,网上上课开始了。2 月 9 日起,我们学校就安排部分老师到校本部信息大楼"未来中心"陆续给学生上课。一开始他们用的是"学习通"软件,我们通过手机在家里也能清晰地看到他们授课的身影,听到他们讲课的声音。所有师生几乎都赞叹国内科技的发达、在线课程的新颖。不久,听到了党和政府的声音:"停课不停学,大力推行网上上课"。我很激动,是教学生活的更新换代带来的兴奋感,但马上我又有些担忧起来——咱一个 20 世纪 60 年代出生的汉子,还能学会这些"新式武器"吗?略一思忖后,看样子大势所趋,只有迎接"枪林弹雨",接受新生事物了!

2 月 24 号,我接到学校校长室的电话,作为特殊年级——高三年级的老师,特别是提前参加对口高考的高三年级的授课老师兼班主任,我需要提前到达校本部,利用校园先进的网络系统,为同学们答疑解惑,帮助他们定期完成学业,力争能圆同学们一个个的升学梦。

26 号按照校长室会议精神,我向所住小区的保安说明事由后,便踏上了返校的路程。路上下着毛毛细雨,伞下的我,感觉到阵阵冷气袭来,它略带着久经宅居后出门放松的畅快感,更包含着目睹空巷如野所产生的心灵的冷寂。我走着,不得不时不时摘下鼻梁上的眼镜,因为口罩缝中冒出的热气，遇上冰冷的镜片，便浑浊了我的视线。出居民区要测体温，上了公交车后再测体温。偌大的公交车，除了驾驶员、防疫员，竟然只坐着我一个人。三副口罩、三双紧张对视的眼神，让我明白，我是一个有特别使命的人——我是一个老师，一个高三毕业班的老师。

因为疫情，公交车目前还没有正式运行，很少的几班公交暂时也到不了庐苑中职学校本部。它们只到达距离学校三公里的站南路，便转头西去。到了站点，我下了车，这时候雨下得更大了，落在雨伞上的雨点，敲着伞布，发出"噼噼啪啪"的响声，整个世界都沐在朦胧的、凄冷的雨色里。但是，想到校领导的叮嘱——今天上午统一到东校分区取回卧具及其他生活用品——我只能撑着一枚荷叶般大小的雨伞，在雨中奔波、冲撞……结果，满鞋尽是淤泥、污水，裤子湿到了大腿。

跨入校本部的大门，"柯老师，返校啦！来来来，请到这边来登记、测体温！"女门卫薛大姐迎上便说。

接着，顺着薛大姐指示的方向，我跨入了"静心楼"（本次高三老师的宿舍安排在这里）的大门。"老柯，到校啦！来来来，请到这边来登记、测体温！"吕亚飞副主任多远便招呼着我。

我被安排在静心楼 117 宿舍住下。目前防疫期间，大家自觉保持距离，每人一间，不可串门，何况学生没有返校，有的是房间。

但是到校后，从八点半等到九点半，等到十点半，等来的却是一个更新了的通知：由于几辆校车都被安排去接远程的老师了，所以，上午十点送老师们去分校取东西的计划不得不取消，改为下午四点。

午餐怎么办？这里的食堂员工还没有上班，当然没有吃的——不只是没有可吃的，就连一口热水都没的喝。十二点左右的时候，肠胃咕噜有声，它们是在抗议，抗议我应该考虑它们的感受。没有吃的，没人说话，拿出手机来消磨时间吧，可是饿得看不进去。我强迫自己躺一会儿，但是只有空床，床上只有一张冰冷的竹席子。我和衣躺了下来，我有午睡的习惯并且每每容易入睡，且睡得很香，但今天毕竟"春寒料峭"，并且腿上裹着湿裤子，肚里饥肠辘辘，可谓"饥寒交迫"，所以，只躺下不足十分钟，我便起身靠在了床栏上——或许根本不曾睡着。我看着房间里几张空空的学生架子床，开始发愣……

约在下午两点钟，我被通知到校"礼让楼"会议室开会。

会场气氛严肃得让人喘不过气来。主席台上坐着四个人，方董事长，沈校长，谭朝阳副校长，杨卫主任，都是口罩遮去了大半个脸；观众席上，每个人保持一米五的距离有序坐开。会场的顶灯与壁灯发出幽蓝的光，照着人数稀少本来就很安静的会议厅，气氛尤其显得肃静。

今天的会议内容很少，大致讲了高三学生学业紧张、打算开空中课堂、老师们要抓紧学会线上教学以及报到老师的住宿安排等事项，便宣告散会。

四点钟没到，我等不及学校安排校车，便搭乘同事的私家车，去往东校分区取回了自己的教学资料和生活用品。来回扛着被子，背着包，端着盆……汗流浃背，却风雨无阻，像是在"逃难"，更像是在赴役，对，是一场抗疫之战。待我整好床铺，喝了一口水，我便来到校"未来中心"学习上网课。网管员阮敏老师正在教大家如何用腾讯软件给学生上课。

"先点开腾讯课堂极速版，然后退出前面老师的账号，输入你的手机号，收到验证码后及时填上……"他一遍又一遍地演示给大家看。

我毕竟家里有一台式电脑，有点"机器手感"，领会得很快。自己觉得，像我这个年龄段的人，未必有多少人能有我这般领会速度，而且，我很希望，我的课堂将被安排在这个用于培训老师的直播间。

约下午五点钟，校教师微信群里发来了网课课程表，明天开课。我心里非常激动，而又十分紧张。上网课对我来说是一个全新的操作，"第一次多好"，人生因为邂逅无数个第一次而变得丰富多彩，意蕴无穷，但是，我的这个"第一次"我能掌控好吗？我上的是语文课，在任何学校，语文公开课总是被排在头阵，何况明天有领导要听，而且他们总是能听懂语文的！不过，细看课表，我的心情又被我安慰得平静了许多，毕竟我不是第一节上，排序第三，那么明天我还是可以从前两位老师的课堂里学到一点上网课的经验的。于是，我决定今晚回家洗个澡，睡个好觉，明天咱得以一个得体的仪容仪表、饱满的精神状态，去见自己久违的学生！

第二天，为了能及时跟上公交，赶在八点前（签到）进校园，我早晨五点四十就起床了——知道公交目前运行还不够正常。坐在公交车里，心早就飞到了校园，只担心这个不慌不忙的公交，不能在预定的时间内把我送达目的地。

下了车到达校园后，从校门奔到教学楼，登上楼层，途中测了两次体温，登记了两次，我已忙得身上汗津津了。看看手机，已经七点五十四分，还好，没有迟到！但是，接下来的消息，却让我忙慌了神：

"柯老师，你语文第一节就开始上。"教务李雅琴主任发来给我的。

"我不是被排在第三节课上吗？"

"不是，你误解了，你们四位语文老师今天上午都要上，同时上。"

我理不清，是我误解了，还是她的表格没有标明，反正，咱现在啥也不要理论，准备上课吧！可是咋去上，我啥都没有准备，或者没有整理，更何况是我从没有涉足过的网课！

八点上课，已经八点了！怎么办?！我急中生智，背着行李包——里面装着班主任登记上报疫情的工作手册等——跑到了自己的宿舍，拿出一份自己讲过的试卷，拍了几张手机照，便掉转头，直奔"未来中心"信息楼。路上，我收到了旅游六班班级微信群里徐欣老师的入群邀请，我立马明白，这是要我给他们班级同学上课。而想到东校区一把手校长沈泽兰已经加入他们的班级群，此时也肯定在坐等我来上课，我更加紧张，心几乎跳到了嗓子眼儿。我进了徐欣老师的班级群，却没有时间打一声招呼。

走进了"未来中心"大楼，要再次测量体温，登记进楼的时间。打开手机的瞬间，我看到谭朝阳副校长在全校教师微信群里催问："三号直播间，为何还不见老师来上课？"我抓紧回了一条，两个字："来了！"（我断定，我将在三号直播间上课。）

新建的"未来中心"大楼四层高，但天井式的设计，显得它高大伟岸却又充满神秘感。进楼后，迎面是一方硕大的电视墙，电视墙上显示着通红的伟人题字。

毗邻电视墙的是一句求学励志语：

"乾坤未定，你我皆是黑马！"

顺着网管员的指引，我气喘吁吁地登上了三楼，来到了第三网课直播间。

第三直播间内空间很大，光线很明亮。但是因为在设计建筑时，给这一间安上的全是固定不动的窗户，无法排换室内的空气，所以打开门后，一股浓烈的消毒液气味，几乎要把进来的人熏倒，闷死！

我打开了电脑，刷新屏幕后，登上了自己的微信，然后再打开"腾讯课堂极速版"软件，邀请学生进课堂，并将自己刚刚拍的几张试卷照片在微信中打开，再移到课堂软件的"视野"框中……而在做这一切的时候，我几乎紧张得要窒息，我怀疑我的血压在飙升。我终于打开了我的课堂，终于将我的声音传递给了我的学生！其中的兴奋感、骄傲感往往不是外人能够理解和感受到的。兴奋主要是因为我连线上了我久违的同学，而骄傲可能是因为在全国的抗疫战役中，我作为一线的高三教师、高三班主任，也终于献上了微薄的力量，或许可以说，除了白衣天使等，我也是一位战斗在抗疫一线的战士。

毕竟是第一次，我没有经历过，非常激动。毕竟咱生于20世纪60年代，如今还要急学新技能，而且是走在时代前列的新技能，非常紧张。毕竟我连茶水都没有准备好……嘿！一上午，下课前我几乎讲哑了嗓子。

离开了"未来中心"大楼，遇见的所有熟人，他们几乎一致地夸我："没想到哈，老柯你这么厉害，竟然第一个学会了上网课！"

我只是微笑，心里想，我昨天就拜师请教了，何况今天上得也并不好呀！但是，别人也没有要听我解释的意思，我便只好微笑相迎每一张面孔。

晚上，回到家里，我告诉了我的妻子，我今天上完了我的第一节网课。妻子也为我高兴，夸我，毕竟咱这一大把岁数的人，竟然也能玩会如此"雕虫小技"！

后来，有几天晚上，我专门把自己留在校园里，进一步钻研如何使用相关软件上好空中课堂。加上向同事们学来的收获，和在自家电脑中摸索得到的经验，我不只是学会了用腾讯软件上空中课堂，还学会了改课件、制课件，在课间放音乐，在软件中播新闻……于是，空中课堂在我这也就越来越得心应手了。

孩子们，即使疫魔无情，即使你们不来到学校，我也会把你们缺失的学业给你们补上来！

3月17日，我们一行高三老师，再次接到通知，要我们回原东校区依然上网课。快离开本部了，快离开这个曾让我们紧张又曾让我们激动的"未来中心"了，我忽然生起恋恋不舍之情。我将行李背出宿舍门，不由得回头看了看我曾经住过的这间学生宿舍。这是女生公寓"静心楼"的一间小宿舍，共有四张架子床，曾住过八个学生。快乐的女生们，在门上剪贴着"幼稚园"三个造型富有童趣的字。略一思忖，我乐了，这"幼稚园"曾经寄托着孩子们快乐的梦想、幸福的企盼，眼下是否也在暗示我：本部的"未来中心"大楼，不也曾是我这个"网络幼童"的成长园地吗?！

附（二）："白话"《驱疫赋》

驱疫赋

柯叶

庚子春，宅居月余，偶作此篇。

己亥季冬，庚子孟春，荆楚危急，新冠猖獗，染者数以万计。然炎黄子孙，血浓于水，同仇敌忾，共战疫魔。武汉即刻封城，中央亲临一线。

军医起，团圆日舍家逆行；警察来，飞雪天独伫空巷；学者呼，赋诗作画警民群；工人忙，夜以继日产护装。农民，响应号令，千村闭户；商贾，隔空送货，共渡难关。三军军医名校，除夕夜直飞武汉；九州白衣天使，数九天齐聚荆楚。钟南山，老骥伏枥，群众语"火神山、雷神山、钟南山，山山驱疫魔"；李兰娟，振呼封城，百姓言"国内捐、国外捐、李兰娟，捐娟挽民命"。天团来了，北协和"英雄出征"，南湘雅剃头削发；东齐鲁"疫情即命令"，西华西"除病乃圣誉！"而今，船泊港，人断岸；车辆限路，亲友勿晤；都市宅居万户，党员请缨一线。干群一心，齐战疫魔。或曰："谁能如斯，惟我中华！"

月余，疫退，东湖磨山，万梅争艳。古语"吃一堑，长一智"，智

者诚人曰："抗疫敢学霍去病，防灾谨记辛弃疾"；"兵来将挡水来土
掩"是大志，知恩图报强国安民方大德！

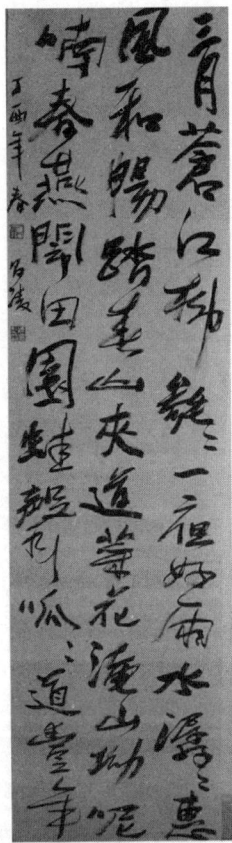

注：三月苍江柳㲂㲂，一夜好雨水潺潺。惠风和畅踏春山。夹道菜花
淹山坳，呢喃春燕闹田园。蛙声呱呱道丰年。（陈昌凌作词《浣溪沙·踏
春偶记》，并书之。）

36

4月12日这天，一大早，我们得到了两个好消息：一是本月20日中职高三年级将可以返回校园，恢复正常上课；二是回湖北娘家的卢琴老师终于安然无恙地回到了校园，再次融入我们庐苑中职教师的大家庭，将再次和我们并肩携手将这届高三学子带毕业，完成同学们的中职学业，铸就他们的升学梦想。

"柯老师！"卢琴回到了办公室，她首先叫的是我。我起初一愣，然后非常惊喜：

"啊！卢琴……你回来啦！"

卢琴的脸上似乎擦着什么护肤霜，因为兴奋而红润中透着温暖的光泽。

"卢琴，你胖啦！"办公室有女老师热情地找她说话。

"我几乎在床上待了两个月，能不发胖吗？"卢琴道，脸上露出的是苦笑的表情。

"你看，这就是卢琴，是我上一次跟你说的在她身上每每发生奇迹的卢琴！"我立即将卢琴介绍给我的办公室邻居许月乔。

我和卢琴是上学期相识的。对她的感觉么，大概可以说成是文雅而精致。她在90后这一群美女老师里，个头略微偏低，肤色特好，因为肤色白，笑甜了，脸色则显得愈加红润。而她的笑，总是一种很腼腆的笑，温文尔雅，不俗、耐看；说起话来，文质彬彬，更是从来没有一句大话、粗话，甚至我没见过她因暴怒而发过一次火，她声音不大，说话总是那般善解人意，所以我说她性格文雅。精致，除了因为她的长相，还因为她的生活。书本、教学用具等，凡是躺在她的桌子上，就躺得十分整齐，且一尘不染。另外，她有一个炖壶，她素来体质弱，每每用炖壶炖红糖姜汁暖胃养身，而这个炖壶又制造得非常考究。她平时的饮食，每次不多，但都十分讲究养生。或许这些便铸就了我对她的这一看法——精致。我班学生几乎一致认为卢琴是我校最好看的女老师。

卢琴还有一个几乎可制造奇迹的"特异功能"，就是每逢周末或者每遇假期，她总是能将她的办公桌上的东西收拾得一件不剩，让整个办公桌空空如也。桌面经过她的抹擦，发出清凉的光。这在庐苑中职学校东校区近百名教师中，除了她没有人能做到。试想一想，她带三个班的英语课程，那么多的教学资料，而且她曾经还是班主任，更有班级管理方面的资料及用具。与我们一样具有办公桌、盛书柜，而她是怎么把她的所有东西都收拾到柜里、抽屉里……使桌面上"荡然无存"了呢？有的老师即使不带班主任，还在桌面上摆放了一个书架子，以盛放各种资料、用具。

卢琴老师和我的交往，最值得纪念和回味的是，她与我互赠了一本书。她赠我的是，她在大学期间读过的中英双语排版的一本散文集，我赠她的是自己写的一本散文、小说合集。什么书并不重要，意义在于我们发现了彼此都爱读书，虽然我们都是职高教师，虽然我们都谋职在教育一线，但现在教书者又有几位能静下心来读"闲书"呢！因此，我们便结成了"忘年交"。

卢琴老师与我还有一个共同的习惯，时尚一些说，有一个共同的理念，就是作为班主任，我们对班级的管理都主张"非独裁式"，讲究以理服人，以礼育人。不过，在中职校园，在一群不爱读书、顽皮成性的学生当中，如此管理方式实施得何其艰难，将遭遇多少挫折，几乎是可以想见的。于是，体弱的卢琴最终选择了退让，而我没有勇气，或者没找到合适的理由去找领导给我卸下担子，最后只能一直扛着。

自 2 月 27 日起，庐苑中职学校高三、高二老师就陆续为各个班级开通了"空中课堂"。但是有些老师始终不能参加线上教学，有的因为自家网络条件跟不上，交通上又不便赶到学校来；有的因为年纪偏大，难学会这些"现代手段"的教学；有的因为……但是 29 号早晨，我突然在学校的"空中课堂"微信交流群里，看到了卢琴发来的邀请学生入课堂的二维码，我非常地惊讶！现在可能是全国疫情的最严重时期，而湖北又是疫情的重灾区，我们几乎还在为卢琴的安全捏把汗，没想到她竟然还牵挂着同学们的学业……目前在校老师都有自己的"空中课堂"，对于学生来说，我们都是"空中老师"。不过，我们老师之间总是可以见面交谈的，我们之间没有什么"空中"的距离感、神秘感。但是远在湖北的卢琴，对于我们却是"空中"的"空中"，我开始仰望卢琴在我心中的形象。我登录她的课堂，仔细聆听了她的一节英语课。她的课备得详细、严谨，英语发音流畅、温婉……关键时期，庐苑中职，不，应该是全国，最需要这样的老师。

第二天早晨的全体教师晨会上，沈泽兰校长向全体教职工，包括新加盟来庐苑中职学校的教师们，介绍道：

"……湖北疫情降级前，卢琴一直在线上给我们高三三个班的同学上英语课，虽是非常时期，尤其是在湖北，但她的心里一直牵挂着我们同学的学业。高三年级不能一天没有英语老师，我在此代表庐苑的校领导和师生们，感谢卢琴的付出！卢琴老师曾和我商量：可能直到同学们开学，她也回不来，为了不影响同学们的学业，她请学校领导把她的课程安排给其他的老师……没想到，湖北这么快就闯过来了，我们人美心善的卢琴老师终于回到了我们庐苑中职学校，回到了我们的身边！

……"然后，沈校长手捧鲜花邀请卢琴上台讲话。

走上前台的卢琴，几乎泣不成声，她双手接过沈校长递过来的鲜花，道：

"今天，我最想说的是两个字'踏实'。当我再次回到我的宿舍，回到我的办公桌，回到我们这么多同仁的身边，我真的觉得我回到了家里，我心里悬着的石头落了地。当时身在重灾区湖北，在湖北疫情的高峰期，我从不敢奢望我能安然无恙地回到这个校园，回到我们师生当中来。我现在觉得，和我们这些老师们在一起，和我们即将相见的同学们在一起，真是一种难以言表的幸福！……"

今天教师的晨操依然是广场舞《最炫民族风》。热烈的音乐虽已响起，同仁们潇洒的舞步虽已迈出，但是几乎所有老师的眼里都噙着闪动的泪花，只不过，谁也不愿抬起手来擦去它，因为那样会让别人看出自己是个低泪点的人。热烈的音乐，潇洒的舞步，愿您让我们忘掉刚才的忧伤，我们会从课堂里、课本中找到安慰心灵的能量！

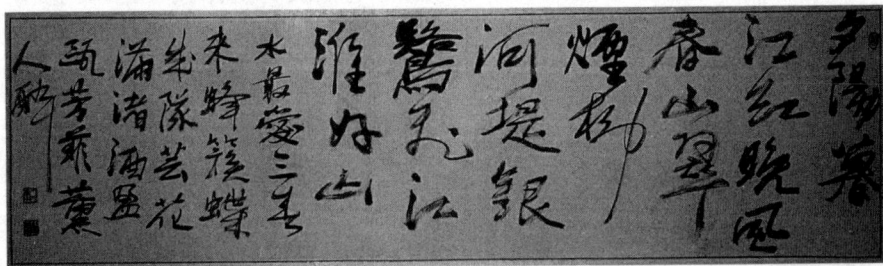

注：夕阳暮江红，晚风春山翠。烟柳河堤银鹭飞，江淮好山水。最爱三春来，蜂簇蝶成队。芸花满渚酒盈瓯，芳菲薰人醉。（陈昌凌作词《卜算子·江淮春》，并书之。）

37

因"新冠"疫情造成的漫长寒假，终于在省教育厅的开学通知中惊喜收尾。先是普通高中的高三开学，然后是普通高中的其他年级，接着是中职学校的高三年级，再接着是……学生、家长和老师们都十分激动，乃至亢奋，有家长直接发微信给孩子的老师：咱家的神兽终于出笼了，老师，您准备接招吧！但校领导和各位老师却感到了肩膀上的担子重、压力大。疫情并没有结束，磅礴的学生潮即将涌入校园，在这人头攒动的校园里，抓疫情防控，抓保持距离避免传染，何其艰难！

为了检测返校同学的身体状况，东校区事先安排了一次模拟检测：由老师扮演学生，走检测流程，包括测量体温，检查是否规范戴口罩，所戴口罩是否合格，登记假期出行范围，特别是有无去过武汉等疫情重灾区，假期有无因咳嗽发烧等去过医院就诊，是什么医院，现场给予消毒等等。董事长方俊良高度重视此事，请来了县教体局的有关负责人，今天他们俩也站在"学生队伍"里，亲自体验、验收各个程序各个班主任的模拟。从方先生的点头、县教体局领导的微笑中，我可以感觉到，他们对我的操作是基本满意的。

按照从省级到县级直到校长室的防疫通知，校园更加严肃了防疫纪律，大家时刻研究着疫情对策。每个班级开了"生命重于泰山"的主题班会，每个同学就餐排队间隔一米，每间寝室的上下铺同学异向而卧（力闭呼吸传染），每天晨、午、晚三次测体温，严格登记，发现异常立刻隔离问医等等。高三学生学业紧张，高三教师授课紧张，但防疫更紧张。

为了抓好疫情防控，学前教育一班，我在个别同学推荐的前提下，选择了汪斯玥当班级防疫员，主要负责晨、午、晚三次为同学们测体温和提醒同学们正确佩戴口罩等。

但不久我就后悔了，她总不能很严肃地对待这件事儿，甚至嬉戏不止，离我的要求相差甚远，她甚至利用"职务"之便，在班级中任意追逐男生。她的阵阵嬉笑声，在走廊里回响。我不管暗示或明说，她却没有任何改变。她的嬉笑、尖叫声，每回传到办公室里，办公室里在办公的同仁们都要紧皱几回眉。

她现在的听课质量也比上学期糟糕，老师在上面上课，她在下面总是无精打采的，甚至干脆睡觉，包括班主任我来上课，她也是如此。

这一天，我在课堂上激情满怀的讲解贾谊的《过秦论》：

"……贾谊，西汉洛阳人，政论家、文学家，世称贾生。他主张政治改革、削弱诸侯王，加强中央集权，重视农业生产……"

却发现汪斯玥一直低着头，虽然她的桌面上摆着一尺来高的书架子，但还是能发现她并不在听课。我走到她的近旁，她也没有转过意识来，我看到她正在聚精会神地看着一本闲书。疫情期间，政府为了让每个同学走入校园进入课堂，克服了多少困难，而我们的少数同学却不够重视这宝贵的课堂时间，这确属不应该，何况是临近高考的高三年级。我敲了敲她的桌子，她如梦初醒地看着我……

下课后，我联系她近日的表现，反映给了她的家长——汪斯玥的母亲。我觉得她这一学期的学习态度比上学期差多了，而现在拉她一把还不晚，何况家校联手是教育孩子的重要途径。

但是，可能是她的母亲因事务太忙忘了和孩子交流了，因为接下来的几天，汪斯玥丝毫没有改变。下课还是那样在走廊上追逐男生，还是那样在班级里尖声大叫，上课还是常常伏桌睡觉……晚自习我找来了班委，谈了对汪斯玥的要求，并且提议让班长章瑜换下汪斯玥担任防疫员，结果，大家少数服从多数，立马通过。然后，我来到了班级里："同学们，从明天起，防疫员由班长章瑜担任！这个事情本身就应该由章瑜来做，只是开学之初章瑜事情太多，暂时没让她监管，而汪斯玥不是班委，担任防疫员工作难度太大，不少同学甚至干脆不听她的话……"汪斯玥虽然睁大眼睛表现惊讶，但听完了我的解释，还是觉得我的话是有道理的。但是，不久汪斯玥担任寝室长的女寝211又出事儿了。

　　非常时期，遵照校政教处的要求和计划，我班级的五个寝室——四女一男，每天早起和午后必须将卫生情况拍照发到班级微信"纪律群"里。我素来喜欢书法、绘画，所以观察事物往往"明察秋毫"。这天早晨，班级"纪律群"里缺少一张F楼（女生公寓）211寝室照，于是我艾特班级纪律委员兼总寝室长程娴娴"还少一张"。接下来，程娴娴在她的寝室长群里是怎么发号施令的，我不知道，但是，我发现担任F楼211寝室长的汪斯玥即刻补发了一张寝室照入群。不问不作，一问即发，不能不让我觉得可疑，是否重用了上一回的照片？再一看，竟然与上一回的丝毫不差！我说的"丝毫不差"可不是什么夸张词儿，比如两次照片的四角界限一模一样，左上角都在某一同学的白帽子的同一朵红花的同一个花瓣上，右下角都在某一个同学的同一只鞋子的同一鞋孔边……更有相同处：寝室内底色乳白饰以墨荷的窗帘，微风掀起的右下角，刚好搭上墨荷下方荷梗的同一小刺儿。如此完全一模一样的照片，不可能是隔日所拍。所以我立马断定这是敷衍检查的不负责行为，何况是在这个防控疫情、强化卫生的非常时期。

　　我把汪思玥叫来了办公室：

"斯玥，今天你们的寝室照片谁拍的？"

"我拍的呀！"

"你今天拍的？"

她略显紧张，"嗯！不，不……是值日生拍的，发给了我。"她镇定下来接着道，"然后，我忘了发，所以发迟了！"

"是的吗？可是，我看，不像今天拍的，而是和昨天的同一张照片。"

"不是，寝室不都是那个样子，那点东西吗？"她的两只眼睛依然故作大胆地看着我，显然不愿意承认她在撒谎。

"确实吗？"我看着她。

"确实！你不信可以问值日生！"

"今天谁值日？"

"冯晓怡！"

面对我继续追问的眼神，她突然大声道："以后寝室有事不要找我"说完拔腿走人。走到了办公室的门边，又响亮地扔下了这句"以后寝室有事不要找我"，然后摔门而出。

办公室里的其他老师把眼光投向了我。我很尴尬，正常情况下不会在办公室里发生这样的情形：与班主任谈话，学生态度竟然这么硬；班主任没有让她走，她却摔门而出；犯了错误，虽经提醒，不予悔改，反而恼羞成怒。汪斯玥的做法实在有些过分。她的做法突然让我想起了原高一（3）班的刘海军了……一段时间的线上学习，怎么让她似乎变了一个人?!

我到班级找来了冯晓怡。冯晓怡在学一班以敢说敢做出名，平素特别爱质疑学校出台的各种制度，经常不服从班委管理，身材窈窕，当过舞蹈课代表，但因为看法太自我而被舞蹈杜老师撤换。不过，冯晓怡最重要的优点是：不说假话。

"冯晓怡，你们寝室今天是你值日吗？"

"是的！"

"班级纪律群里的那张211寝室照是你拍的吗？"

"不是我拍的。我忘了拍了！"

再次验证了汪斯玥的那一张照片是假的，她对寝室的确不够负责，她知错认错的态度更差。在此疫情期间，此举不能任行！于是，她的"以后有事不要找我"这一句很刺激的话语便反复响在我的耳际，不找你，意味着什么？你不当寝室长了？寝室有问题，首先不找寝室长找谁？

我思考再三，想找她再来谈一谈，可是，她的那句"以后有事不要找我"的话语，阻拦了我去找她的脚步。下午，放学后，我找来了班委，大家结合她近来的表现，一致认为应该换下211寝室长汪斯玥。

待到我晚上开班会，宣布我的任命——211寝室长换成方君同学，并吩咐纪律委员兼总寝室长程娴娴将汪思玥移出寝室长微信群，汪斯玥突然大声道：

"为什么？为什么不同我商议？"

"你不配！"我也恼了，心想，我一个班主任做啥事还得跟你商议！再说，你这一段时间都什么表现，何况，你在老师办公室里，曾那么大声叫嚣"以后寝室有事不要找我"，我还怎么去找你商议！

但是，"你不配"三个字一出口，我就感觉到说重了。虽然这已经是一句网络流行语，楼下办公室的几个年轻女教师，每天都是"你不配""我不配"地挂在嘴上，但是毕竟我是第一回用这个词儿，同学们想必还不能习惯接受这个新词儿。果然，在我后脚还未跨出门的瞬间，并听到了汪斯玥大吼一声："你不配！"我没有搭理她，我理解她此时的心情，或许这种心情对她的成长有帮助。她这一回驳，让我略微解脱了，我实不应该对一个孩子用这种尚未流行开的所谓"流行语"。

对汪斯玥的伤害，从三天后她妈妈打来的电话中得到了印证。她妈妈告诉我，汪斯玥这几天一直情绪不好，并且希望我能出面引导引导。从她的话语中，我推测出我的话语伤了汪斯玥的自尊，也知道在她身上使用激将法是无用的。汪斯玥疫情过后，一度变得自律意识、学习态度很差，而且我的批评对她无济于事。距离对口高考仅剩二十来天的时间，在这个时候，失去学习信心、兴趣，对于高考升学是很危险的。

下午，我比平时提前了十多分钟打了上班卡，来到办公室里。上课前我去我的班级寻了她两趟儿，而第二趟是她的声音告诉我，她已来到了班级。我的学前教育一班与教师办公室仅一楼梯道之隔，清楚地听到她在大声戏谑某位同学："你不配！"很显然，她正记恨我，并迁怒于她的朋友们。

"汪斯玥，请来我办公室一趟！"她吓得立马凝固了自己的神态，这两天我的声音对她可能是如雷贯耳。她到了我的办公室，看样子对我很有意见。

"请你在这里站好，办公室里毕竟除了我还有其他老师，请你尊重各位老师！"

她转头瞟了一眼我对面的凌老师，然后理了理上衣的下角，站直了姿势。我是借助其他老师的气势，压倒她的反抗心理的，进而让她能听进去我下面的说话：

"汪斯玥，关于寝室的事情请你放下！距离高考时间不多了，请安下心来搞你的学业！"这是命令，其实也是在婉转地向她求和。当然，我不能太降低自己的身份，不然，会更放任她的自由性。

"可是，你的话说得太难听了！"她还是忍不住反驳了我。

"你是说我说你'不配'吗?"我没等她回答,紧接着道,"你不也说了我'不配'嘛,而且,说得那么大声,在班级里说了那么多遍。我们俩算扯平了,现在从零开始,可以吗?"她听了后很诧异,我的话说明我知道她在班级曾数次"报复"我,而且,作为她的班主任,作为她的上司,竟然屈身与她求和,这自然是她始料未及的。她睁大眼睛看着我,愣在了那儿!接着,我道:

"至于为什么要拿掉你的寝室长职务……"我还没说完。

"我不想当寝室长!"她几乎要阻拦我的话。

"你在办公室里那么大声地说,让我以后有事不要找你,当时好几个老师坐在办公室里,你的态度你是清楚的!不要找你,那只能拿掉你的寝室长职务。试想一想,校政教处把寝室卫生看得那么重要,对于寝室内务,我不找一个能负其责的人行吗?"

她似乎明白了,原来她在老师办公室里肆意地大声地说两遍的那句"以后有事不要找我",带来的竟是这样的结果。

"而且,你把话说得那么过硬,那么不要找你,然后摔门而走,我还怎么去找你谈关于寝室长任职的事情!"

她终于更加明白了班主任做法的原因及为难之处。不过,我心里清楚,我撤她的职,多少有失理智,而我今天对她的解释是我自己在认错和改错。她的上司——班主任我也只是一介凡夫,凡夫都会有错,只不过认错和改错要讲究方式方法,尤其要考虑对后期工作的影响。我想,或许她是能理解这层道理的。

"老班,我要请假去县医院拿昨天拍的片子!"这个时候,忽然丁芷予同学一瘸一拐地来到我们的面前。丁芷予返校后非常用心于她的专业课,包括舞蹈,但是疫情期间她丢下训练的时间太长,于是,一次猛练基本功——压腿,致使膝盖部受伤……

上课铃声响了，我挥手让汪斯玥回班级上课。汪斯玥自此后，终于有了明显改变，学习上总算多少拾起了兴趣，也不在班级追逐打闹了，更不见她在班级里骂谁"不配"了。

回想关于她的事，我感觉到，做班主任、做老师的，少不了有考虑不周的时候，更应该及时反思、适时伸缩才好。

注：鸟声脆，野径适银秋。红日照霜明山野，黄芦掠花乱桥头。童歌出校楼。

（陈昌凌作词《望江南·秋途》，并书之，且画背景。）

38

同学们在疫情降级后归校，爱学习的、怀抱升学梦的同学们，最想抓的，最急于抓的，是他们的专业课。学前教育专业目前最要抓紧的是钢琴、舞蹈、简笔画和声乐课。

钢琴、声乐抓得紧，有的同学午间不睡觉，一直在弹琴，有的同学晚上起初因为钢琴架数不足弹不上钢琴，不得不回寝室眯一会儿，然后趁前一波人回去休息，来到钢琴房，一直弹唱到黎明。同学们自觉性强，勤奋刻苦，致使寝于琴房上方的章伟老师不得不到校长室投诉：

"沈校长，17级学前教育专业练琴无度，让我午间、夜晚无法入睡！"

结果是："疫情隔离期间，他们在家中没有条件练琴，现在回到校园，实在是急于巩固和提高，还希望我们每个老师多加理解和体谅！"沈校长说。

简笔画，有的同学超支了午间休息时间，利用这点时间一直在画，构图，修改，填色……

舞蹈，四个学前教育班争练基本功，展示翩翩舞姿。因为停练时间太长，猛一练功，特别是压腿，致使很多同学腿部受伤，然后她们一瘸一拐地忍着痛去上文化课。我班丁芷予的伤势最重，而且时过一周也没有恢复。

"班主任，你有红花油药水吗？"她开始来找我，"我要用它来擦腿！"她露出很无奈的表情。

"有，我上周末买了一盒，原准备用来抹一抹颈椎的！"

她拿去了以后，晚上在网上了解了药水值多少钱，然后要发红包给我——付款。我先是一愣，听某些同学说丁芷予家境贫寒，所以她习惯"只进不出"。我看不是，这瓶红花油，才值几个钱呀，她却一定要我收下她的红包！这或许可以提醒我们要改变对她的看法，我到底没有收下她的红包。

而5月8日早晨，我一走近我的办公桌，却发现桌子上又是橙子又是苹果，又是饼干又是香糖……细看边上的留言，才得知丁芷予是以女孩子常用的形式来还我的钱的。哎！这"钱"可不能不收了。

而今天下午就在我刚处理完汪斯玥的"你不配"事情后，丁芷予来向我请假了——去庐东县医院骨科拿片子。

"嗯——明天要在县医院进行高考体检，你知道吧？"

"当然知道，所以今天下午要去拿片子！"她做了一个鬼脸笑。

我同意了，然后："章瑜最近两天好像走路也不利索，她是怎么造成的？"

"她也是压腿压的。"

"与你的情况相比，谁严重？"

"可能我的严重一点。"

在下午4点左右，我接到了丁芷予从县医院打来的电话："班主任，我不能参加高考了，医生说我要去省立医院做手术！"说完，她就痛哭了起来。

她的哭声感伤了我的心。丁芷予从高一到高三都一直跟随我，她生长在河水盈盈、枫萦杨绕的谢集镇，受一方水土的滋润，人也长得如出水芙蓉，娉娉婷婷，尤其一双眼睛更是清澈明亮，流波传神。因为她的天生丽质，班级里的花草一直由她照养，可能是人们天性就认为，芳草就应该与娇容相照映，于是同学们三年中就理所当然地认可她是合情合理的养花人。丁芷予也曾毫不谦虚地让男生、女生称呼她为"小漂亮"。"小漂亮"自然更重视面子与气质，而这两周里却一瘸一拐甚至让人搀着从班级里来到班级外，从楼上下到楼下，可以想见，她的心里是多么难受、尴尬。

丁芷予在班级里也是最遵守纪律的同学之一，她总是能够及时领悟学校的制度和班主任的想法。我经常在她的一笑一颦中，去感悟我班级新规的优越与否。她也是最尊重班主任的同学之一。她的成绩一直很优秀，每一次年级联考，她的成绩总分一直列于前二十名以内。因为她的团队意识较强，并且各门功课成绩较好，升入高三以后，经我提议，大家一致选她做了教育学课代表。她非常敬业，每天帮助教育学李老师定学习计划、布早读任务，甚至有时候还协助李老师阅卷、统分……

我打电话联系了丁芷予的父母。约在下午六时许，丁芷予的父母和丁芷予一道进了校园。起初是杨卫主任在门卫处接待了他们，然后叫了我过去。

丁芷予的父亲，面相憨厚，穿着朴素，不善言语，形象虽不高大，但长得壮实，一看便知，是一个老实巴交的庄稼人。她的母亲慈善而瘦弱，我进来的时候，她一直在用纸巾擦眼泪，见了我，轻轻说了一声"班主任"，泪水更是潸然落下。

"妈，你不要哭！"丁芷予劝她的妈妈。

杨卫主任是体校毕业，对跌打损伤颇有研究，他帮助丁芷予分析了一下她的腿受伤的原因，然后道：

"像你这样的情况，我见得多。就总体概率来讲，一半能够恢复，一半是恢复不了的。你现在暂时别想那么多，既然医生让你抓紧去做手术，你就得抓紧去！"

丁芷予流泪了，她的母亲哭出了声，并对我道：

"班主任，我的孩子就喜欢学前教育专业，每天在家背书、画画、唱、跳……从此以后舞不能跳了，她的学前教育专业肯定也就不能学了。她吃了那么多苦……以后还有用吗？"

我也跟着心里难过起来，不知如何劝说丁芷予和她的母亲，何况杨主任在此。是的，如果舞不能跳了，那么，学前教育专业一定是不能学了。

"不要伤感，伤感不能解决问题。明天抓紧去庐州市，最好去皖医附院，它是我省骨科最先进的医院。另外，医疗费用你不用担心，孩子已经交了保险，我们会给你报销的！"杨卫主任对丁芷予的母亲说。

我暗地里打了个手势，把丁芷予的父亲叫到了门外：

"你明天抓紧带孩子去庐州市检查，最好今晚就预约，明天上午早一点就诊——不过，如果能不做手术，尽量不做手术！"我的声音不大。

"不要听这个这样说，听那个那样说，明天你们赶紧去皖医附院！"屋内杨主任的声音很响，倒不像是在对丁芷予和她的母亲说话，而像是在冲着我。

"明天你们早一点去皖医附院……如果医生说不需要做手术，休养一段时间就会好，丁芷予还是可以参加明天下午的高考体检的，或许还是可以参加高考的。"我不只是在安慰丁芷予的爸爸，更担心一个优秀学子因为安排有误，而失去今年升学的宝贵机会。

丁芷予爸回屋子以后，杨主任依然在催促他们明日立即赴省城，给丁芷予做手术。

我有些茫然，并发了条微信给沈校长：

"我班丁芷予，学业很优秀，腿因练功受伤，杨主任让她明日去皖医附院……并放弃明天的高考体检。"

沈校长很快做了回复：

"为什么不让她参加体检？"

"我不清楚，你问问杨卫主任！"

果然，丁芷予的父亲晚上便预约了皖医附院骨科。第二天上午，约十点钟，他从医院打来了电话，他告诉我，医生说了：丁芷予的腿不用做手术，可以保守治疗；但要立即卧床休养，今年的高考她是不能参加了。

我替丁芷予庆幸，庆幸她的腿没有伤到那种程度，她可以"保守"治疗了，但也替她惋惜：这个优秀的学子，要再等一年的光景才能参加高考了。

下午，丁芷予的父母找沈校长给丁芷予办理了休学手续，并且把她的生活用品都运回了老家。丁芷予因为怀念同班的小姐妹们，没有随父母及时回家。

每晚的最后一节自习都照常是班主任看班，今晚的最后一节，我竟然还能在班级密集的面孔中，看见丁芷予的笑容，我很惊讶！我心情复杂地看着她，她也睁大那双水汪汪的大眼睛看着我：

"老班你这么看着我，干什么呀？"

"我在想你才进我这个班时的情景，包括军训时……我还在想，你不参加高考，一个人在家里怎么熬过你的寂寞！"情急之下，我没有控制住自己，倒说起这般让人伤感的话。

下自习后，我把丁芷予叫到了我的办公室里（这个时候，其他老师都已经下班了）。同班级中她的原高一（3）班的小姐妹们，和其他的与她交心较深的同学们，挤了半个办公室。

丁芷予就坐在我的身边，大家围着她，我很舍不得这个优秀的孩子即将离开我，但事已至此，早已无可回头，我又不能说出舍不得她走的话，我知道，一旦说出，大家就都会哭起来，于是，办公室里一片安静。我转头瞟了一眼蹲在地上的於欣冉，她早已两行热泪簌簌洒到了地上。

"大家说话呀！"丁芷予笑着说。她要用轻松的语气，为大家打破这片沉寂的气氛。

冯晓怡冲她笑了笑，但马上转过脸去，似乎只要转过脸去，她就能把这份伤感忘掉，就能把她眼中噙着的泪水收敛。

"你们教育学要好好学，它可是满分 80 分呀，比英语还拉分呢！"丁芷予临走前没忘了她是教育学课代表，她要尽最后的责任。

她这句话一出，整个办公室的女孩子们再也控制不住情绪，都哭了。

"大家别哭呀！"丁芷予说。

我已经把脸转向对面无人的墙角。

"班主任，你下学期还在这个学校吗?"芷予问。

我不能确定。

"班主任，我下一年还做你的学生！"

我终于再也控制不住自己的眼眶，泪水夺眶而出。我何德何能，竟然能得到她如此的尊敬，甚至依赖！但是，我看去的是无人的墙角，我没有抬起手来擦自己的眼睛，想必别人自然不知道我也在流泪。

…………

丁芷予走了不到一个星期，班长章瑜也请假去了省立医院——检查腿伤。她是在高考体检之后去的，也就是说，她还有资格参加今年的对口高考。"如果腿不治好，舞不能跳，自然是考不取本科院校的！"我在心中想。

　　章瑜从省立医院拍发来她挂号就诊的视频，我立马回复了她数个"苹果"（祈求平安的表情符），我的班级不能再有人负伤回家了，我们真的伤不起！

　　好在，章瑜此次伤情是二级，比丁芷予低一级，她还可以参加今年的高考。不过仅半个月，无论怎样注意休养，舞蹈专业课她是不能考了，她的舞是没法跳了，她的本科愿望自然是没法实现了。

　　想到了章瑜，想到了丁芷予，也想到了秦雨，想到了今年 5 月底、6 月初，我班将会少三位优秀学子冲刺本科，想到了沈校长给我定的本身就超标的"升学指标"，进而想到了去年夏天我给董事长方先生的承诺，我突然觉得命运的滑稽可笑。然后，我又笑着用我劝慰我的学生的话自慰道：

　　"留得青山在，还怕没柴烧吗！"

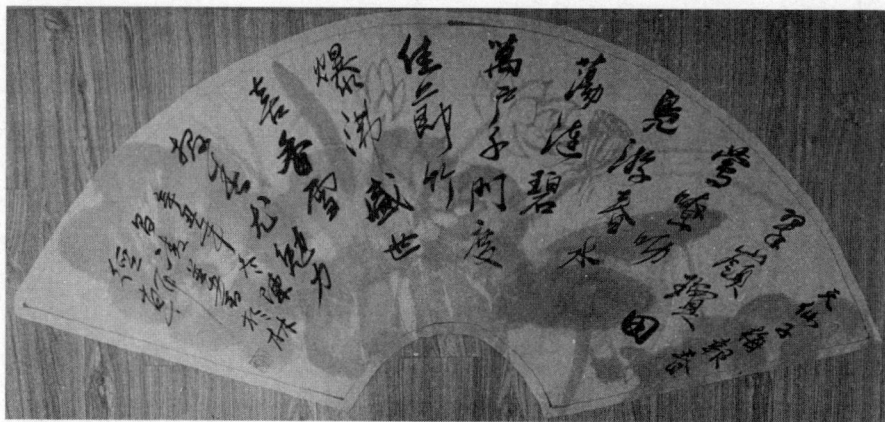

　　注：翠岭琼田莺嘹呖，凫游春水荡涟碧。万户千门度佳节，竹爆沸，盛世喜。香雪报春尤勉力。（陈昌凌作词《天仙子·梅报春》，并书之，且画背景。）

39

5 月 31 日清早 6 点半钟，庐苑中职学校的 576 名学子便在教学楼前排队候车。人头攒动，纷纷攘攘，准备去往庐东县城参加一年一度的皖徽省对口招生文化素质考试。

因为我的 17 学一班被安排在庐东县一中、七中两个考点参加考试。所以一大早我在人群里跑来窜去的，检查人数有无到齐，有无站错队列，查问同学们考试所需物品，如准考证、身份证、二 B 铅笔、水笔、橡皮等，有无带齐。

我走到去往一中的队列边，"殷雨霖，身份证原件查过了吗？在包里吗？"我看到队列中的殷雨霖一直低着头。

"查过了，在里面。"她抬起头来，依然无精打采。

"你好像脸色不太好，没有生病吧？"

"没有！"她勉强地笑了，面对我疑惑的眼神，她进一步解释道，"昨晚一开头睡不着，半夜的时候，被什么地方传来的狗叫声，给闹醒了几回，天快亮的时候，又被楼下做饭的阿姨们给吵醒了。"

我料定她这是心理压力太大所致，"你平时也有这样的情形吗？"

"平时没有！"

"放心，没事的，很多考生都有这样的经历！"我的语气有意控制得轻松、淡然，我觉得这样比费心地去解释或许更见效。

只用了约二十分钟，全校考生加上送考的老师们，黑压压的人群，便被十三辆大巴车分开、装载送上路途，直奔考点。

　　我的学生走了，我一个人无奈地留在空荡荡的教室里。备课不成，备什么课？为谁备课？看书不成，看什么书？看什么书也眼在书上，心却随学生去了考场。我一个人坐在教室里，到底发愣了一个上午，什么事也没有做成。我终于明白了，离开了老师，学生还是学生，而离开了学生，老师则不再是老师。

　　才过中午十二点，我班的学生全都回了校园。给我带来的不好消息是，我班的几个爱学习的尖子生，几乎一致认为自己没考好，他们还窝在一间寝室里痛哭了一场。

　　而晚上我又目睹了冯晓怡的哭闹、樊之茹的谴责，他们说某某校园考生在本次考试中有作弊现象，并且说那所校园将与我校争夺某某本科院校的名额。我感觉到很诧异，疑心对口高考与普高考有那么大的差别吗？不过，第二天零点五十一分，樊之茹发来的省教育厅官微的《情况通报》，证明了同学们的议论不是无中生有，并且文件中"严肃处理……坚决维护……"等语句，终于让我们吐了一口气，然后心情稍得宽慰。

　　同学们心急如焚地想知道自己到底考得怎么样，与别人对比，自己的位次如何，语数英总分能搭上本科建档线 180 分吗？原来以为 31 号下午就能见到答案，并可推算出自己考了多少分。结果，31 号下午省教育招生考试院没有发答案，31 号晚上没发，6 月 1 号上午、下午、晚上……还没有发。

　　或许是年少的学子少烦恼，或许是他们想找点刺激来调剂自己焦虑的心情。6 月 2 号的晚上，她们开始与进入校园的小商贩交易卖书，然后用所得钱去超市买西瓜。

　　班长章瑜一声令下："走，卖书去！"

　　同学们纷纷把自己刚考完的文化课课本、试卷、习题簿……搬到了楼下，有的人甚至图个利索，想把一摞书本从二楼直接扔到楼下的地面。

"不能扔，"我叫道，"疯啦！如果楼下突然走来一个同学，被砸了怎么办？"

他们卖书的动作是亢奋的，却又是狠心的，他们把既考科课本全部卖掉了，那是因为他们这段时间学得太辛苦；他们把所有的习题簿、试题卷全卖掉了，更是因为它们堆积如山，不便带走。

不久，他们用卖书得的钱买回了三个大西瓜。两个放在我的办公室墙角，一个被切分成数块。章瑜、於欣再分别捧着几瓣西瓜，兴高采烈地回到了班级：

"来，来，来……吃西瓜！"

我抽身离开了班级，因为女孩子们不喜欢人们看她们吃东西的虎相，也因为我不能吃她们的西瓜，毕竟是她们的辛苦钱，还毕竟是卖书的钱。下了楼，晚风吹得我身心舒爽，我做了几个扩胸的动作，深吸几口气，便朝后楼我的宿舍走去。

就在这时，我的手机收到了一条微信，打开一看，沈校长在高三班主任群里发的是一个链接——"皖徽省普通高校对口招生文化素质测试成绩查询"，紧接着，发来一条："全部班主任抓紧进班，防止有的学生因为考差了而出现过激行为，并统计分数。"

我立刻掉转头往我的班级走去，几乎是小跑着。同学们时时刻刻盼着这个消息，但是真的消息来临，他们能招架得了吗？

我进了班级，马上道：

"请看班级纪律群，查分数，并将分数发到纪律群里，我登记！"我的声音讲得很响亮，也很威严，不容迟疑。

响亮，是因为我要证明自己得到这个查分消息很及时，收到这个链接很可靠，不是后知后觉，更不是道听途说；威严，是我在告诉同学们，这是他们读书生涯中最重大的事情，虽畏惧却必须经历，是人生最重要的一次历练。

首先，班级里所有同学都是一愣，然后，只听得一片嘈杂的回答声：

"我不查！"

"我不查！我就是不查！"

"我不查，我不敢查！"

…………

吃西瓜的嘴停下了，擦拭瓜汁的纸巾停在了嘴边……

"没关系！你们肯定会查的，因为这当中的诱惑力，是任何考生也抵制不住的！"我很有把握地微笑道，故作轻松态。

"蒋前正 246 分！"蒋前正叫喊道。

"好！文化课 180 分达本科线，蒋前正考了 246！"我顺手在黑板上写上了"蒋前正 246"，以此鼓励同学们敢于查分，积极上报。

一向听话的，默默无闻、从来不惹事的虞蝶开始上报自己查出的分数，"176 分！"她说。她已报考了本科，而文化素质未达本科线，只差四分。但是没有看出她太伤感，太受打击，虽然她的眼圈红了。我想，这与她平时成绩一向差和本次考后她的预测还不及这个分数有关。我在黑板上又写上了"虞蝶 176 分"。

虞蝶的查分和报分对其他同学极有鼓舞力，因为虞蝶平时的文化课测试成绩在班级经常倒数前三，而虞蝶今天仅差四分达本科线。

突然韩雪哭了，声音凄怆得甚至有点瘆人。问问她身边的同学，终于听出了她在哭喊她考了 210 分。她超过了本科线 30 分，有人说她是激动得哭的。

"哭什么，你都超过了分数线，那么，没达线的人怎么活！"有人几乎是在谴责韩雪。

"韩雪是一个心脏患有疾病的孩子，幸亏她本次达上了本科线，不然，她怎么受得了！"我在心里对自己说。

我从韩雪身边退回到讲台的过程中，经过了龚醅妮、于珉的桌位。她俩是我班的尖子生，一向乐观、向上。跟随我三年了，可以说是我的骄傲，也是最能扛得住挫折的两个同学。她俩的手正在手机上摩挲，欲查分却不能那么利索地输入自己的考生信息。这个时候，突然听到了於欣冉的声音，在她的哭泣声里，终于听懂了她在说什么："老班，接下来的专业课我不考了，文化课我没有达上本科线！"看着她簌簌流下的泪水，我不知道怎么去劝她。接着是韦甜甜哭了，我正准备去问她，她道："我只考了230分，往届宿州学院250多分才能录取，我还有希望吗？"

"今年试卷难，230分算是很不容易的啦，你应该满怀信心了，怎么还能哭呢？"我一边陪上笑容，让她放松，让她振作。

"太吵了，心情糟糕透了！"章瑜拉着於欣冉走出了班级。

"你到外面安慰安慰於欣冉！"我看着她俩的背影，对章瑜道。

龚醅妮、于珉终于查出了自己的考分，并发到了班级纪律群里，一个258分，一个240分。我抬头向她俩看去，龚醅妮眼圈红润，默默傻愣着，似乎刚刚经历了一场死里还生的劫难，却依然立于险境的边缘。于珉却依然低着头，仿佛一团伤心的烟霾，依然萦绕在她的心间。

让她们静一静吧，心灵的创伤只有在静养中修复。

接着，萧涟绮、邱新悦、袁光婕、汪斯玥等陆续查出了自己的分数。达线或不达线的，都激动得她们几近冲动。

"他们一定作弊了，他们怎么可能每个人都考得那么高的分数！不是说已经严查作弊行为了吗？……这不公平呀！"冯晓怡突然哭了。她得知了"作弊"校园的分数，是气愤得哭的。

接着是，每个同学把自己的分数汇报给家长。好几个同学走出班级，在阳台上向家长哭诉自己的成绩，不管达线还是不达线，她们的哭声里幽怨着自己的拼搏辛酸。

邱新悦、冯晓怡从汇报自己的成绩开始，一直在与自己的父母理论、争吵。我没有权利知道具体的内容，但学生这边强烈反抗的声音，自然让我明白，家长不满意她们的考分，而她们正在以自己的遭遇和奋斗历程，据理力争。最后，好几个同学又哭成了一片。

我一直伴其左右，虽然不能及时有效地一一给予安抚，但终归没有发生校长室担心的过激行为。

我想起了章瑜拉着於欣冉下了楼，于是拨打章瑜的微信电话……但是没有人接。

过了一会儿，她回了条消息：

"我也不参加专业课考试了！"我知道了，她的文化课也没考好，或者没达线，或者刚达线，她是班长，不想外露这个不光彩的分数。

…………

这一晚，大家太亢奋了，也太受伤了。龚醅妮忽然走到了我的身边，对我说：

"老班，我想去寝室睡一会儿！"现在九点还没到，她最近没有哪一晚在十一点之前睡过觉，而今晚却提出要这么早去休息！

"于珉呢？她怎么样？"我问。

"她好像生病了，似乎有些发烧。这两天她身体一直不舒服，您去看一下！"

高考成绩的公布，似乎让每个考生的人生突然蜕皮、更新。此次蜕皮几乎是生死一搏!

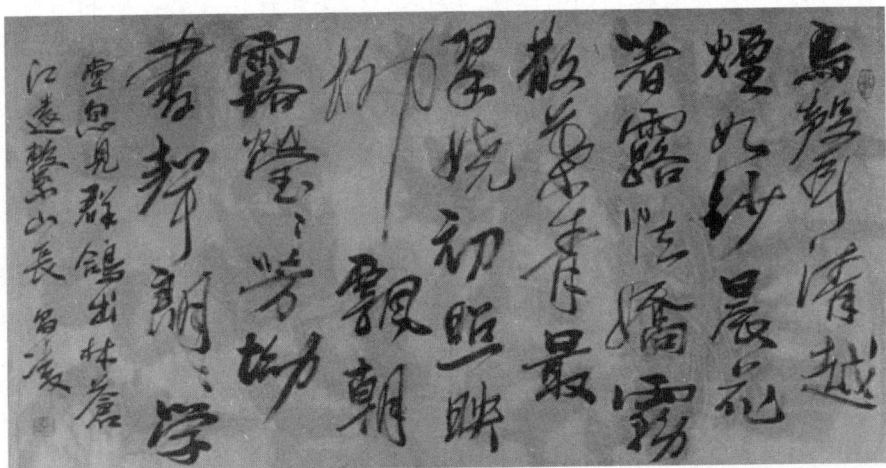

注：鸟声清越烟如纱，晨花著露怯娇。雾散叶青最翠娆，初照映柳飘。朝露莹莹芳坳，书声朗朗学堂。忽见群鸽出林苍，江远系山长。（陈昌凌作词《画堂春·记春朝》，并书之，且画背景。）

40

5月31日上午文化课语、数、英考试结束，下午只想升专科的同学们，便陆续收拾好行李，打道回府。因为疫情而造成的漫长寒假和返校后迟迟推延的考期，已将他们拖得身心疲惫。而作为只想走专科的考生，是用不着太辛苦的，更用不着拖延期限地辛苦。今天终于考完了，剩下的专业课，什么舞蹈、钢琴、声乐、简笔画……都与他们没关系了。他们终于可以喘上一口气，轻松地离开这个封闭得像笼子一样的东校区。

封闭在一起的日子，长达两年，无论是曾经被表扬或者被批评，抑或是又被表扬又被批评过的同学，都与班主任产生了很深的感情。临别时，有些同学专门给我送来了礼物。虞蝶、王帆给我送来了苹果，那是祝我平安的；於婕、黎伟给我送来了她们精心画的、最让她们得意的简笔画；……林佳慧出了校园，却又征得门卫叔叔的同意，专门回来向我告别。

文化课高考成绩出来后，总分未达本科线乃至刚达本科线的同学，包括班长章瑜、纪律委员程娴娴等，也基本收拾完学习用具和生活用品，离开了校园。现在只剩下十五位同学，留在班级里。试想一想，原先四十多人的班级，现在一下子变得何其清静！因为班级剩下的基本是有意向、有希望升入本科院校的同学，所以教室里的奋斗热情并不"冷清"。在这最后的三四天里，我一方面培养他们的信心，所谓"三军相迎勇者胜"，一方面提醒他们，重点抓一些显著拉分的专业课环节和理论课知识点，另外教他们学会放松心态，让他们休息好。这几天里，因为高三文化课不用上了，我的时间便多了起来，于是白天班级里的卫生工作都是由我包揽，直至晚上下自习才由同学们再次"清场"，并把垃圾送走。我总希望能给他们节约点时间，并因为环境的整洁能给他们或多或少带来一份好心情。

只有汪思玥因为文化课成绩刚达"180线"，对前景很迷茫，她的母亲又"逼着"她一定要到大学考场走一遭，所以她虽然留下来待考，但一直表现不够情愿，甚至偶有玩手机游戏的现象。我知道，现在怎么给她施压，都没有多大意义了，便站在她母亲的角度，讲一讲不懈怠、敢走考场的意义，就再也没有冲她发过火了。

…………

明天要奔赴各市各学院考点了。今晚，第一节自习课，同学们把挂在后面黑板上方的历时两年的横幅取了下来，十五位同学都在上面认真签了名。"今朝，潜心乡野；明日，展翅蓝天"，这面由我主笔的横幅陪伴了同学们两年，也启发、励志了同学们两年。明天它将同高二学弟学妹们一道，送别高三学子，送别它守望两年的学前教育一班的孩子们。

待同学们上完一节自习课，我走进了班级：

"明天，我们所有同学都要离开这里了。汪思玥，你到我办公室，把前天晚上章瑜、於欣冉买的西瓜搬过来，分享给大家吧！"我说。

汪思玥很利索地把西瓜搬了过来，然后切开：

"来，来，来……大家自己来取！"

"今晚不给大家布置学习任务了，我们可以随着音乐唱几首歌，好吧？" 我认为今晚应该让他们轻松一下。于是，声乐课代表邱新悦把事先我和她商议过的四首歌的名称写到了黑板上。

音乐已经响起，但是因为西瓜长时间占领同学们的口腔，又因为同学们今晚太兴奋了，却总是进不了唱歌的环节。终于，龚醅妮走上了讲台，操起了一只未装电池、从未响过的话筒，欢快地、无拘无束地、声情并茂地唱了起来，很轻松，很洒脱。我觉得这挺好，大考前能够拥有如此放松的心态，实为难得，祝她后天发挥正常，甚至超常！听着她的歌声，看着她的笑容，我也被感染得几欲登台高歌。

但就在这时，第四节课下课铃声响起，按规定，我要下楼与其他高三班主任拍最后一张在岗合影。临下楼时，刚好逢上正登楼来的沈校长，她走得很紧张：

"是你们班学生在唱吗，柯老师？"

我点了点头，陪上笑，还没待我说话。

"十年后，再聚到一起唱，不行吗？"她边说边疾步登楼。

待我从荣耀石合了影回来，班级早已声断人散，大家正在收拾明日赴考的必备行李。

"咋不唱了？"我笑道，其实是明知故问。

"沈校长刚才来过，她让我们十年后再聚到一起唱！"龚醅妮说完，整个班级十几个同学不禁都失声笑了起来，十几张面孔笑成了十几朵花。

第二天一大早，天空下着毛毛雨，高二的同学们排成了长长的队列，他们手持高三各班级取下的励志横幅，为高三学子赴考壮行。

我与高三学子们行走在高二师生排成的队列间，听着高二同学们励志的口号声（每班口号都是他们所举横幅上的文字），看着高三学子们朝气蓬勃的身影，我的心情波澜起伏。我想起了自己刚来到庐苑中职学校，在高一带军训时的情景，想起了两三年中与同学们朝夕相处的一幕幕场景……我的眼眶湿润了！

我站在办公室前的阳台上，目送着同学们。遗憾自己没有被校长室安排在送考教师之列，毕竟那样还可以再为同学们送行一程……我突然觉得有点冷，这才意识到，雨下大了，我的头发和衣服都已经被雨淋湿了。一转眼，高三学生已上车离开了校园，高二的同学们也都退回了班级。

晚上，我记下了今天的日志：

送别自己的学生奔赴对口高考前线，记录感想点滴，并在此感谢高二师生为高三包括我班考生壮行！

是命运、追求安排我们走到了一起，在这里我们相濡以沫，同甘共苦。今日你"潜心乡野"的踽踽身影，只为来日"展翅蓝天"的酣畅淋漓。你的快乐就是为师的快乐，你的忧愁便是为师的忧愁。老师们有时候发你火，那是怕你堕入人生的歧途；老师们有时候为你激动不已，那是因为你茅塞顿开或更进一步。担心你只会空喊"黑发不知勤学早"的励志口号，而不理解"白首方悔读书迟"的人生哲理。只希望你能够从"宝剑锋从磨砺出"的点点汗水中，收获"梅花香自苦寒来"的岁月芳菲。

回首间，你在军训场上汗流浃背的身影已成为过去；你在课堂里凝神沉思的面庞，即将化为你远去的背影；你在寝室内铺床叠被的笑容，更将成为为师永远暖心的回忆。

相信，你不会后悔的，青春虽辛苦，却因你的奋斗而更加靓丽；岁月虽峥嵘，却因你的努力而熠熠生辉。

今天，风雨中，高二学弟学妹们为我们壮行，他们在为我们的拼搏呐喊、助威。你们上阵赴考的背影，也给他们传达了人生必须敢于登攀的信息。今天学哥学姐的铿锵步伐，必将有力激起他们来日拼搏求学的壮志豪情。

雨声淅沥，为师留步于校园了。但是人生的路上，我一直看好你们，愿一直为你们送行，即便我们彼此看不见对方的身影。

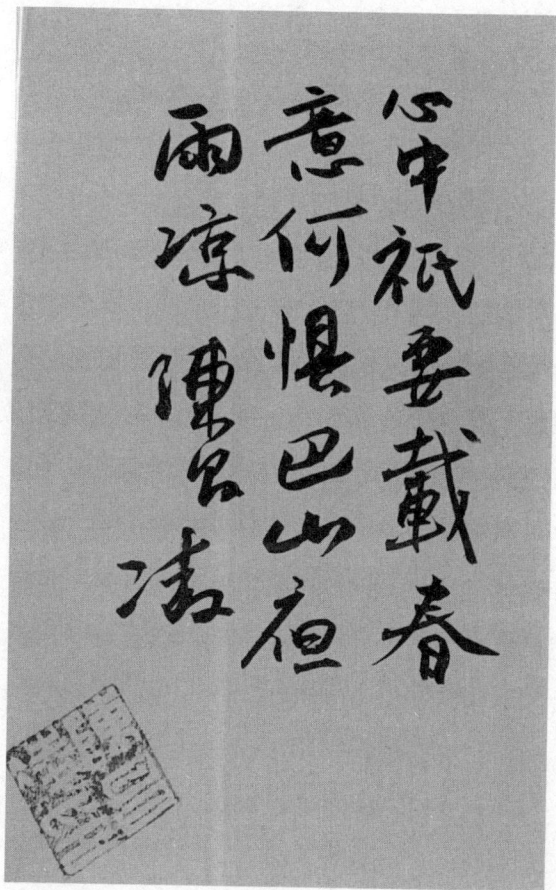

注：桃红一枝照陂塘，菜花十里薰山冈。黄莺早去闹山翠，绿水新来叙堤香。羽翼响，水花扬，鸥鹭歌声入波长。心中只要载春意，何惧巴山夜雨凉！（陈昌凌作词《鹧鸪天·送友人》，并摘而书之。）

41. 结局

　　同学们通过 6 月 1 日、2 日、3 日三天的拼搏激战，在各个考点终于考完了自己的专业技能课、专业理论课。他们力争展现出自己最成功的一面，最亮丽的一角。

　　考完之后，他们陆续带着行李回家了。那么，现在班主任兼授课老师我成了"光杆司令"，不免有些寂寞、冷清。这让我想起了童年时候，母亲给我讲的一个故事。说是有一个孤儿，放了一群鹤雏，后来鹤长大了，全扑棱着翅膀飞上了蓝天，孤儿这才意识到什么才叫真正的孤独。他整天抱着一根竹竿坐在山上，吹着山风，看着远处的旷野、山峦、河流发愣……

　　但我们终于不必发呆了，沈校长要我们每个高三班主任马上拟写一份《教学管理总结》，并提醒我们重在五点：1. 自己如何上的网课；2. 你们班级是如何复习迎考的；3. 如何填志愿的；4. 文化课成绩下来后对班级学习氛围的影响；5. 对校领导及下一届高三班主任提几点有价值的建议。收到校长的通知后，我起初思想很乱，觉得可以回顾总结的东西太多……好在校长已经作了方向性的要求，我终于可以言简意赅地来写了：

吹尽狂沙始到金

——17 学前教育一班考后回顾总结（呈校长室）

柯叶

2020 年的对口高考因为疫情拉长了战线，课堂从"线上"上到"线下"，考期推延，这对于学生和授课老师特别是班主任，都是一个考验。只想走专科的同学，被拖得身心疲惫，"望山跑死马"，总是希望马上能完成学业，却又步步迟延，不能如愿；想走本科的同学，每日高度紧张地投入学业中，晚上经常学到 12 点，乃至更晚，中午舍不得午休，去弹琴、画画，但是长时间的辛苦，对他们的体能、健康又是一个考验。而班主任既要提高政治灵敏度，紧抓疫情防控，强调班级、寝室卫生，更要抓班级纪律、学风、高考成绩，就连今年的高考报名都较往年复杂。在这样的情况下，要带领同学们取得更好的高考成绩，自然心里得准备付出更多。好在，我是一个肯学习、爱拼一把的人，终归过得很充实。

上网课

上网课期间，白天，我笨鸟先飞，乐于向各位同仁学习。晚上，无论是在本部的"未来中心"大楼，还是在东校区的教室内，我经常把自己留下来，用电脑进行备课。当我走出"未来中心"大楼或教室时，外面早已更深人静，夜风习习，别人早已眠入梦乡。第二天，我的课自然上得很顺畅，那是因为昨晚我已经把课程信息输入电脑，并且试了机、试用了授课软件。因为我的付出，加上我自己的电脑基础（我家里有一台式电脑和一笔记本电脑），我的网课几乎没出现过一次故障，也没有在网课教师微信群里发过一次"请求技术支持"之类的求助信息，虽然语文课在众多科目中是第一个上的。

我的网课，除了按照学校统一要求，讲解同一课件外，每次还订正一份上一堂布置的"课后一练"。因为同学们要听订正答案，要上传自己的得分，他们才能更关注这一堂课，不敢随便离线。我并且给同学们补讲了一些文化常识，示意他们，对于高考要做到"居高临下"。

复习迎考

同学们疫情降级后返校，总的状态是积极迎战的。东校区，钢琴房不大，钢琴架数偏少，四个学前教育班轮流练习，17 学一班的同学们为了能弹上钢琴，多数都曾熬夜等待，有的，下晚自习后，稍微在床上打个盹儿，然后回来排序弹琴。（高三上学期，我为了避开弹琴高峰，曾经"偷偷"违背学校制度，利用早读课，安排我班同学轮组弹钢琴。）为了画好简笔画，有的同学超支了珍贵而短暂的午休时间，用于提高自己的绘画技能……

晚上上完四节自习课，多数同学留下来背诵"小三门"（专业理论课）。他们明白"小三门"对于学前教育专业在对口高考中的意义。上学期每晚第四节自习课，我都手持"教鞭"，进门就叫喊"小三门——"，以此升级"小三门"在同学们心中的地位和影响。另外，某些文化课极弱的同学，他们甚至害怕自己连专科也考不取，也开始重视第四节课后对文化课的练习和背诵。一般地，大家都能学到十一点。十一点之后，还有少数同学自觉留下来，继续完成自己的学习计划。为了让同学们学习、休息和卫生兼顾，我拟订了"今晚值日，明晚休息"的制度，尽量保证同学们的作息、洗衣时间。经过找同学谈心得知，对此举，同学们几乎全赞同。

填志愿

高考志愿，我在尊重学生"志愿"的前提下，做了必要的提醒，包括"不要扎堆""不要自相残杀"等。同学们也在充分分析、交流各个院校的招生"特色"后，自觉分流报考，结果是：蚌埠学院，九人报考，弃考四人，剩为五人；宿州学院，四人报考；黄山学院，三人报考；滁州学院，六人报考，弃考两人，剩为四人；安庆师范大学难度较大，两人报考。基本上"均匀"撒向各所院校。再看一看本班"三模"的前十名，两人报蚌埠学院，三人报宿州学院（其中一人戏曲专业），三人报滁州学院，两人报安庆师范大学（一人为戏曲专业）。同学们的分配也是挺得当的，不至于因扎堆而让本班优生互斗。

文化课成绩的影响

同学们参加文化课考试后，没填本科志愿的同学，都收拾好学习用具和生活用品，陆续离开了校园，只剩下志愿上本科的同学。待文化课成绩公布后，文化课未达线的同学也几乎都离开了学校。这个时候，班级剩下的基本是有意向、有希望升入本科院校的同学们。总的感觉，大家是奋发向上的，但也有个别才达"180线"的同学，对前途很迷茫，偶有玩手机现象。在最后的三四天里，我一方面重视培养他们的信心，一方面配合专业课老师和专业理论课老师，提醒各位同学抓重点、补缺点、重提分，另外，教他们学会放松心态，让他们休息好。

很励志的是，我班袁光婕同学，虽然文化课没达线，但她一直怀揣梦想——到大学舞台上展示一下自己。我也不忘肯定她，鼓励她。她终于实现了她的梦想。

遗憾

但是我班并没有考出我预计的成果。有的是因为文化课没考好，有的是因为专业课没考好，也有的是因为专业理论课没考好，等等。各个院校所出理论课试卷难度不一样，对专业课的要求不一样，优生有时候也会"撞山"。我班有两位优生，因报考不走运，而暂时被埋没。

更遗憾的是，我班班长章瑜同学，高三下学期每次"模拟"测试，文化课成绩几乎均居班级前五，却因为练舞蹈基本功——压腿受伤，影响情绪，未能发挥其文化课的优势，直至最后弃考本科。

最遗憾的是，丁芷予文化课加专业课曾名居年级前列，却也因为压腿，致受"三级"伤，连高考体检都没能参加，就随其父母伤心地回家了。

两人受伤的事例，提醒我们所有同学，练功必须循序渐进，长期坚持，并且每次练功前必须热身。

温馨建议

一、东校区要增添钢琴架数，让学前教育等专业的同学们有更多的练琴机会，不要再因为候琴太久而费时伤神。

二、"小三门"专业理论课可以从高一抓起。"小三门"要背诵的内容很多，到高二急抓，势必与文化课、专业课相冲撞。因为这个时候文化课、专业课也是关键时期。

三、"扣一支舞"可以从高二抓起。我是从上一届高三的"舞蹈毕业课"中发现考试要点的，于是，我在高二下学期便提出来，每人必须"自扣一支舞"（民族舞、民间舞、自编舞等皆可）。因为提前自扣了舞，进入高三之后，相对于别人，会更有时间和精力搞文化课、"小三门"和专业课。不论是否巧合，我班考取本科院校的几位同学都曾提前自扣一支舞。

四、故事演讲，应该多鼓励学生敢于上台，到其他班级，到广场……展示自己，历练胆量，那么到真考的时候才有望洒脱自如，而不至于扭扭捏捏、吞吞吐吐。

　　五、鉴于我几乎没有实现去年七月在董事长面前给自己定下的目标，从上交这份总结起，请领导同意我辞职离开庐苑中职学校，并且取消我的升学奖金，扣下我的课时补贴、最后一个月的课时费和当月的基本工资。

　　注：去时金风萧索，来时玉露凄凉。摩挲眼前梧桐老，流连柳下溪水长。尽缘念故乡。斜阳菊香遐迩，晚风笛怆山冈。惴惴秋籁噪洞邃，忡忡群鸽出林苍。信待几时长！（仕合伯父，离故乡数十年无音讯。后闻知：人已老，依然孤身，无限思乡。斜阳下，菊香里，闻怆笛，陈昌凌慨而赋《破阵子·戊子秋与仕合伯父》，并摘书之，且画背景。）

42. 余音

（一）

后期从老师和同学们发入朋友圈的信息得知，学前教育四班有五个同学考取了本科院校，比我班略逊一点，但这已经是值得庆贺的了。这些中考失利却一心想着升学的孩子们，绝大部分能被专科院校录取，有些还能被本科院校录取，甚至有的还进入了"一本"院校。学前教育四班的成绩是值得我骄傲的，虽然他们班学前教育专业没有一人能跨过本科院校的门槛，所过的主要是戏曲生。但是戏曲专业的文化课，语文依然是主打科目，主要的得分学科，何况他们班所有走专科的同学，语文也是主要的"本钱"。骄傲的不只上面这点理由，还有一个原因就是他们班有一个同学考取了音乐学院，这便是周燕。

周燕的姓名最早进入我心里，是因为与她有关的早恋和打架事情。读者朋友，你还记得吧？高二的时候，我班的徐坡带着戈晓梁，找到学四班周樯同学的寝室，将他揍了一顿，以泄私愤。据说，徐坡在高一时早恋上了周燕，而重新分班之后，他发现了周燕与周樯的"隐情"，便幼稚地采取了这个暴力的举措。

后来，我在与周燕的一次谈话中，进一步了解了周燕。时间是下午放过学，地点是食堂前面的池塘边。她身材中等，颜值也中等，不过很爱打扮，且经常是带着微笑的。而这种微笑给人的感觉，超越了她现有的年龄，超越了她的中学生身份。从她谈话的语气里，几乎能感觉到，她是一个确实的"弱女子"。言语无力，娇喘微微，犹如林黛玉一般"态生两靥之愁，娇袭一身之病"。我没能确证她有早恋现象，便也不敢轻易问责她。看得出，在校园如此的"清规戒律"之下，她还似乎抹着淡淡的口红，便也感觉到她应是一个不太拘于礼教之人。但是我毕竟是一个有时连口红与护唇膏都分不清的男教师，便也不宜多查问，何况她有着自己的嫉"妆"如仇的女班主任呢！

我与她的第一次谈话，时间有点长，应该感谢她对我的信任。我没有问出她早恋的"劣迹"，倒是她对我讲了她幼年坎坷的遭遇，显然，她的意识、思维超过了同年级的姐妹们。

"我幼年的时候，生活得非常孤独。我父母在我出生还不满一个月的时候，就把我交给了我的爷奶，我父母只是在外面忙着开公司，一年我也难见到他们几回。后来，我稍长大，我爷奶把我送到了幼儿园，但是因为我体质太差，老是生病，于是在家的时间多，在幼儿园的时间少。直到上小学，我也老是请病假留在家里。我爷奶没有什么文化，他们不能辅导我的功课，所以我的各门功课都不是很好，只是我天生的喜欢语文，所以语文学科在我的各门功课中是最好的……"

她说到她喜欢语文，并且说语文学科最突出，我莫名地感到很欣慰，毕竟我是教语文的，虽然他的语文素养只有一小小部分来自我。当然，或许因为她情商高，会说话，才这般说的。

"后来，我父母的感情出现了裂痕，他们更少来看我，管我，直到他们离婚，我几乎成了一个孤儿……因为我天生对音乐的敏感和我的游手好闲，我跟着电视学会了吹竹笛，后来也学会了弹钢琴，那是我母亲留下的久日不用的旧钢琴……"

周燕还跟我说了她如何学吹竹笛子、学弹钢琴、学跳舞等趣事和孤独自学中尝不完的苦头。她或许很能谈话，平缓的语气里却饱含着不平缓的哀怨，而悲哀的身世里，却更寄托着砥砺的精神，句句几乎都能博得她的年长的老师的同情、认可。我无法打断她的谈话，原先是我找她谈话，后来几乎成了她找我。

食堂的灯光亮了起来，屋顶的太阳灯穿过凄冷的夜空，射向清秋的校园，也射向遥不可及的天穹。很多同学吃完晚饭，离开食堂，喧闹地从我们身边走过。于是我不得不给今天的谈话收尾作结："你既然这么喜欢音乐，又擅长音乐，我建议你走音乐学，报考音乐学院！"最后，我宣布："不好意思，今天的谈话暂时到此告一段落哈！"

我回家后，晚饭间，我妻子却肯定地说，周燕确实在谈恋爱，而且她在上班时，就看到过周燕与一男生经常一道出入超市，并且那男生还经常买零食给她吃。我依然不敢相信周燕在早恋，毕竟我没有亲眼所见，毕竟我老婆可能认错了人，或许即使没认错人，事实却不是那回事儿！毕竟还有她的班主任吕寒，她可是一个眼里揉不得沙子，让学生尤其让女生望而生畏的"女老班"。学三班学生曾被吕老师带出去演出过，领略过她的"顶真"，回来后暗下几乎一致称呼她"灭绝师太"。

（二）

吕寒早就讨厌周燕的着装了，厌烦她娇喘微微的举止，更确信她有早恋行为，并非常担心她的行为会影响其他同学，带坏班风。吕寒终于冷酷地把周燕放在班级最后靠着板报墙的位置。放在最后的，起初有两位同学，一个是周燕，另一个是校教务主任的内侄。一个是吕寒从心里到表面都厌恶的，一个是吕寒只能在心里厌恶却不能表现出来的，但是都怕他们带坏其他同学，带坏班风。后来，又增加了一个同学，是班级成绩排倒一的刘制。刘制有心理疾病，上课从来不听课，爱歪着脑袋带着微笑看着班级里一个个女同学的面容（大家知道他的情况，也不曾见怪他）。吕寒不但将他们的课桌另摆在最后，还让前面的同学与他们隔开一桌的距离，成了"楚河汉界"，双方不可逾越。

我在上学四班的课，看着他们三人被孤零零地搁在最后，心中不免生出怜悯之情。当然，我也不希望出现有人带坏班风的现象，但是我的阅历告诉我，教师全凭学习态度、学习成绩去礼遇学生的想法，是片面的。学习固然很重要，但爱学习本身可能就是一种天资，一种材。而不爱学习的同学，他（她）或许有其他的天资，是其他的材，只不过，有可能因为我们狭隘的功利观点而限制了他们的才情，扼杀了他们的才能。只是我的这些看法，时下谁能听得进去，何况我的看法还停留在猜测上。

周燕是很尊敬我的。有一次，她和她高一时的一个同学，在校园里遇见了我：

"你看，这就是我跟你多次提过的，我们的语文老师。他不打人，不骂人，上课谈笑风生。但他带的三个班语文成绩，上个月竟然独占全校同年级'前三甲'！"周燕笑着对另外一个女生说。

他说的"前三甲"也倒是事实，这也是我值得让自己骄傲的经历。毕竟身处高考校区，所带学科的考试成绩，将在很大程度上决定你在领导和同事们心中的地位和分量。但是我认为，我让她尊敬的最重要的原因，应该是我能够平等地看待她，甚至出于同情与欣赏的缘故而格外地关照她。

学校要举行校庆晚会，校长室要求，高二与高三年级的学前教育专业每个班级至少上台一个节目，而且必须有集体舞蹈。这是因为其他演技类节目比如说相声、唱歌、逗小品等，这些对肢体的协调性要求不高的易于出炉的，其他班级不乏人才。吕寒在学四班刚传达完校长室的通知，坐在最后排的周燕便举起了手，她愿意暂时停课去辅导高二学前教育专业的弟妹们跳一支舞。不知她为何如此积极要求参与此事，是她一个女生不堪被禁闭在班级的一角，还是她要通过自己的实力去赢得班主任好感或欣赏的眼光?! 吕寒也立即笑了，她一挥手：

"坐下，周燕今天值得表扬！我们每位同学都应该像她一样，敢于为班级争光，敢于发现自己和展示自己，让自己在全校师生面前闪光发亮！"

下课后，吕寒来到她的办公室，"没想到哈，还有这种好事。一个我不想看到的、担心影响班风的学生，现在要离开我班级去带演节目，这太让我省心了！"她开心地对同事们说。

周燕在教她小小的团队，她的舞蹈是根据《太阳花》这个曲子自编的。这本身也体现出了她超过一般同学的优异的才能，当然也有她坚忍不拔的意志。

一周过后，周燕在校师生公用开水房见到了我：

"老师，我正想去找您，没想到，在这里遇上了您！"她笑着说，很激动，脸上泛着少女才会有的那种载满阳光的红晕。

"有啥事吗?"我提起了暖水瓶，笑着问她。

"我教我们小团队的那支舞，已经大致能走个形儿了！今晚，我想请您给我再指导一下！"

她显然是在抬举我，我的舞蹈修养其实还不如她。虽然我是学一班的班主任，经常看着同学们跳舞，但是我毕竟是大叔的年纪，而且舞龄几乎是零。

"我最近班级里事情很多，而且本次月考语文试卷是我出，我今晚要继续加班！"我没有多作思考，就回答了她。

她突然变得很失落，如一支淋了雨的梨花低下头来。

"这样吧，我晚上尽量抽时间过去看一下，不过你也知道，跳舞，我是外行。"我马上笑着说，并想起来，她要我去指导，很可能只是要我出现一下。这样一方面让我可以去欣赏她的才艺，另一方面老师的到达，会突出这支舞的重要性，对她的团队是一种鼓励，也会给她的团队带来要求和压力，促使他们听她的话，而跳得更好。

"是的吗？那太好了！不过，可不能耽误您的工作呀！"她笑了，笑成了阳光下的杏花一朵。但是在她抬起头的一瞬间，我看到她的眼圈红了，眼眶里噙着泪水。

今天下午，我一直记着这事儿，晚上在周燕约定的时间前，我来到了她约定的地点——舞蹈房。其实，他们来得更早，周燕可能已经教她的团队上场几回了。男女生都穿着校服，一共有八九个人，看样子，很听周燕的话。她很快叫停了她的队伍，然后：

"来来来，我给大家介绍一下，这就是我跟你们说起过的我的语文老师。他特有学问了，而且是高三学前教育一班的班主任……"

高三学一班的班主任，在这里是非常给我增光的身份。我等周燕将我推介完，然后：

"其实，周燕夸我了！这样吧，你们按照周燕的要求，排演一遍让我看一下！"我笑着对大家说。

确实，当过学前教育一班的班主任，尤其是曾当过优秀的学前教育班班主任，那阅历和眼光确实会有很大的提升。看得出，他们的舞蹈还跳得太"嫩"——生硬不熟练，不自然。舞蹈收场势，男女生以各种姿势围成了一个圈，中央的周燕劈了一个横叉，然后伏下上身再直起，并举起右手，目光顺着右手投向远方，似乎在仰望和追寻她心中的太阳。我给他们鼓了掌，等大家围过来后，我说：

"刚才我认真看了你们的表演，但是我真的不知道怎么用专业术语来评价你们，因为我不曾教过舞蹈，甚至不曾学会一支舞。我作为一个非常支持和关心你们的老师，来谈两句与你们交心的话。

第一，我陪督我班同学学舞一年多时间，耳濡目染，已有了一点欣赏和比对的经验。你们的舞蹈很有创意，几个舞龄几乎为零的同学能跳到这般程度，已属相当不易，不过，动作显然还很生硬，不够娴熟、连贯。有好几个同学给人的感觉，总是记不住动作，或者为了动作而动作。至于肢体的柔韧度，就不必提了，那是你们以后长期提升的空间。

第二，周燕这段时间脱了文化课在带大家练舞，很是辛苦。希望接下来的排练，大家多听她的话！她是我的一个很优秀的学生，也很有热心、耐心。我相信，你们在她的指导和带领下，一定会有很多收获。我在此预祝：你们的这支舞在今年的校庆晚会上，一定会让校领导和师生们眸子一亮，会赢得雷鸣般的掌声，能获'大奖'！"

我是在他们的掌声中离开舞蹈房的。

校庆晚会那天，周燕指导的那支舞没有辜负我和她的班主任的期望，台下掌声如潮。沈泽兰校长也很偏爱，其他的每一首歌，每一支舞……每一个节目，她只拍一张照片发到东校区教师群里，而这支舞，她竟然拍发了三张，而且还发了一张到校总部的教师群里。我在心里替周燕高兴，替周燕叫好，我拿出手机，找到了她的微信，连拍了几个他们的舞蹈视频，私发给了她。

注：轻风软雨尽淅沥，绣似线、织春意。垂柳贪婪吮甘醴，千桐新引，百红艳溢，日出呼笋起。呢喃紫燕剪柳细，引入黄鹂放歌脆。莫把蛱蝶撵菜地，蜂郎求业，金粉泻泪，可否留佳季？（陈昌凌作词《青玉案·春雨后晴》，并摘而书之，且泼墨背景。）

241

（三）

周燕舞跳得好，钢琴也弹得了得。这天晚自习前，我从学四班门前走过，一首音色凄美的钢琴曲《送别》从班级里飘出，我被吸引住了。11 月中旬已过，天色晚得较早，从窗外看不清里面弹琴者的身影，我推开了门，并打开了教室的灯。

"老师!"原来是周燕，琴声停了下来。

"班里为什么就你一个人啊?"

"其他同学有的被班主任叫去了，有的去参加专业课集训了!"

"哦，是这样! ——你弹得真好听!"

"是吗? 老师，你要不也来弹一首吧!"周燕笑着对我说。

"我喜欢听，也真的很想弹一首，可是我不会弹呀!"我很尴尬，但是却很老实地说出了自己的短处。

"钢琴其实很容易掌握，很好弹!"她在笑，也并没有谦虚。

"我能跟你学弹一首吗?"我突然觉得现在是我学弹钢琴的好机会，没有理由说：老师就不能向学生学她的一技之长。

周燕教我识别一下琴谱，然后：

"你就跟我学弹刚才的《送别》吧!"

我铭记着她每次弹过的几个琴键，一遍又一遍反复地弹着，但是手怎么也做不到像周燕的小手那般轻灵，那般弹得准确无误。

"我要能像你这样自由弹拨心中的曲子，该多好呀! 为师我很羡慕你，羡慕你们这一辈人啊!"我说，目光却一直投在钢琴上。

"老师，你是这样想的吗?"她不是怀疑的语气，而是在惊讶，我笑了笑，没有回答，觉得没有必要回答。可是，过了一会儿，她却道：

"老师，你知道吗？其实我是一个很自卑的女生！"

"自卑？为什么？"

"我上周五晚上，差点从女生公寓楼顶跳了下来！"

"为什么?!"我被吓住了，手停止了弄琴。此事非小，我得问问清楚。

"上周一早晨，你还记得谭副校长在国旗下的讲话吗？他不指名地批评了某些班级某些同学的仪容仪表问题，说很不符合学生身份。我们班主任刚好站在主席台下的台阶上，她目光一扫就看到了我化着妆，便怒不可遏地冲我走来。其实，那时我正在带高二学弟学妹们排演舞蹈，所以带着妆。但她没有给我解释的机会，就在全校师生面前，差点将我推翻在地……

那一天，我再也没有吃下一口饭，到了晚上，我回到寝室里感觉到自己发烧了。夜里，我自己都不清楚为什么来到了公寓楼顶……最后，好像是一只猫突然叫了一声，我才惊醒了过来。原来，我已经站在了楼顶的边沿……"

我目瞪口呆地听着，她小小的年纪竟有这般坎坷经历，我在惊讶中开始同情她的遭遇。

让我庆幸的是，她在今年四月份的对口高考中，专业课顺利过关，文化课以 1 点 5 分险胜，结果被芜湖某音乐学院录取。她得知消息后，喜极而泣，哭成了泪人。临离开校园时，她来同我打招呼：

"老师，感激你提醒我选择音乐学院，不然我可能与大学无缘了！"她在笑，但眼泡却肿得很高，分明才哭过。

"非常祝福你！"我替她高兴、激动，然后道，"其实，你也应该感谢你的班主任和其他老师！"

临别的时候，我把我班同学赠送给我的一只红色的竹笛送给了她。我现在还不会吹，我相信，送给她，这只竹笛便是真正寻到了主人。竹笛放在一个瘦长的布袋子里，金黄的流苏延伸到袋外，马上顺着她的手势开始飘荡，开始舞动。

（四）

今年国庆节后的第一个周末，我家遇上了最大的喜事——我儿子结婚了。我邀请了我在文艺界的知音好友，加上我土生土长的老家乡亲，可以说是嘉宾满座、雅俗共赏。我很想把这次婚礼办得隆重一点，体面一点，甚至是"高档"一点，于是我想起了周燕，想请来才入大学一个来月的周燕，希望她能在我儿子的婚礼上一展风采，相信她若吹笛一曲，必定会四座皆醉。她很快回了我消息，只是她告诉我，那天约她的，除了我还有她的声乐老师——黄斯老师。只不过黄斯老师的婚礼是晚宴，她能够来得了，而我儿子的婚礼在白天，她来不了，因为白天学校要补课。我理解她，今年因为新冠疫情，很多院校都耽误了学生的课程，需要补课。

大喜日子说到就到了，儿子的婚礼虽然在一个中档酒店举行，但因为酒店布置得非常优雅，司仪人情练达，嘉宾如携春风，婚礼办得也基本满意，不足之处，唯不闻一曲真人歌，不睹一支真人舞。我办完儿子的婚礼，晚间出席了黄斯老师的婚宴。黄斯老师婚礼的酒店布局，对比我儿子的略显俗套。作为一个文艺人，似乎不该这般"低调"，但最让他得意，最让来客包括我惊艳的是，他邀来了他的几个能吹拉弹唱的弟子。有他们的表演助兴，宴席间犹如吹进了缕缕清新的文艺春风，于是婚礼的品位便翻倍地高雅化了。

黄老师的来宾中有他的家人、同学、学生，也有他的同事、领导。我急忙与谭副校长、韦蕊老师、吕寒老师……打招呼。大家谈笑风生，畅所欲言，更对黄老师的这次婚礼赞不绝口。夸赞他的新娘漂亮似乎已无新意，毕竟新娘曾来过校园数次，已成熟人。而且称呼新婚女为"漂亮的新娘"，和大街上称呼任何一个邂逅的年轻女子为"美女"一样，都几乎成了统一的称号，似乎与颜值并无多大关系。只有夸赞黄老师弟子有成，育人有方，倒真的引来宾客们发自心底的喝彩声。

周燕是最后上场的，或许是黄老师有意安排她来"压轴"的。一袭白色的连衣裙，乌黑的长发有意夹上几个色彩斑斓的蝴蝶结，新沾的"仿睫毛"上戴着闪光的微钻……她手持一枚红色的竹笛——正是我送给她的那枚竹笛——对着台下微微一笑，其优雅的姿态立即聚焦了台下所有先生、女士的目光。只是，我却在她的目光中有意低下了头，因为我不希望她看到我，不希望她因为不能应邀参加我儿子的婚礼而露出尴尬的表情。

有领导开始说话：

"这是我们吕寒老师班的学生，她叫周燕。你们看，当老师当班主任有多幸福，多有成就感！吕寒年纪轻轻，已经桃李满天下了！"

是谭副校长在说话。这地方师生较多，于是时刻提醒着谭副校长，不要忘掉自己的领导身份。

周燕给大家吹了一曲《月光下的凤尾竹》，笛声悠扬，醉人心魂。而我却在她的笛声中，起身离开了筵席。我走出婚礼大厅，周燕悠扬的笛声却早已传到了大厅外，它沿着大厅外的走廊，飘荡到很远的夜空。

听着笛声的余音，我忽然想起了周燕教我的那一首李叔同先贤作词的《送别》了：

长亭外，

古道边，

芳草碧连天，

晚风拂柳笛声残，

夕阳山外山

…………

情千缕，

酒一杯，

声声离笛催，

问君此去几时来，

来时莫徘徊。

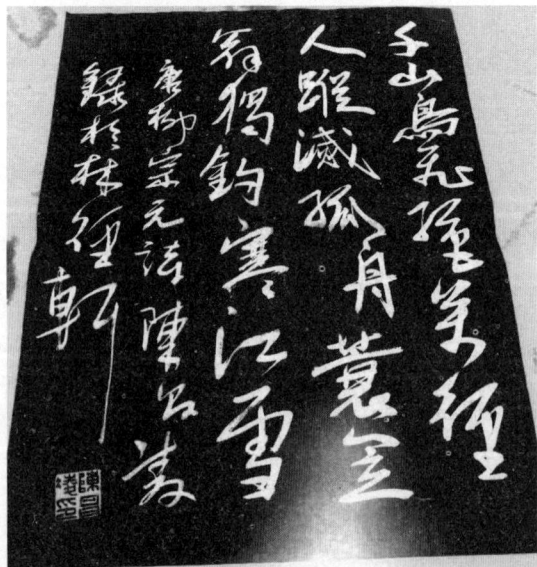

注：陈昌凌书唐代柳宗元诗《江雪》。

后记

　　小说中部分人物原型回访：宋祎同学 2020 年应届被安徽信息工程学院录取，龚酷妮、韦甜甜应届被宿州学院录取，蒋前正、萧涟漪应届被滁州学院录取，樊之茹应届被安庆师范大学戏曲专业录取，秦雨应届被安徽广播影视职业技术学院录取，虞珂宜复读后 2021 年被蚌埠学院录取，丁芷予复读后被滁州学院录取，于珉复读后被蚌埠学院录取，卢琴老师把当届同学带毕业后便回武汉继续从事教育事业，闻进老师在庐苑中职从教一年后，辞职进入了一家成人培训机构，教成年人如何考取公务员（我纳闷了，他自己都没有考取公务员，或许他能力非凡吧），穆生雨老师一年后辞职，然后继续从教小学英语——他来庐苑中职之前就是教小学英语的……人各有志，樊巍同学读大专一年后便从军入伍，而梨伟同学读大专一年后，则告知我她已结婚，等等。

　　作者留言：至本小说完稿时，我一直在中职学校从教。2021 年秋天，因为庐苑中职学校本部的扩建，它的升学部（东校区）终于回归了本部的大校园。于是，同学们又可以在绿意盎然、鸟鸣蝶舞、高楼参差、诗情画意的庐苑校园里军训、读书、竞技、歌舞了。由于国家方针政策的扶持，和中职学校对教育思路、方法和教学艺术的探索、改革与创新，中职教育正呈现蓬勃发展的态势，而且必将发展得越来越好！

令人咀嚼回味的文字

——读陈昌凌长篇小说《烟雨桃李》后

袁纪梦

整篇小说以主人公"柯班"为核心，多维度剖析了主人公以教师的职业身份在自己的工作点"庐职"发生的人与事。

读完整篇小说，文中描绘的多数形象仍记忆犹新，刻画的人物性格十分鲜明，如优雅文静的黎紫珣，善解人意的葛玉琴，特立独行的梨伟，桀骜不驯的刘海军以及励志向上的丁芷予等。文中出现的各个人物的性格和形象都极具代表性，让读者全方位地从不同视角来了解、体会"庐职"的生活，感受到中职教育和普高极大的区别。主人公"柯班"所经历的育人之事是何等之艰辛，通过作者文笔的描述多次使我为之动容。可能与自己的经历有关，作为读者的我在普通高中学习时期，从未遇到文中所提及的某些事和某些脾性的同学，极大地暴露出民办中职学校诸多事态的弊端、不一性。作者以窥探的形式深层次地挖掘出人性的复杂化。

作者以素雅的文笔深深地触发了我对中职教育的健康发展的思考，揭露了民办"职教"正待改善的一面。我国政府长期坚持"保民生、稳民生、促民生"的方针，努力做到保障各行就业人员心态健康、身体无恙，并逐步稳固方针、政策的发展。对于新生的"中职"现象，应建立长效机制对该行业进行制约，做好相对应的制度建设，尤其对此类学校应建立起惩戒机制。对相应负责人、对老师们的权益保障建设制度化、制约化、长效化、常态化，形成教师们的保护网，使其达到国家发展之需要、社会发展之需要，并且坚信会出现一大批一心为教育的优秀教师。

从所叙写的事物出发，作者以超然脱俗的视角，以玉润珠圆的文笔，描绘出了一幅生机盎然、繁花似锦的山水画和怡心悦体的校园风光，而使得有着无限烦心的"柯班"得以稍微释放。在作者的笔下，桴槎山是如此地令人神往，而几十年前的老学校只能够"苔痕上阶绿，草色如帘青"了。文中多次引用相关典故、诗词，让常见之景色摇变成为绝色，可见作者观察之细、功底之深、文笔之美。整篇小说以时间顺序进行叙写，从"柯班"来到"庐职"，一直到班级学生被录取，前前后后发生的点点滴滴，故事梗概是清晰的、明朗的。小说几近完美地展现了校园生活的风貌。以"柯班"主人公为核心，其中包括老师们的教学生活、学生们的学习生活、领导们的管理生活……每每看到作者笔下的"柯班"的辛勤付出，看到他为生活努力的画面，真的让人肃然起敬。一位五十来岁的"高龄"教师，依然百折不挠地学习新的教学模式、教育理念，像"福贵"一样不断地适应社会变化，只为了活着，而"柯班"只为了融入于新的教育集体，不被淘汰。整篇小说以教师视角进行阐述，正介于学生和管理者之间，可谓是恰到好处，如上帝的视角一般达到解析事态的精准化，让读者更易了解小说所要表达的思想内容。

此篇小说采用段落叙事的方法，为工作、学习本来繁忙的读者们做好了划分，对于读者读书时间的把控可谓是恰到好处。每段故事过后配上作者的诗词书法作品，更是让读者赏心悦目、回味其中，这是这篇小说绝然的亮点。

　　普普通通的工作、普普通通的人、普普通通的日常行为，却勾勒出了一幅幅生动且真实的画面，让读者如同身临其境，跟着"柯班"愁，跟着"柯班"乐。这样的一部作品适合多类人群阅读，可以让本来辛苦的人们产生共鸣，让其好好工作、好好生活，也可以让相关的管理者们深切了解老师们的不易，懂得从师者的疾苦。

2022 年 3 月于合肥

语婉心长著桃李

——读陈昌凌长篇小说《烟雨桃李》后

查菲菲

　　小说《烟雨桃李》是一部描写职高校园生活的作品，叙说了主人公柯老师作为班主任与学生、同事、领导之间发生的点点滴滴。小说本身极具真实性，曾有人云，最好的作品全都源自于生活，而这部作品恰恰验证了这一点。虽然大部分人没有经历文中所描述的那些事儿，但读起来总是那样的耐人寻味，相信作者本人曾有过深切的亲身体验。

　　从小说塑造的人物角色来看，作者通过事态的发展，侧重性地描写了人物的心理变化及行为表达，不经意间展现了各种人物的性格特点。除此，各人物之间关系的衔接也是层次分明、节节递进的，对照已读过的一些作品，毫无突兀之感。整篇小说对于人物塑造的语言表达，极大地显示出作者的语言掌控力以及对文章基调的把控力。小说以职教班主任为主人公身份去叙写，文章自始至终体现着对领导们的理解与尊敬、对工作的一丝不苟、对学生们的循循善诱。全文故事叙述十分生动具体，人物的言行符合各自的身份特点，尤其将"柯班"对学生心理、行为的理解描写得相当细致。读完整篇小说，感觉就像自己已化身文中的人物角色，让我多次联想起自己的中学生涯以及当实习教师时的工作场景，通过作者的语言描述，我又重温了前些年的青春时光。

从作品的意义来看，此篇小说选材于中职教育校园，在社会层面，有着极为重大的意义。很大程度上表现出这类教育在社会方面的认可度有待提升。而在小说的开头，作者就已指明中职教育的特殊意义，想必作者是想通过这一部小说让全社会对此有所理解和反思。人们，特别是那些将要把孩子送入职教的家长，对职教意义的了解，可能有所偏差，可以希望他们真正懂得其重要性并发自内心地支持。从生活角度来看，从事职教的教师的收入与付出不成比例。文中颇有良心的"柯班"也会为了一点报酬做自己意愿之外的任务，可见教师的待遇之低以及待遇的构成之不合理。我想，这部作品不同程度上可以呼吁校园管理者和政府领导者们，要正视民办职教老师们的待遇。希望可以更加有效地保护老师们的权益，应该像高度重视职教一样高度尊重职教老师。可见，作者的社会洞察力之强。

从语言特色角度来看，全篇语言流畅，行文舒张自如，自然洒脱，称得上是一部佳作。文章对于一些景物的描写，语言丰富、生动，可读性强，让读者犹如游于画中一般，备受感染。作者还巧妙地把情感赋予景物之中，来鲜明地彰显人物的性格特点。整部小说的结构也是十分简洁合理的，对职教生活的理解十分透彻，读来令人热血沸腾更荡气回肠。小说对紧张、紧凑的氛围基调的把握恰到好处，对人物性格、形象的描写细腻而传神，对叙事语言的把控熟练、老道，不蔓不枝，朴实流畅，真挚感人。

整篇小说值得反复品读，它让我们体会快节奏下的心情转变，体验人生的变化无常，感受世事的无奈与变迁。

2022 年 4 月于合肥